Kompaß-Bücherei Band 366

NEUES LEBEN

Die Attraktionen der Konstanzer Kirmes sind zauberhaft. Sogar zum Ringkampf mit einer Riesendame wird aufgerufen. Fünfzig Mark seien, schreit der geschäftstüchtige Rummelbudenbesitzer, an der Kassa für denjenigen hinterlegt, der sie besiegen könne. Welche Verlockung für den mittellosen Studenten aus Tübingen. Die Erzählkunst Friedrich Wolfs ist vielseitig und phantasievoll. Oft beruht sie auf direktem Erleben. Neben bissigen Satiren stehen anrührende Geschichten wie die von Kiki, dem kleinen schwarzen Hühnerhund. Amüsant wird es, wenn die Gans Auguste, statt als Braten auf der Weihnachtstafel zu landen, einen Pullover gestrickt bekommt, und es stimmt nachdenklich, wenn erzählt wird, wie ein deutscher Arzt seine sowjetischen Kameraden im zweiten Weltkrieg um Brot für seine kriegsgefangenen Landsleute bittet.

Chr. Anders 6. 88

Friedrich Wolf

Siebzehn Brote

Erzählungen, Märchen, Grotesken
und anderes

Verlag Neues Leben Berlin

Herausgegeben und mit einem Nachwort versehen
von Klaus Hammer
Der Abdruck der Texte erfolgt mit freundlicher
Genehmigung des Aufbau-Verlages Berlin

Illustrationen von Michael de Maiziére

ISBN 3-355-00731-5

Lizenz Nr. 303 (305/144/88)
LSV 7601
Umschlag: Michael de Maiziére
Typografie: Christel Ruppin
Schrift: 9 p Timeless
Gesamtherstellung: GG Völkerfreundschaft Dresden
Bestell-Nr. 644 492 6
00180

Satiren, Skizzen
und Berichte

Harras
oder
Der Untergang einer Epoche

Er sprang aus, Harras, der Patentkragenknopf. Er sprang aus, als der Mensch ihn – mit zum äußerst gestrafften Daumen – durch Unterhemd, Hemdbord, Vorsatzbrust und Stehkragensteife hindurchzunötigen sich bemühte. Das wurde ihm zuviel; er quittierte, sank und verließ die sichtbare Welt.

Der Mensch griff sofort zu, doch er griff umsonst. Die Abwesenheit des Patentklappkragenknopfs Harras blieb gewahrt. Der Mensch – er gehörte dem „Schutzverband zur Pflege verunglückter Brieftauben“ an – hatte keine Minute Zeit zu verlieren; und doch begriff er das Unabwendbare dieser folgenschweren Sekunde. Er stand vor dem Spiegel; sein Halsbund stand offen. Daneben lagen (ihm unverbindbar nun) Stehkragen, Vorsatzbrust, Schlips, Schlipsnadel und Kragenschoner. Noch einmal griff der Mensch fassungslos seine Blöße hinab bis zum Urgrund seiner Gewandung; als er auch dort nichts fand, rief er: „Ich will!“

Und ging, aufs äußerste entschlossen, zur Vorstandssitzung des Schutzverbandes!

So aber hub der Untergang der einst so blühenden Kulturepoche, des schwellenden Wirtschaftskörpers und des in Weißglut rotierenden Industrieleibes an. Doch dürfen wir den Faden nicht verlieren.

Der Mensch Peter Most warf schon durch sein bloßes Erscheinen die Tagesordnung um. Nachdem man aber festgestellt, daß es sich keineswegs um eine Provokation der Anwesenden, sondern um „höhere Gewalt“ handelte, beschloß man, diesen Mächten die Stirn zu bieten, ja, in der Übung der Solidarität mit dem betroffenen Verbandsbruder so weit zu gehen, daß alle auf der Stelle ihrer Kragen, Halsbinden, Vorsatzbrüste, vorzüglich aber der Kragenknöpfe sich entledigten und von Stund an barhals gingen.

Nicht ohne Weitblick stellte bereits in dieser verhängnisvollen Sitzung der Vorsitzende die Frage: Was, wenn dieser Beschluß in die Statuten aufgenommen werden würde, wenn von einzelnen Heißspornen die Bewegung auf Kopf- bis Fußbekleidung übertragen würde, was, „wenn jeder so dächte", was *dann* aus all den Kragen-, Schlips- und Vorsatzbrustfabriken, aus den Verkaufsläden mit all ihren Arbeitern und Angestellten werden sollte, aus den Schrank- und Kommodenschubladen, aus dem Platz, den diese einnahmen, aus der Zeit, die man bisher gebraucht, für deren Erwerb und Erhalt zu arbeiten, ja aus der Zeit, sie anzulegen, sie zuzuknöpfen und zu binden?

Umsonst!

Die hellsichtigen, klugen Warnungen wurden von der fanatisierten Klubmasse in den Wind geschlagen und „offener Hals" als Verbandszeichen beschlossen.

Diese Neuerung ließ die L. o. G. („Liga der Männer ohne Glatze") nicht ruhen; sie legten ihre Kopfbedeckung ab.

Dauernd. – Die Lawine rollte.

Sportvereine und Gymnastinnen (und wer trieb keine Gymnastik) gingen jetzt barfuß oder in Sandalen. Wieder war eine ganze blühende Industrie dem Untergang geweiht. Denn da die Kulturmenschheit damals noch 524637842 Mitglieder zählte, so läßt sich unschwer errechnen, wieviel Strohhüte, Damenhüte, Damenhutschachteln, Koffer, Kragen, Kragenschoner, Kragenknöpfchen, Schlipse, Socken, Florstrümpfe, Schuhe, Stiefel, Stiefelkerne nach Zahl und Raumverdrängung dies verrohende Geschlecht *nicht* mehr brauchte.

Ja, es kam, wie es kommen mußte! Koffer wurden zu Hunderttausenden überflüssig. Schränke und Kommoden standen zu Myriaden umher und verwesten! (Die Schrank- und Kofferfabriken! Die Schrank-, Kommoden- und Rohrplattenkofferkaufläden!!) Ganze Etagen wurden frei. Häuser wurden leer. Mieteinigungsämter gingen tatenlos umher und drangen in jeden Passanten: Wollen Sie denn keine Wohnung? *Es war plötzlich zuviel Raum auf der Erde!* Nachrichtenabteilungen spielten Domino und schlossen. Marineämter zur „friedlichen Verwendung abgeschossener Torpedos" züchteten Kakteen und beantragten Erhöhung ihres Dienstpersonals. Ganze Verbände zur Wahrung von Interessen wurden sinnlos und schlossen. Die Kultur verwaiste. Selbst das Metropol schloß.

Der Urzustand hub an. Im Sommer trug man Atmosphäre, im Winter ein Woll- oder Fellwams, das sich auf Kinder und Kindeskinder vererbte.

Die Menschen lebten in einer bodenlosen Unkenntnis ihrer einfachsten Bedürfnisse. Nudität artete aus in paradiesische Unbedenklichkeit. Dabei war es den Entarteten nicht vergönnt, den Segen der „produktiven" Arbeit zu kosten. Sie durften weder für eine Achtzimmerwohnung die Mittel erwerben noch für eine Badereise, noch für eine Winterrobe. Sie kamen nie zu spät zu einer Elektrischen, noch versäumten sie eine Premiere. Sie hatten schamlos viel Zeit, lagen auf dem Bauch und ließen sich die Sonne gewissenlos auf den Rücken scheinen, oder sie lagen auf dem Rücken und schauten stundenlang dem Spiel des Windes und der Blätter zu.

Die Unseligen!

Jeder Begriff für den unschätzbaren Wert der Zeit, für das erste aller Sittengesetze, daß Zeit Geld sei, war den Entarteten abhanden gekommen. Jeder Sinn für höhere Lebens- und Daseinsformen!

Einmal nur fand Kri, der Fallensteller, einen runden Zahn, vorn aus Horn mit einer rostigen Spitze. Es war Harras, der Kragenknopf. Kri hatte nie solch Gebilde gesehen. Er band es an sein Amulett, hängte es sich um den Hals und starrte nachdenklich ins Gelände.

(1921)

Der Käfig in der Nachtigall
oder
Vom Segen des Verbrechens

Eines Abends – es war im Dezember – erwog Matthias, ein Arbeitsloser, ob er das Asyl wieder aufsuchen oder lieber eine strafbare Handlung begehen solle.

Er entschloß sich für das letztere.

Er bestieg geflissentlich die Tram und würdigte die untergeordnete Frage des Schaffners: „Noch jemand ohne Fahrkarte?“ keiner Entgegnung. Erst bei der dritten Fahrt gelang es ihm, vom Kontrolleur gestellt zu werden. Die Masse entschied sich unverzüglich für den Schaffner durch Entsendung dreier Zeugen. Zwei Schutzleute nahmen sich des Falles an. Im Polizeirevier wurde der Tatbestand aufgenommen, Matthias – er hatte keinen Groschen mehr – des Betrugs im Vollendungsfalle überwiesen, die Zeugen notiert, der Zugang nochmals überhört; dann endlich bekam er Brot, Kaffee und seine Zelle.

Matthias atmete auf.

Man kümmerte sich um ihn, man hatte seinen Namen erfahren wollen, man hatte sich fast liebevoll mit seinen Familienverhältnissen beschäftigt, in seine Ahnenreihe sich vertieft; man wachte draußen um seinetwillen. Morgen würden wieder Menschen bloß seinetwillen sich bemühen, schreiben, Fragen stellen, hin und her laufen, vielleicht sogar ein Auto bestellen. (Er mußte doch befördert werden.) Es gab mit einemmal viele Dinge, die um seinetwillen geschahen, Menschen, denen sein Leben Aufgaben stellte; was tat es, ob unter dieser oder jener Benennung? Ja, draußen wachte man diese Nacht nicht der seelenlosen Dienstvorschrift gemäß; man wachte um ihn!

Matthias versank in seiner Zelle in einen tiefen, wohlverdienten Schlaf.

Am folgenden Morgen weckte ihn eine rauhe Stimme: „Aufstehn!“

Er sprang hoch. Ihn fröstelte. Schon schob man einen großen Napf heißen Kaffee und ein Stück Brot hinein. Es waren große, starke Männer in Uniform, gleichsam in Livree, die ihn bedienten, die ihn weckten, in deren Gedanken er lebte, deren Dasein er einen Sinn verlieh. Ihr etwas barsches äußeres Benehmen war offenbar nur die rauhe Schale ihrer starken, männlichen Liebe zu dem Gegenstand, an dem ihr Pflichtbewußtsein sich entzünden durfte.

„Nichts als Kleindreck! Hühnermist!" meinte der Kommissar bei der Aufstellung des zweiten Protokolls. „Was beabsichtigten Sie mit Ihrer Fahrt?" Das klang durchaus würdig und der Bedeutung des Augenblicks gemäß.

Matthias schwieg feierlich.

Der Kommissar brüllte: „*Sie!!* Wie konnten Sie es wagen, ohne Billett zu fahren?"

Matthias wollte gerade antworten: Wie Sie um mich sich bemühen, Herr Kommissar! Wieviel Wärmeeinheiten Sie zersprengen! Aber er fürchtete, des Beamten Evolution und Arbeitsfreude zu zerstören; er schwieg.

„Zum Donnerwetter", hauchte ihn die glühende Kugel an, „geben Sie den Betrug im Vollendungsfalle zu?!"

Matthias spürte deutlich, daß hier der ganze Angelpunkt des Problems lag, daß die Tatsache, daß er der *Gebende* war, sich nicht länger mehr verheimlichen ließ. Und so sprach er mit Überzeugung: „Ich gebe zu."

„Abführen!"

Nun begann die sublimere Teilnahme, die man seiner Person widmete. Er wurde im Auto einem imposanten Bau zugeführt: dem Untersuchungsgefängnis. Wiederum kamen starke Männer in einfacherer Livree, die sich um ihn bemühten, andere, die nach seinem Stammbaum sich erkundigten, dritte, die den Tatbestand nochmals nachprüften, wieder andere, die eine Akte anlegten. Er ließ sich verschiedentlich von Assessoren, einmal sogar von einem Landgerichtsrat interviewen. Seine Memoiren wurden – in einen blauen Deckel geheftet – von Staats wegen gesammelt, registriert und der Bibliothek des imposanten Gebäudes einverleibt.

Selbst der Bürochef mußte sich mit ihm beschäftigen. Der Aktenhefter mußte sich mit ihm beschäftigen. Zwei Gerichtsschreiberaspiranten mußten sich mit ihm beschäftigen und ein Verhör noch einmal abschreiben, weil sie „inkriminiert“ mit „g“ geschrieben. Der eine von ihnen kam zu spät zum Mittagstisch, und es gab eine Szene, bei der eine Kohlenschaufel unglücklich flog und der Arzt hinzugezogen werden mußte.

Ein entfernter Arzt mußte sich also beschäftigen.

In einer Nebenverhandlung mußte die Reinigung des Tramschaffners vom Verdacht der Beihilfe zum Betrug im Vollendungsfalle stattfinden. Drei Zeugen mußten geladen, auf die Heiligkeit des Eides hingewiesen und entschädigt werden. Die ganze Nebenverhandlung mußte sich mit ihm beschäftigen.

Es wurde Matthias immer offenbarer, daß es sich hier unmöglich um das nichtgelöste Trambillett handeln könnte noch um den Versuch, auf einer gutgeheizten Polizeistation zu übernachten, sondern daß es von ihm in jener unmerklichen Sekunde abgehangen, ob Hunderte von Beamten durch ihn die Möglichkeit erlangen sollten, ihre Pflicht zu erfüllen. Er spürte deutlich, wie all die Menschen, die er beschäftigte, vom Landgerichtsrat bis zum Aktenhefter, aus einem leisen und scheuen Gefühl der Dankbarkeit sich um ihn bemühten. Er spürte den inneren Segen seiner Tat, er kam sich wie ein stiller, weithin wirkender Wohltäter vor, der vielen Menschen Aufträge erteilte und Arbeitsgelegenheit verschaffte; wie ein Juwel, das man einschloß, damit es nicht gestohlen werde.

Als um Mittag wieder ein Beamter in kleiner Livree erschien, ihm seine Brotsuppe hinstellte und mit großer Sorgfalt hinter sich zuriegelte, da lächelte Matthias nicht ohne Stolz.

Der Landgerichtsrat aber legte das Fruchtmesser hin und streckte sich lang. Derweil sein Weib ihm die Rolle unters Haupt schob und, seine gefurchte Stirn glättend, mahnte: „Du überarbeitest dich, Schatz!“, knurrte er streng, doch mit Genuß: *„Nur Arbeit adelt!“*

(1921)

Der letzte Mops
oder
Die Wiedergeburt der Erde

Das Problem lag auf der Hand.

Aimé war ein Rassemops, blutrein bis zur Dido von Karthago. Er war der einzige, der den Brand der punischen Feste überlebte. Kraft seines Blutes! Nie war das Elixier eines seiner Ahnen anders denn mit phönizischem Element gemischt.

Das war sein Stolz und Stab.

Er hatte keinen Sproß. Er gehörte der Witwe eines Privatus in der Lindenstraße. Das heißt, es ging ein Gerücht, das tierähnliche Wesen, das der Oberstleutnant a. D. an einer Leine hinter sich herzog, sei eine Möpsin gleich untadeligen Stammbaums.

Nichts hätte nähergelegen, als beide seltenen Exemplare, die in ihrem Fett und Blut verbrannten, zu paaren. Allein der Oberstleutnant a. D. sträubte sich entschieden gegen die Vermischung der Möpsin, die seinen Namen auf dem Halsband trug, mit einem Zivilmops. Gesellschaften zur wissenschaftlichen Erforschung richteten Bittschreiben; ein namhafter Kynologe, zudem Kamerad, sprach vor.

Der Oberstleutnant widerstand.

Aimé – seinerseits erwachte eines Morgens in seiner Korbwiege, streifte nach einem ahnungsvollen Frühknurren die gehäkelte Decke: „Ja, wir Hunde sind doch bessere Menschen!“ zurück und ermittelte nach einigem Hin und Her, daß seine Eigentümerin, die Privata, nicht mehr aktionsfähig war.

Sie war verschieden.

Aimé, im Restbesitz dunkler Triebe, witterte Freiheit; er sprang durchs Retiradenfenster in den Garten. Sein eigener Herr!

Er stand auf der Straße, leinenlos, ungebunden, kraftgeschwellt. Er zog nach rechts und links; nichts hielt ihn. Etwas nur zog, zog. Er wußte nicht, was es war, noch, wie ihm geschah. Gefolgt von einer Kolonne Mithunde, trabte er vor ein fernes Haus. Große Stärke überkam ihn. Er warf sein Haupt in den Nacken, sein Mopsschweif peitschte die Flanken, und mit einem Großtiergebrüll, das die Fenster erklirren ließ, röhrte er jahrelang betrogenes Elementarverlangen zu der Letzten seiner Art.

Schweigend, jedoch demonstrativ, verharrten im Kreis die Scharen der Mithunde. In den Fenstern lagen die Menschen, besorgt, erwartungsvoll, schaulustig. Drunten brüllte der Mops donnernden Urlaut. Plötzlich – doch hatte niemand es anders erwartet – zerknallte ein Fenster, und heraus sprang die Möpsin, mit wildem Basedowblick, glasscherbenbespickt, aus dem ersten Stock! Hoch wogte ... und fast drohte zu geschehen, was nicht anders als geschehen konnte ..., da trat der Oberstleutnant aus dem Haus, jede Fiber gestrafft, bleiche Entschlossenheit in den männlichen Zügen, in der Faust eine Reiterpistole.

Er schoß sie nieder.

Sie!!

Und verschwand.

Dies alles war das Werk eines Augenblicks, zugleich aber das Samenkorn endlosen Geschehens.

Hochauf sprang Aimé und sank schnaubend über die tote Möpsin. Auf brüllten Tausende von Mithunden. Das Vieh in den Ställen brüllte. Hunderte von Katzen miauten. Kakadus schrien, Ziegen meckerten, Laubfrösche sprangen hörbar gegen ihre Glasdeckel, Kanarienvögel verweigerten die Nahrung! Brave Bierwagengäule zerrissen die Sielen und donnerten übers Pflaster, daß die Schaufenster splitterten. Kühe wandelten rollenden Auges über die Leipziger Straße und fraßen Zichorie und Ananas aus den Delikatessenläden. Myriaden der Geister domestizierter und vermenschter Tiere flatterten, stampften, brausten racheschnaubend durch die Steinwüste und die Glaskerker der Stadt. Schon sproßte Gras durch den platzenden Asphalt.

Vereinzelt noch lebten Menschen auf Dächern und in Kassenschränken. Über verfallene Bahnhöfe und Ministerien wölbte sich sehr stetig die milde Bucklung von Maulwurfshügeln.

Ein großes Verdienst aber hatten die Spatzen und Tauben. Bevor sie ihrer Urfreiheit sich hingaben und die ehemalige Stadt verließen, stürzten sie in Wolken über einen Güterbahnhof; es spritzte Gerste und Korn. Vom Wind und Flügelschlag verstreut, stäubte es über die niedermalmende Metropole.

Bei einem Märzregen erhob sich die Erde ... grün, grün, grün.

Nur aus einer Wiese spießte handhoch, schief, schwarz und weiß ein seltsames Gewächs; darauf noch stand: „Die geehrte Kundschaft wird gebeten ...“

Eine weidende Kuh stampfte es in den Grund.

(1921)

Weltmeister Maichle
oder
Es ist der Geist,
der sich den Körper schafft

Endlich war es gelungen!

Auf dem Olympiastadion sausten die Landesfarben am Flaggenmast hoch. Die Menge durchbrach die Schranken, stürzte über die Aschenbahn, erreichte die Grasnarbe, warf sich mit frenetischem Hurra auf einen scheu dastehenden Mann, hob ihn jach auf die Schultern und trug ihn unter Absingen der Nationalhymne drei Ehrenrunden durch die Kampfbahn.

Die sechzigtausend anderen Zuschauer aber hatten sich von den Sitzen erhoben und stimmten den internationalen Olympiaruf an: „Ohalalaí hadúddja jahó!" Der bedeutet: „Die fünf Ringe der Welt grüßen dich!", wobei das letzte „ó" wie eine Granate durch die gesprengten Kehldeckel sausen mußte.

In der Tat, eine Weltleistung war vollbracht!

Heinzwerner Maichle hatte für sein Land den ersten Weltrekord erstritten: *die Weltmeisterschaft im Schleuderballwurf!* Der Weltrekord von 69,8 Metern, den der herkulische Mulatte Plum Pudd Thing aus Süddakota seit acht Jahren hielt, dieser Weltrekord war von dem drahtigen, um nicht zu sagen schlankdurchgeisteten Maichle aus Murnau gebrochen worden! Und mehr noch: Der junge Olympionike überschritt mit seinem Wurf, der 70,3 Meter (!!) spurte, die heißersehnte Siebzigmetergrenze!

Um ein Haar, und der Kampf hätte noch eine dramatische Wendung genommen. Denn als der Zielrichter den Wunderwurf verkündete, da sprang der gigantische Mulatte mit einem dumpfen Tierlaut gegen den Sieger. Der aber, das klare Auge fest auf das Halbblut gerichtet, verharrte ruhig wie ein Standbild. Wie ein Panther, vor dem man die Fackel schwingt, so zog sich der schwarze Gigant jetzt mit feigen, schlangenhaften Bewegungen unter dem stählernen Blick des Weißen zurück. Mit einem Schlag war es auch dem fern-

sten Zuschauer der zehntausendköpfigen Menge klar: Es ist der Geist, der sich den Körper schafft!

Schon nach einer Stunde landeten zahlreiche Kampf- und Filmangebote bei Heinzwerner; auch das stürmisch begrüßte Staatstelegramm des Reichspräsidenten: „Heimat und ich wissen uns eins in Glückwunsch an 70,3-Meter-Olympia-Ballmeister!"

Unverzüglich rückdrahtete der junge Sieger: „Einstehe weiter für Pflichterfüllung bis zum letzten!"

Inzwischen war auch die Heimat nicht müßig gewesen.

Bis in die bescheidensten Arbeiterquartiere, bis in die fernste Bauernhütte hatte das Radio den Olympiasieg der Landesfarben getragen. Stolz erfüllte jeden: die Brust des Fabrikherrn wie die des kleinen Mannes.

Der Name Heinzwerner Maichle schwebte auf aller Lippen.

Die Heimkehr des Olympioniken begann.

An der Grenze wurde er durch den Reichsausschuß der vereinigten Sportverbände, durch eine Abordnung des Reichstags (Rasenspiel- und Kulturabteilung) und durch den Aufsichtsrat des Trusts zur Herstellung nahtloser Lederwaren empfangen. Dieser überreichte ihm einen Ehrenschleuderball aus nahtfreiem prima Kernleder, auf dessen einer Seite das Landeswappen, auf dessen anderer sein Namenszug hineingepunzt war. Schon setzte der Begrüßungschor von Tausenden weißgekleideten Schulkindern ein, die es sich nicht hatten nehmen lassen, an die Grenze zu strömen. Bei den Klängen dieser glockenreinen unschuldigen Stimmen ging ein Schauer durch den nervigen Mann. Er pflückte ein Blatt aus seinem goldenen Lorbeerkranz und reichte es einem Kind mit den schlichten Worten: „Werde wie ich!"

Über seinem Haupte kreuzten Fliegergeschwader.

So betrat Heinzwerner Maichle die Heimat.

In jeder Stadt, in jedem Dörfchen, an jedem Bahnübergang standen Tausende begeisterter Landeskinder, die es sich nicht nehmen ließen, dem Weltmeister mit Worten zu huldigen, ihm den Ehrentrunk zu reichen. Nach zwanzig Kilometern verspürte der Gefeierte ein heftiges Sodbrennen, nach dreißig Kilometern stellten sich die ersten Magenkrämpfe ein, beim vierzigsten Kilometer begann der stahlharte Mann Blut zu speien.

Erschrocken wollten Reichstrainer und Freunde eingreifen. Doch Maichle wehrte ihnen lächelnd: „Habe ich den 70,3-Meter-Wurf abgeschossen, so werde ich auch das zu Ende spurten! Es ist der Geist, der sich den Körper schafft!" Und schluckte das Blut seiner Lungen hinunter und stürzte in die Magenkrämpfe einen neuen Begrüßungshumpen und sprach unermüdlich auf Worte, die an ihn gerichtet.

Was bedeutet das einzelne gegen das Gemeinwohl!

Man muß hierbei bedenken, daß unser Held zur Zurücklegung dieser Vierzigkilometerstrecke genau zwei Tage benötigte. Alle fünf bis zehn Minuten hielt der Zug, da Begeisterte die Lokomotive abhängten, um Maichle ein Stück weit auf den Schultern zu tragen. Immer wieder wurde es Maichle klargemacht, daß er seinem Volk „neue Weltgeltung" verschafft, daß er auf die fortschreitende Ertüchtigung und überhaupt einen mannhaften Schluck zu leeren habe, daß man danach lechze, einige Worte aus seinem eigensten Munde zu hören.

Beim achtundvierzigsten Kilometer hatte der „Verein der kinderlosen Witwer" Aufstellung genommen. Auch dieser ließ es sich nicht nehmen. Der Vorsitzende tat in längerer Ansprache kund, daß der Verein von jetzt an das Schleuderballwerfen als obligatorische Pflichtübung für alle Mitglieder eingeführt habe. Der Verein der kinderlosen Witwer rechne es sich zu einer ganz besonderen Ehre ...

Gerade sollte der Zutrunk und mit ihm der fünfundzwanzigste Ehrenschleuderball überreicht werden, da stürzte der Weltmeister wortlos zusammen.

Ein Magenriß, verbunden mit einer Lungensprengung und einem Herzschlag, hatte sein Leben beendet.

Riesig war die Bestürzung im ganzen Land.

Eine Reichstrauer ward angesetzt, während deren nur „stumme Schlücke" (jedoch in unbegrenzter Zahl) auf den großen Menschen und Kämpfer getätigt werden durften. Die Brauereiaktien schnellten sprunghaft empor. Die Börse war *nicht* mehr „lustlos".

Sein Tod war nicht umsonst. (1925)

Begnadigt

In Riga hat der Arzt und Lepraforscher Sniker vom lettländischen Staatspräsidenten die Begnadigung eines zum Tode verurteilten Verbrechers erbeten und erhalten unter der Bedingung, daß sich der Begnadigte mit Lepra impfen läßt.
(Zeitungsmeldung)

Der zum Tode verurteilte Verbrecher Z. liegt auf der Pritsche einer Einzelzelle des Rigaer Zuchthauses. Sein Gnadengesuch ist verworfen. Ungewißheit ist somit behoben. Einzig die Zweifel über Tag und Stunde der Hinrichtung sind noch wegzuräumen.

Z. ist vierundzwanzig Jahre, ein Baum im Saft. Kerngesund. Er streckt sich auf der Pritsche, stößt sich in einer Luftkippe ab, daß er auf den Beinen steht. Den schweren Schemel, mit dem er täglich hier übte, hat man ihm genommen. Jetzt macht er seine Morgengymnastik: Schattenhiebe und Marsch um die Zelle, drei Schritte längs, zwei Schritte quer. Im Schlußsprung setzt er von der Tür auf die Pritsche.

Und liegt.

Eine halbe Stunde ruht er so in der grauen Helle und versinkt im Nichts der Zwecklosigkeit, eine Stunde, zwei Stunden …, was ist ihm die Zeit. Er ist ja schon gestrichen, ausradiert. Da klirrt die Klappe an der Tür. Der Wärter Sabdill steht draußen. Z. kennt ihn am Schlurfen der Strohpantinen und am gurgelnden Asthma. Mag er.

Doch jetzt öffnet sich die Tür; herein treten drei Menschen: Sabdill wie ein lahmer alter Tanzbär, dann der Inspektor mit äugendem Vogelgesicht – Z. ist von seiner Pritsche hochgesprungen und nimmt Stellung – und schließlich ein großer, etwa sechzigjähriger Herr mit einer grauen Matratze von Bart wie ein Niklaus und einer in den Nacken wallenden sokratischen Denkerstirn. Dieser väterliche alte Herr blättert unentwegt in einer Akte, sendet vergleichende Blicke auf den Delinquenten und debattiert mit sich selbst in Kurzsätzen wie: „Wird sich schon ergeben!“ oder: „Neue Wege müssen beschritten werden!“

Es ist der namhafte Arzt und Leprologe Uexkyll.

Der Inspektor stellt mit einem Blick fest, daß der Schemel fehlt. „Haben Sie sich beruhigt?“ fragt er Z.

„Jawohl, Herr Inspektor!“ Z. reißt sich zusammen und freut sich seiner errungenen Disziplin.

„Sie wissen“, registriert der Inspektor, „Ihr Gnadengesuch ist abgelehnt, Sie werden mit Ihrem Tod Ihre Tat sühnen. Nun aber ist ein seltsamer Fall eingetreten, vielmehr er kann eintreten ...“ Mit einem Krawattenblick sieht er auf Z.s Halsgrübchen und dann schnell auf die Bartwoge Uexkylls.

Von da kommt's nun wie ein milder Donner. „Es wird eintreten, mein Freund!“ rollt Uexkyll auf Z. zu. „Es besteht kein Zweifel, mein Sohn ..., neue Wege müssen beschritten werden! Wir werden der Welt ein Beispiel von Opfermut und Menschlichkeit geben! Tod durch den Henker ... Barbarei! Einsatz des Lebens im Dienste der Forschung ... eine Pioniertat! Es besteht kein Zweifel! Sie begreifen: Das Memelgebiet und die Randstaaten, einst ein Dorado seltener Hautkrankheiten, sind heute hygienisch dem Westen nivelliert. Selbst die berühmten Lepragebiete Lettlands sind im Rückgang. Unser Lepraheim, einst das Ziel zahlreicher Forscher des Kontinents, beherbergt heute nur noch zwanzig Kranke, meist ältere Fälle. Wir stehen nun vor der entscheidenden Frage: Ist die Lepra infolge Autoimmunisation der Bevölkerung im Aussterben, ist der ‚genius epidemicus‘ von sich aus im Schwinden, oder wirken unsere Quarantänevorschriften und hygienischen Maßnahmen hier kausal? Eigenblutschutz oder Seife, das ist hier die Frage! Mit einem Wort, es gilt zu ermitteln, ob ein gesunder Mensch unserer Randstaaten heute lepraimmun ist, was ich jedoch ...“

„Die Regierung“, serviert der Inspektor, der sich übergangen fühlt, jetzt Z. seinen offiziellen Auftrag, „die Regierung stellt nun im Interesse der Forschung Ihnen anheim, Ihr verfallenes Leben für die Menschheit in die Schanze zu schlagen, voll und ganz einzusetzen ...“

„Werde ich anders hingerichtet?“ fragt Z. beklommen.

Uexkyll wird rot wie ein Kanonenöfchen. „Unsinn! Torheit! Grade nicht, mein Freund! Das grade ist ja der Unterschied! Sie haben die freie Wahl! Sie können nein sagen! Sie können die Impfung mit Leprabazillen ablehnen, jene Impfung am Gesunden, die wir brauchen, um Licht in diese furchtbare Krankheit zu bringen. Der Tierversuch versagt hier; wir brauchen Menschenblut, ich meine menschliches Blut, artnahes Blut! Können Sie da nein sagen? Professor Pettenkofer strich sich Cholerabazillen aufs Butterbrot und erkrankte nicht. Es ist möglich, daß auch Sie nicht erkranken. Der Staat bietet Ihnen im Interesse der Menschheit diese letzte außergewöhnliche Chance! Ich darf ohne Eitelkeit sagen, daß ich es war, der diese Form der Begnadigung vor dem sicheren Henkersbeil empfahl. Können Sie nein sagen?“

Der Delinquent gleicht einem Ertrunkenen, mit dem man künstliche Wiederbelebungsversuche macht.

„Kaum glaubhaft, nicht wahr?“ dringt es väterlich aus den Tiefen des Bartes. „Und doch ..., hier der Erlaß! Und hier Ihre Einwilligungserklärung! Sie haben nur zu unterschreiben!“

Z. hat unterschrieben.

Er ist wie aus dem Wasser gezogen. Wieder öffnet sich langsam die Welt. Dankbarkeit, Freude und leise Furcht tanzen um ihn einen Wirbel. Sabdill und die anderen Wärter betrachten ihn mit Achtung. Er ist ein kostbares Exemplar. Er befindet sich jetzt im halboffenen Bau, er hat dreimal täglich Hofausgang und beste Kost ..., muß zu dem Versuch körperlich ganz in Form sein.

Endlich kommt der große Tag.

Er wird von Sabdill und einem zweiten bewaffneten Wärter in das Leprainstitut geführt. Wie wird er wieder herauskommen?

Professor Uexkyll empfängt ihn mit Herzlichkeit. „Nur Mut, mein Freund! Wir werden ganz neue Wege gehen!“ Dann erfolgt die körperliche Untersuchung und die Blutentnahme. Zwischen der Ermittlung des Blutbildes und der eigentlichen Impfung hat Z. in einem kleinen freundlichen Warteraum Platz zu nehmen.

Die Wärter patrouillieren im Gang.

Z. schaut sich um.

Zum erstenmal wieder in einem Zimmer mit richtigen Türen und Fenstern! Hinaus? Man wird ihn fangen.

Er kann nicht sitzen. Nebenan hört er Stimmen, Instrumente klirren auf Glas, dünnes, klingendes Glas. Ihn fröstelt. Sinnlos. Jetzt sieht er ein Lexikon ..., dritter Band, L–R; was wollen diese aufdringlichen Goldlettern L–R ..., warum gerade L?

Gedanke!

Er lauscht, schaut um sich, greift den Band, stellt ihn wieder hin, hält den Atem an, greift nochmals, blättert auf: L...Le...Lepra ..., richtig ... da:

„Man unterscheidet Knotenlepra und Nervenlepra ..., unter Fieber und derben Hautschwellungen entstehen wulstige Bildungen, Geschwüre, brandiger Zerfall ..., die Gesichtszüge sind nicht mehr zu erkennen, Hand- und Fußmuskeln entarten, es kommt zu Abstoßungen einzelner Glieder (Strümpell) ..., die Krankheit führt nach etwa zehn Jahren zum Tode."

Z. sitzt erstarrt. Er kann nicht einmal zittern.

„Begnadigt!" kriecht's ihm den Nacken hinauf. „Zu Lepra begnadigt!"

Auf einmal ist er tagwach. Kampfbereit wie vor dem Gewehr eines Gendarmen.

Das Lexikon steht im Spind. Er tritt in den Gang. Sabdill und der junge Wärter mit dem Karabiner lehnen an der Treppe und debattieren über Wilna und Polen.

„Fertig", sagt Z. und tritt zwischen sie.

Die beiden schauen ihn mit Ehrerbietung und stummem Grausen an. Dann geht's zu dem geschlossenen Wagen der Strafanstalt. Während der Fahrt rücken die Wärter auf weitesten Abstand; sie spüren die Lepra schon unter der eigenen Haut. Schließlich fragt Sabdill: „Nun, sprich!"

„Mich juckt's", meint Z. ruhig.

„Schmerzen?" forscht der Junge mit dem Karabiner.

„Mäßig. Die kommen erst", wirft Z. hin. „Wißt ihr, hätte ich's noch mal zu tun ..., nie! Lieber aufs Schafott!" Und nun berichtet er den Befund des Lexikons, daß er schon Steifheit und Abgestorbensein der Glieder spüre, daß sein Gesicht ganz fest werde, sein Blut „faulig zu riechen beginne" …, und das Schlimmste: jede Berührung …

Die beiden springen auf, der Karabiner schlägt gegen die Scheiben, sie wollen aus dem Wagen. Doch Z. steht jetzt an der Tür, warnt sie vor der Berührung, nimmt vom Sitz des alten Wärters den Mantel, befiehlt fünf Minuten völliges Schweigen, da er ihnen sonst „die Hand geben würde"; dann öffnet er den Wagen und wirft im Sprung den Schlag hinter sich ins Schloß.

Mittag in Riga.

Z. verschwindet in Mantel und Mütze des Wärters in der Menge. Man fahndet nach ihm.

Wenn Z. wieder festgenommen ist, wird zu entscheiden sein, ob er hinzurichten oder gemäß seiner Willigkeitserklärung zu Lepra zu begnadigen ist oder ob zuerst eine Bestrafung wegen Fluchtversuchs zu erfolgen hat.

(1928)

Der Ringkampf mit der Riesendame

Wenn heute die fachkundigen Rauschebärte darüber beraten, ob man das Jahr in zwei oder drei akademische Teile zerlege, in Semester oder Trimester, wir Tübinger Studenten des Jahres 1908 handelten nach eigenem Ermessen und nach den Geboten des Himmels. Denn es knallte ein knuffig heißer Juni über die Erde. Die Praktika waren nur von den Professoren, ein paar nachpaukenden Examinanden und den zugehörigen Froschschenkeln, Protozoen und Ausstrichpräparaten bevölkert. Die eigentliche Studentenschaft gehorchte den Gesetzen der Vernunft und des Thermometers und ging menschlicheren Dingen nach.

Mein Freund Hayn, kurz „Aubacke" genannt, erschien eines Morgens gegen sieben auf meiner Bude über dem Neckar. Mit den Worten: „Erhebe dich und wandle!" und mit der Spitze seines Albstocks trieb er mich vom Lager. Eine Stunde später zogen wir gen Süden. Zweiundzwanzig Mark betrug unsere „Börse". Alb und Hegau glühten in der tropischen Sonne. Am fünften Tag, dem Tag vor Pfingsten, kamen wir in Konstanz an. Die Stadt glich einem Heerlager. Bei der Verbrennung des Hus kann es nicht lebhafter gewesen sein. Das ganze Landvolk war zur Kirmes in dem Ort. Jedes zweite Haus eine Kneipe oder ein Laden; aus jeder Kneipe Musik und Gesang, aus jedem Laden Gezänk, Fluchen und Lachen; die Straßen voller Buden und Menschenknäuel. Vergebens suchten wir ein Bett oder nur einen Stuhl. Es war schon Nachmittag.

Da gingen wir zum See. Der Körper brannte uns von den fünf Sonnentagen über die Kalk- und Wacholderfelsen des Hegau. Von einer Bootsverleiherin, dick wie ein Walfisch und gutmütig wie ein Lamm, nahmen wir einen Kahn. Hinaus auf den See! Die Brocken herab und ins grüne glashelle Wasser! Zwei Stunden tollten wir vom Wasser ins Boot, vom Boot ins Wasser.

Einmal, da Aubacke sich trocknet, ich ihn wieder taufe, er mir nach will, kippt das Boot. Die Kleider rutschen ins Wasser und beginnen zu versacken. Grade noch greifen wir zu.

Klatschnaß sitzen wir im Kahn. Die Kleider haben wir; aber der Inhalt der Taschen liegt drunten im See: Aubackes Uhr und alles Geld. Kein Pfennig ist uns geblieben, nicht einmal ein Pfand zum Versetzen. Und die Miete für das Boot? Wir überlegen einen Augenblick, ob wir im Gebüsch an Land gehen und das Boot dem Spiel der Wellen übergeben sollen. Doch es obsiegt das Gute in uns. Wir fahren zu unserem Walfischweib und legen die Bootsleine und unser Schicksal in ihre Hand. „Saudreckete Kerle!“ gurgelt es aus ihrer Brust; dann aber umschleiert sich ihr Auge. Sie greift in den Seitenschlitz ihres Rockes und gibt jedem von uns einen Fünfziger fürs Vesper und für den Markt. Dies Bootsweib gehört in die Legende.

Wir Rohlinge sind nicht einmal gerührt oder beschämt. In einer halben Stunde ist das Geld hin; jetzt beginnt erst der Hunger, der wie eine Feile an der Magenwand reibt.

Der Markt! Buden an Buden. Schießstände, Freßzelte, Schaugerüste. Jeder Hosenmatz hat seinen Groschen. Nur wir sind „aller Mittel entblößt“. Dabei zauberhafte Attraktionen: Wettauchen von Nixen und Seelöwen! Lotterie mit Ringwerfen, worin ich schon als Junge geradezu ein Champion und mit fünf Würfen einmal eine Wanduhr und ein Bowlenservice gewonnen. Dann ein Lachkabinett, eine Teufelstreppe, eine Illusionistenschau mit der Dame ohne Kopf im Sarg. Und hier eine richtige Wildwestbude mit der „Boa constricta gigantica, was da ist die originalmexikanische Riesenschlange, die da mißt von der Zungenspitze bis zum Schwanz zwölf Meter, vom Schwanz bis zur Zungenspitze hinwiederum zwölf Meter, in ganzer Länge also vierundzwanzig Meter! Die wahre Weltattraktion bietet sich aber zu sehen, meine Herrschaften, in Jenny, der Riesendame, dem stärksten Weib des Kontinents, welches zum griechisch-römischen Gürtelkampf herausfordert jeden Mann, wes Standes und Landes er auch sei! Wer aber Jenny im Gürtelkampf zu besiegen vermag, für den sind an der Kassa hinterlegt … fünfzig (!) Mark!“

Paukenwirbel! Fanfare!

Aus dem Dunkel des Zeltes tritt … Jenny! Sehr beachtlich, sehr selbstbewußt, sehr kompakt! Sie kreuzt nach Art der Schwergewichtler ihre Arme auf der Brust und blickt mit kühlem Marmorblick auf uns Kümmerlinge drunten, die wir noch nicht die Zweizentnergrenze erreicht haben.

„Na?!“ stößt mich Aubacke in die Rippen.

Sein Hohn peitscht. Wie ein grimmiger Hund habe ich schon die ganze Zeit die fünfzig (!) Mark an der „Kassa“ angestiert. Unfaßbar, was man dafür essen, trinken, leben könnte! In München und Nürnberg hatte ich mir im Fünfkampf erste Preise geholt. Sollte man den Fleischkloß da wirklich nicht erledigen? „Also keiner der Herren?“ ruft der Herr Direktor.

Auf einmal, wie von einem Wind hinaufgeweht, stehe ich oben.

Der Herr Direktor starrt mich entgeistert an. Sofort aber ist er wieder Herr der Lage, flüstert etwas mit mir armem Irren und zerrt mich nach vorn. Trommelwirbel! Fanfarenstoß! „Meine Damen und Herren! Der Mann ist gefunden, der da wird kämpfen mit Jenny, dem Riesenamazonenweib des Kontinents! Es ist Fred Wurmsam, der Studentenchampion von Westeuropa! Meine Damen und Herren! In nie dagewesener Weise werden Sie heute sich paaren sehen Kraft, Schönheit, Grazie und Ehre um den Generalgewinn der Hauptprämie von fünfzig (!) Mark, ausgesetzt für den Sieger von der Direktion!“

Die letzten Worte gehen unter im Ansturm der Massen. Im Nu ist die Vorstellung ausverkauft.

Ich selbst harre in einer durch eine Zeltbahn abgeteilten Ecke der Bude meines Schicksals. Leicht erschöpft will ich mich auf einen Sack setzen; doch darin schiebt etwas in dikken Windungen ... die Boa constricta gigantica.

Dann kommt Jenny mit dem Chef. Wir machen Shakehands. Jenny taxt mich mit einem Blick und scheint sehr beruhigt. Der Chef aber ist sehr erregt: man müsse die Nummer in mehrere „Piècen“ aufteilen. Der Laden sei gerammelt voll, und draußen warte mindestens noch dreimal soviel Publico! Wir sollten zuerst Gewichte stemmen ... die erste Nummer; dann etwas Ringen mit Griffesuchen und Bodenkampf, doch ohne Entscheidung ... die zweite Vorstellung mit Publikumswechsel. Wiederum Scheinkämpfe; und dann der letzte große Clou um die Hauptgeneralprämie! Fünf knüppelvolle Vorstellungen seien gesichert!

„Na und?“ fragt Jenny und legt den Kampfgürtel um ihre Hüften.

Der Chef versteht. „Jeder von euch erhält zwei Mark Gratifikation pro Vorstellung!“ – Jenny sieht mit einem Marmorblick auf den Mann im Frack. Dann mit einer Kopfbewegung gegen mich: „Und wenn er siegt?“

Der Frack schüttelt sich vor Lachen über diesen guten Witz. Er läuft hinaus in die Manege, wo das Publikum schon ruft und johlt.

Jenny sieht ihm nach. Auf einmal blitzt es in ihrem breiten Gesicht, vielleicht die Wut des Schausklaven. „Knicker! Scheißkerl! Paß uff!“

Gongschlag! Die Gewichte werden nach draußen geholt.

Gongschlag! Wir springen in die Arena.

Wir beginnen zu stemmen und mit Griffkugeln zu werfen. Man hat mir einen blau-rot gestreiften ärmellosen Trikot angezogen; ich war damals prima in Form, riß rechts einen Zentner; das Gewichtwerfen war meine Spezialität. „Der hat Bouillon!“ kommt's von der Rampe. Das Publico ist auf meiner Seite. Dann markieren wir ein paar Gänge Gürtelkampf nach Art des Schweizer „Schwingens“. Die Gegner packen sich an den Gürtelgriffen und suchen einander auszuheben und niederzukanten.

„Unentschieden!“ ruft nach drei Minuten der Chef. „Der nächste Match in der nächsten Vorstellung! Beginn in zehn Minuten! Es wird gerungen bis zur Entscheidung! Generalprämie für Fred, falls er siegt, volle fünfzig (!) Mark!“

Wir stehen wieder in unserer „Garderobe“. – „Der Schinder! Paß uff, er bescheißt dich!“ knurrt Jenny, in deren Riesendamenhirn ein Gedanke sich gebiert.

Plötzlich legt sie in einer Art Solidarität ihre gigantische Hand auf meine Schulter. „Soll ihm versalzen werden, dem ...“

Strahlend springt der Chef herein. „Los, Freunde! Wieder rappelvoll! Der ganze Markt steht vor der Bude!“

Mir ist doch nicht ganz wohl in der Manege. Das Publico setzt Erwartungen auf mich. „Die Gegner reichen sich die Hände, verpflichten sich, nach den Regeln des Allround-catch-as-catch-can zu kämpfen, und schwören einander ewige ...“ Wir haben schon losgelegt. Jenny hebt mich einige Male und wirbelt mich wie einen Ball durch die Arena. Eh sie aber am Mann ist, stehe ich wieder. Doch unmöglich, bei dem Koloß im Gürtelkampf etwas zu bestellen.

„Der zweite Gang unentschieden! In der nächsten Vorstellung ...“ Aber da kommt er beim Publikum jetzt recht. Ein ohrenbetäubendes Gejohle: „Entscheidungskampf! Kassa!!“ Der Chef droht mit der Boa constricta, die er loslassen will. Er macht sich völlig madig.

Da flüstert Jenny mir zu: „Los, du!“

Mitten im Tumult beginnen wir zu ringen. Sofort Totenstille. Wir sind jetzt warm. Vergebens versuche ich Schulterzug und Hüftschwünge. Immer wieder muß ich kugeln. Zuletzt eine Finte: Ich bleibe wie erledigt liegen; wie sie herankommt, unterlaufe ich sie, daß sie stolpert und wie ein Berg hinknallt.

Rasender Beifallsdonner!

Jenny liegt wie betäubt. Ich drehe sie auf die Schultern. Der Beifall wird Orkan! „Bravo, Fred! Fred hat gesiegt! Auszahlen! Kassa! Kassa!“

Undeutlich höre ich, wie der Chef protestiert wegen „unfairen Kampfes“. Doch das Volk ist entfesselt; es dröhnt durchs Zelt wie von hundert Donnern.

Ich selbst knie neben meiner gefällten Amazone und halte ihr immer noch krampfhaft die Schulter nieder, als könne der Sieg mir noch entwunden werden. Plötzlich packt mich das Entsetzen: Wenn der Koloß bei dem Sturz sich ... das Genick gebrochen?! Ich öffne vorsichtig ihre Lider; da lacht sie wie ein Lausejunge, platzt kurz heraus und schließt schnell die Augen.

Als der Chef mit Hilfe der Boa wirklich die Kassa retten will, kommt es fast zu einer Lynchjustiz. Mit Messern und Zeltpflöcken rückt man gegen ihn vor. Die Platzpolizei greift ein. Ein Verhör stellt mit überwältigender Mehrheit aller Zuschauer fest, daß ich Jenny „regulär und fair“ geworfen habe. Das sind die ersten fünfzig (!) Mark, die ich in knapp einer Stunde verdiente.

Jenny beglückwünscht mich in der Garderobe: „Er platzt vor Wut!“ Sie lacht wie ein Erdbeben.

Der Chef kommt und läßt uns nicht mehr aus den Augen.

Er sieht aus, als wolle er sich gleich auf mich stürzen. Während ich den Trikot ausziehe, halte ich mit der einen Hand das Geld in meinem Hosensack fest.

Draußen hebt eine frenetische Menge mich auf die Schultern und trägt mich eine Strecke weit durchs Getümmel. Aubacke schreitet erhobenen Hauptes daneben. Es wird noch ein wilder Abend; wir schlafen auf einem Billard. Meine Hosentasche habe ich mit einem Bindfaden zugebunden.

Am nächsten Morgen, Pfingstsonntag, gehen wir an den See zu der Bootsfrau, dick wie ein Walfisch. Sie ist baff, weil wir ihr das Entliehene und das Bootsgeld aushändigen. Sie blickt auf uns, als seien wir der Heiligenlegende entstiegen, wir „saudrecketen Kerle"!

Dann fahren wir mit dem nächsten Dampfer über den ganzen Bodensee nach Lindau. Auf Deck sitzt Aubacke, stolz wie ein Engländer, und frißt riesige Mengen Vanille- und Himbeereis. Ich hingegen schreibe eine Karte an:

JENNY
Riesendame und Gürtelkämpferin auf dem „Markt"
zu Konstanz am Bodensee

des Inhalts:

„Der Kampf ist beendet! Die Gegner reichen sich die Hände und schwören sich ewige Freundschaft! – Fred, regulärer Sieger im Gürtelkampf."

(1929)

Schüler Munz wird gemordet

„Ein zehnjähriger Schüler, der seine Schulmappe verloren, irrte aus Angst vor Bestrafung zwei Tage umher und wurde heute als Leiche aus der Spree gezogen."
(Tagespresse)

„Aus verletztem Ehrgefühl hat sich in W. in Abwesenheit seiner Eltern ein zwölfjähriger Schüler erschossen. Er wurde beschuldigt, bei einem Fußballspiel ein Paar Stiefel gestohlen zu haben; es hat sich aber herausgestellt, daß der Junge versehentlich beschuldigt worden war."
(Tagespresse)

„Ein sechzehnjähriger Schüler, der einem Mitschüler die Brille zerschlagen hatte und deshalb mit vier Stunden Karzer bestraft war, nahm sich diese Strafe so zu Herzen, daß er sich gestern abend erhängte."
(Tagespresse)

„Der achtzehnjährige Schüler K. nahm sich eine Woche vor dem Abiturientenexamen das Leben. Die Eltern stehen vor einem Rätsel."
(Tagespresse)

Bäckermeister Munz betrieb in der Parkstraße eine glänzend gehende Dampfbäckerei. Dies Handwerk hat seit Adams Zeiten einen goldenen Boden. Denn in den „Rigoletto" gehen, das kann man sich zur Not versagen; aber ein Frühstückstisch ohne lohwarme krachendfrische Semmeln, unmöglich!

Munz hatte drei Kinder: eine zwanzigjährige Tochter, vollschlank und weizenblond, mit Wohnungsausstattung und einem Finanzobersekretär als Verlobten; dann kam der älteste Sohn, der nach der Volksschule gleich ins väterliche Geschäft eingesprungen; schließlich Herbert, der Jüngste, ein ebenso fester und breiter Brocken wie der Bruder, ein gesunder Junge mit einem Müllerrücken, mit einem Ringkämpfernacken und dem entsprechend kleinen Schädel. Herbert war des Vaters Stolz. Er wuchs auf, als das Geschäft anfing eine Goldgrube zu werden. Er sollte etwas „Rechtes" werden. Dem schweren Leben des Vaters einen Glanz verleihen. Das

Gymnasium war das mindeste. Verlangte doch heut auch die Konditorinnung für ihre Lehrlinge das Einjährige, einige Hotels sogar das Abitur.

Die ersten Jahre hatte Herbert sich unauffällig durchgeakkert. Das Einjährige gelang jedoch nur mit vielen Drückern und Nachhilfestunden, obschon Herbert im Turnen und Fleiß stets „lobenswert“. Aber was will man heute mit dem Einjährigen anfangen? Selbst die Steuerbehörde fordert für ihre mittleren Beamten die Kenntnis von Caesars „Bellum gallicum“, und das Hotelgewerbe bevorzugt Anwärter, die in Xenophons „Anabasis“ und in den Oden des Horaz Bescheid wissen.

Dennoch, in der Obersekunda kam Herbert mit dem Stoff nicht mehr zu Rande. Die alcäische und sapphische Strophe, die sphärische Trigonometrie und die Logarithmenreihen schlugen in seinem Hirn, das zu einfacheren Dingen geschaffen, bis zur Unkenntlichkeit Rad. Dabei büffelte er Tag und Nacht, die Finger in den Ohren. Um Weihnacht erhielt der Vater einen Brief der Schule, daß Herbert voraussichtlich „das Endziel der Klasse nicht erreiche“.

Munz war durch diese Minderwertigkeitserklärung seines Sohnes aufs tiefste in seiner eignen Ehre gekränkt. War sein Junge weniger begabt, weil der Vater nicht Regierungsrat, sondern nur Bäckermeister?! Er wollte es ihnen zeigen. Geld spielte keine Rolle. Herbert bekam in den Weihnachtsferien täglich fünf bis sieben Nachhilfestunden von Professoren anderer Schulen. Jeden Tag hatte er ein festes Pensum zu erfüllen. Mit mathematischer Sicherheit mußte so der Stoff lang bis Ostern bewältigt sein. Die Stunden wurden auch über die Ferien fortgesetzt, zu dem Schulunterricht. „Die Schande“ des Sitzenbleibens werde er an seinem Sohn nicht erleben. Doch je mehr Herbert an Stoff in sich hineinpreßte, um so mehr Räder gingen in seinem Kopf herum. Schließlich war alles nur noch ein einziger Gulasch. Dabei wurde er selbst schlaff, bleich, reizbar, ängstlich. Es war, als sollten in seinen zu engen Schädel mit einemmal hundert Gänge und Wege mit Gewalt hineingesprengt werden. Bisweilen hatte er eine unbezwingbare Lust, zu turnen, Gewichte zu stemmen, die Fenster herauszureißen und auf die Straße zu werfen.

Dann stand er bei seinem Bruder vor den Feuern und schob mit höchster Freude und Kraft die schweren Mulden aus den Röhren und schwang die Mehlsäcke heran. Munz nannte ihn nur noch den „Bengel“, den „Tagedieb“. In der Klasse hieß er das „Gnu“ oder die „Büffelantilope mit dem treuen Blick“. Dieser Spitzname konnte ihn wild machen. Einem, der ihn hartnäckig „Gnu“ rief, hatte er mit einem Faustschlag das Schlüsselbein zerbrochen. Die erste Karzerstrafe folgte. Auch der Vater nannte ihn, falls er ihn besonders strafen wollte, jetzt Gnu.

Das Gnu wurde immer verprellter, verschlossener, einsamer, trotziger. Die Lehrer sprachen von „passiver Resistenz“. Die Kameraden nannten ihn boshaft und dumm. Er selbst bat den Vater, er solle ihn vor Ostern doch irgendwo in die Lehre tun.

„Irgendwo“, fauchte der Vater, „auch irgendwo muß man einen Fingerhut Verstand haben!“

Das Gnu hatte längst kapituliert. Dennoch mußte er dauernd an den „Tag der Schande“ denken, der mit Ostern herannahte. Oft saß er nachts auf dem Speicher und schaute über die Dächer. Den Tag haßte er.

Kurz vor Ostern spielten sie Handball. Der Lehrer trug die Tore in sein Notizbuch ein. Er legte es immer wieder auf die Mauer. Einmal ward er schnell abberufen. Mit Raubtierblick erluchste die Klasse die seltene Beute. Zum Schein spielten einzelne weiter. Drei, vier durchspickten das Buch nach den Zensuren und der Versetzung. Trotz des Spiels herrschte eine völlige Stille auf dem Hof. „Alle! Alle! Bis auf einen!“ hauchte es jetzt von der Mauer herüber.

Einer nach dem andern schlich zu dem Buch, warf einen Blick hinein und stimmte dann in den gespenstischen Chorus leise ein: „Alle! Alle! Bis auf einen!“

Wirklich hatten alle bis auf das Gnu schon in das Buch gesehn. Dem fehlte der Mut. „Kannst du dir denken, wer der eine ist?“ fragte der Kamerad mit dem gebrochenen Schlüsselbein, „ich glaub, dein Vater wird sich freun!“ Er duckte sich und lief davon. Da kam der Lehrer. Dem Gnu war es zum Sterben elend.

Aber er zeigte es nicht. –

Zwei Tage später war Herbert Munz verschwunden. Man suchte ihn über zwölf Stunden. Dann fand man ihn erhängt auf dem Speicher des väterlichen Hauses. Der Vater und die Schule standen vor einem Rätsel. Denn so schlimm hatte man es doch nicht gemeint.

(1929)

Das Öhmchen

Auf einem Moskauer Vorortbahnhof übergab mir ein Freund einen kleinen Zettel, den er von einem deutschen Kriegsgefangenen an der Front erhielt; auf dem Zettelchen stand:

„Dr. Wolf!

Sein Freund, Landgerichtsrat Dr. Meyer in Hechingen-Hohenzollern, ist von SA 1942 ermordet.

Aussage von Hans B. aus Hechingen. War früher in Dr. Wolfs Wandergruppe."

Ich starre immer wieder auf den kleinen Zettel, während der Zug schon einfährt und die Kameraden mich fragen, ob ich in Moskau bleiben oder an mein Ziel fahren wolle. Der Zug zieht an. Die weiße Schneelandschaft rollt draußen langsam an mir vorüber.

Seltsam, genau zweiundzwanzig Jahre sind es her, als ich mit meiner jungen Frau von Stuttgart über Tübingen nach Hechingen fuhr, wo mein Onkel – das „Öhmchen" – mir unruhigem Gesellen half, nach vielen Irrfahrten dort auf der Schwäbischen Alb eine kleine landärztliche Praxis aufzubauen. Freilich lag damals in Süddeutschland kein Schnee. Das ganze Neckartal war ein einziger Blütengarten. Die knallgrünen Wiesen waren bedeckt mit goldgelben Himmelschlüsseln, und auch das Haar meiner Frau war damals wie helles Gold. Ihre dicken blonden Zöpfe fielen von der Stirn über die Ohren und waren, ähnlich denen der Florentinerinnen des Botticelli, im Nacken zu einem Knoten vereint. Immer wieder zogen die goldgelben und grünen Wiesen an uns vorbei, die abgeteilt und umsäumt waren von einem weißen Blütenkranz der Kirsch- und Apfelbäume. Stumm schauten wir hinaus auf das bunte Glück der Erde, und unsere jungen Herzen bestaunten diesen gewaltigen und holden Blumenstrauß, den das schwäbische Land uns durch die offenen Fenster des Zuges darreichte.

Das Öhmchen, dieser fünfzigjährige Junggeselle, Landgerichtsrat a. D. und Sonderling, hatte seinen juristischen Dienst quittiert, um vor dem Städtchen mitten in den Wiesen in seinem kleinen Holzhaus seinen Liebhabereien zu leben, fernab von den Menschen. Dieses Holzhaus war eine Welt für sich. Es stand unter einer Eiche, war äußerst einfach gebaut und nach alter Art mit einem Strohdach bedeckt. Die Kleinstädter und vor allem die Bauern nannten das Öhmchen deshalb „Doktor Strohdach". Neben dem Haus war ein großer Anger eingezäunt; dort tummelten sich ein Dutzend Geißen aller Lebensalter und ein halbes Dutzend großer und kleiner Böcke herum. Ein ähnlich seltsames Bild bot sich in dem Hofplatz vor dem Haus, wo ständig zahlreiche junge und alte Hähne miteinander rauften, daß die Federn nur so flogen, während an die dreißig bis vierzig Hennen und Küchlein diesem edlen Turnier zuschauten. Auch auf der Eiche neben dem Dach saßen Hühner und Hähne gleich wilden Vögeln und stimmten mit ihrem Krähen und Gackern in der luftigen Höhe ein seltsames Konzert an. Hinzu kam noch ein gutes Dutzend Katzen, Kätzchen und Kater, die auf dem Geländer der kleinen Holzveranda oder auf den Pflöcken des Wiesengeheges saßen, sich sonnten und putzten. An Sonntagen aber war es ein beliebter Spaziergang der Hechinger, mit ihren Kindern diesem Tierpark des Doktor Strohdach einen Besuch abzustatten und zugleich kostenlos einige ärztliche Ratschläge und homöopathische Kügelchen zu erhalten.

Doktor Strohdach war durch seine märchenhafte Tierliebe bekannt, niemals tötete er ein Tier, verkaufte sie auch nicht, weil er fürchtete, der Käufer möchte einen der Hähne oder Böcke schlachten. Außerdem galt er weit und breit als ein Wunderdoktor. Von nah und fern kamen die Leute, um sich von ihren Leiden oder den Folgen der Schulmedizin kurieren zu lassen. Niemals nahm Doktor Strohdach nur einen Groschen für die Behandlung; wohl aber gab er oft Bedürftigen kostenlos Medikamente seiner eigenen Hausapotheke; wer wollte, konnte Geld in eine große Blechbüchse werfen: für die Armen! Mehrmals versuchte der Kreisarzt, gegen ihn vorzugehen. Aber die Zahl der Kranken, denen Doktor Strohdach geholfen hatte, ging in die Tausende. Es hagelte Petitionen für ihn, es drohte ein Volkssturm zu werden, wenn man ihn anzutasten wagte; so verliefen die Aktionen des Kreisarztes im Sande, und es blieb alles beim alten.

Doktor Strohdach saß abends nach vollbrachter Stall- und

Gartenarbeit und nach Beendigung seiner täglichen Heiltätigkeit über seinen alten medizinischen Schwarten, den lateinisch geschriebenen Büchern des Paracelsus, dem „Organon“ des Doktor Hahnemann, den Exzerpten aus Galenos und Hippokrates, sowie modernen medizinischen Fachzeitschriften und verglich seine eigenen Erfahrungen und Aufzeichnungen mit denen seiner alten und jungen Kollegen. Während er so bei einer großen Petroleumlampe in den alten Schwarten las, hockte eine der vielen Katzen auf seiner Schulter, eine andere schlief auf seinen Knien, so daß er sich nicht erheben konnte, wenn man zu ihm kam; oft lag ein krankes Huhn oder ein Geißlein, das sich überfressen und Blähsucht hatte, mit einem kunstgerechten Bauchprießnitz auf der Holzbank am Ofen. Von der Wand schauten alte Ölgemälde und Stiche, die er seit Jahren sammelte. Mein Onkel war felsenfest davon überzeugt, daß diese verrauchten und durch Alter und Staub verdunkelten Bilder echte Dürers, Tintorettos, Ghirlandajos und Velazquez' seien; er hatte in jedem dieser Ölgemälde den „Geheimzirkel des Meisters“, den Anfangsbuchstaben seines Namens, in einer Linie des Faltenwurfes oder in einer Locke der Dogen und Madonnen unweigerlich entdeckt; er konnte ernsthaft zornig werden, wenn man daran nur einen leisen Zweifel aussprach oder ihm nicht zustimmte.

Er stand mit den Hähnen auf und ging tief nach Mitternacht zu Bett. Er arbeitete tagsüber als Bauer und als Arzt. Nachts las und studierte er. Er schrieb Abhandlungen und Traktate. Immer wieder verfaßte er als alter Jurist für die prozeßführenden Bauern kostenlos Gesuche und Schriftsätze und beriet sie an Hand seiner Bibliothek.

Das alles hatte ich auf der Fahrt nach Hechingen meiner Frau erzählt. Sie hatte wohl einiges Recht, auf das „Öhmchen“ neugierig zu sein.

„Hechingen! Nach Rangendingen, Haigerloch umsteigen!“ rief der Zugschaffner aus, als wir am späten Nachmittag ankamen.

Auf dem Bahnhof stand ein großer, hagerer, gebräunter Mann im Lodenrock, mit einem ehemals schwarzen, breiten Schlapphut auf seiner weißen Mähne ... das Öhmchen.

„Schnell, schnell!“ mahnte er, „alles andere kommt später!

Die Bockelis können nicht warten!“

Er nahm das Handgepäck meiner Frau und eilte voraus.

Da hielt das edle Gespann, zwei starke, alte Ziegenböcke mit mächtigem, kreisförmig nach hinten gebogenem Gehörn vor einem kleinen Karren. Schon ging es die holprige, steinige „Steige“ hinauf, wobei uns das Öhmchen ununterbrochen die Fähigkeiten und Tugenden seiner Bockelis in den höchsten Tönen pries und zugleich die Historie des alten Schwabenstädtchens erzählte.

So rückten wir im Hotel „Zur Linde“ ein und bezogen dort am Obertorplatz als blutjunge Eheleute unser erstes Quartier. Wir waren von der Reise und dem Frühlingstag recht müde. Aber das Öhmchen ruhte nicht: wir mußten bei ihm zu Abend essen und vor allem sein Haus, seine Tiere und seinen Hof besichtigen.

Es war der 15. April 1922, ein wunderbarer milder Frühlingsabend. Bald hatten wir das Städtchen hinter uns. Da lagen im rosigen Abendlicht die Berghöhen der Rauhen Alb, eingehüllt in das zarte Grün der weiten Buchenwälder, aus denen die graue Felskuppe des Zeller Horns und, wie Spielzeug aus einem Kinderbausteinkasten, die Burg Hohenzollern herausragten. Das Öhmchen führte uns mit langen Schritten einen Seitenpfad zum Wiesengrund; schon vernahmen wir vieldutzendfaches Gekrähe, Gegacker, Meckern, Miauen und Bellen, das uns die unmittelbare Nähe des Reiches von Doktor Strohdach ankündigte. Noch ein paar Schritte, und der Hofhund Lux sprang wild bellend gegen uns, zugleich in ausgelassener Freude den Ohm anheulend, die Geißenherde galoppierte laut meckernd zum Rand des Geheges ihrem Herrn entgegen, die Hühnerschar sammelte sich, auf Futter wartend, gackernd im Hof, von dem Eichbaum krähten die Hähne, und die Katzen und Kater miauten von der Fensterbank der Küche und dem Geländer der kleinen Veranda. Das Öhmchen aber redete jedes der Tiere mit seinem Namen an, „das Teufele“ und „das Engele“, „das Theresle“ und „das Hexele“.

Dann saßen wir im Wohn- und Arbeitsraum an dem großen Tisch, den heute seine Wirtschafterin, die Therese, ausnahmsweise von den Bergen von Büchern und Papieren halb befreien und festlich zum Abendmahl decken durfte; und wir ließen uns die Dickmilch, die Pfannkuchen und die eingemachten Früchte munden, während das Öhmchen dauernd aufsprang und uns mit erhobener Lampe seine besonderen Schätze zeigte, die verstaubten Ölgemälde, die kreuz und quer an den Wänden hingen, jene „echten“ Velazquez', Dürers, Ghirlandajos und Hans Memlings mit den geheimen Initialen.

Wenn man Öhmchen zur Abendstunde in seinem Zimmer antraf, wo er mit einem Berg von Büchern, Manuskripten, tausend Zettelchen und Traktätchen, alten bäuerlichen „Hinterglasbildern“, mit seinen Katzen und kranken Zicklein oder Küken wie weiland der Doktor Faust in seinem „Museum eingebannt war“, dann konnte man an einen mittelalterlichen Gelehrten und Alchimisten, an einen Magister medicinae im Stile des Theophrastus Paracelsus von Hohenheim denken.

Tatsächlich hatte Öhmchen in seinem ganzen Wesen viel von diesen alten umfassenden Humanisten an sich. Er war ein ausgezeichneter Jurist. Vom Oberlandesgericht Frankfurt schickte man den jungen Referendar um 1900 als Austauschjuristen der Cecil-Rhodes-Stiftung nach London, wo er das englische Strafrecht studierte, zugleich aber eifrig am Britischen Museum über das Urrecht der Kolonialvölker des britischen Empire Forschungen anstellte. Als er heimkam, hatte er einen ganzen Koffer wunderbarer Reproduktionen Holbeins und van Dycks, der afrikanischen Tanzmasken und Abdrucke der Keilschriftbilder von Ninive mit; er deklamierte Byron, Milton und Shakespeare englisch, las mir seine eigenen englischen Gedichte vor, zeichnete mir aus dem Kopf den Tower und das Portal des St. James Palace auf; er hatte sich ein eigenes Bade- und Gymnastiksystem erdacht, das er mit mir zwölfjährigem Buben ausprobierte. Wir gingen in die Berge des Westerwaldes und auf die Schieferberge am Rhein botanisieren; und es zeigte sich, daß er jede Pflanze nach dem Linnéschen System bestimmen konnte. Wir sammelten an den vulkanischen Seen der Eifel – dem Manderscheider Maar und dem Feuermaar – seltene metalloide Steine, die er schon damals zerrieb, mit Milchzucker verdünnte und die homöopathische Reiz- und Heilwirkung an sich selbst und mir ausprobierte, zum Mißfallen meines

Vaters, der sich diese „Kinkerlitzchen“ verbat und das Öhmchen für einen Narren hielt. Mir aber war er Freund, Helfer und Lehrer in den entscheidenden Tagen meiner Jugend.

Als junger Amtsgerichtsassessor in Wetzlar war das Öhmchen ein sehr gepflegter, eleganter und fast mondäner junger Mann. Er trug stets einen dunklen, modischen Anzug mit hochgeschlossener Weste und einen schwarzen Plastron, in dem eine antike Goldnadel stak, die eine Kornähre darstellte und einen Mohn; der Mohn bestand aus vier Rubinen. Obschon diese Kostümierung das Öhmchen – hochgewachsen und schlank, wie er war – nicht übel kleidete, so entstand hier unsere erste Meinungsverschiedenheit. Ich erklärte seinen dunklen Anzug, den er auch bei Bergwanderungen und botanischen Ausflügen trug, für wenig zweckmäßig; ich selbst, der ich meine halbe Jugendzeit, bloß mit einem Ruderhöschen und einem Turntrikot bekleidet, mit meinem Boot auf dem Rhein lag, ich lief auch auf dem Lande rudermäßig angetan umher. Wenn das Öhmchen mich dazu zu einem Spaziergang oder zu einer Wanderung abholen wollte und ich war bereit, in meinen Turnschuhen, meinen grauen Leinenhosen und meinem ärmellosen Turntrikot mitzulaufen, so erklärte er, das ginge nicht, „wegen der Leute“. Hier opponierte ich dem Öhmchen leidenschaftlich und machte künftig meine Ausflüge allein in dem Wanderkostüm, das mir beliebte.

In Hechingen allerdings – mehr als zwanzig Jahre später – fuhr der „Doktor Meyer-Strohdach“ auf seinem alten, klapprigen Fahrrad mit einem grünschwarzen, flatternden Lodenmantel und ebenso flatternder weißer Mähne unter seinem uralten, viel zu kleinen schwärzlichen Schlapphut durch das Städtchen, daß die braven Bürgersleute sich umschauten und aus den Bäcker- und Spezereiläden heraussprangen, um den seltsamen Heiligen zu bestaunen. Jetzt war er nicht mehr der elegante Dandy von einst, sondern der einsame Bauerndoktor und Geißenzüchter mit schrundigen, braunen Arbeitshänden, mit einem verwitterten, von tausend Fältchen durchzogenen Gesicht, mit alten Schaftstiefeln an den Füßen und noch älterem grünschwarzem Rock, Lodenmantel und Hut, der jedem berufsmäßigem Bettler und Landstreicher Ehre gemacht hätte. Jetzt war ich es, der ihn immer wieder ermahnte, daß er „wegen der Leute“ und schließlich auch um meinetwillen nicht in diesem verwilderten Aufzug im Städtchen sich zeigen dürfe. Wir hatten seltsam die Rollen vertauscht …

Es gab aber weit ernstere Zwistigkeiten zwischen uns, die schließlich auf weltanschaulichem Gebiet zur Entzweiung führten. Es begann mit kleinen Dingen, unter anderem damit, daß ich seine Vorliebe für Hellseherei und Gedankenlesen nicht teilte und mich über die Experimente der gerissenen Betrüger lustig machte, denen das Öhmchen oft genug zum Opfer fiel. Das brachte dann immer eine Verstimmung. Das Verhältnis des Öhmchens zu mir besserte sich jedoch wieder. Die Frage: Hellsehen oder Gedankenlesen? stand jetzt nicht mehr auf der Tagesordnung.

Es folgte eine lange friedliche Zeit. Meine Praxis wuchs, ich war mit meinem kleinen Opelwagen ständig auf Achse und auch literarisch sehr beschäftigt. Ich kam recht selten hinaus in den Bereich des „Doktor Meyer-Strohdach“.

Die alten Kastanienbäume am Obertorplatz blühten, mein erstes Söhnchen schaute mit verwunderten Blicken auf die weißen Blütenkerzen in dem grünen Blättermeer. Mein zweites Söhnchen wurde geboren; und das Öhmchen brachte wieder einen Korb frischer Eier von seinen Hühnern und selbstgebackenes Rosinenbrot. Zugleich unterbreitete er mir, während meine Frau mit dem Jüngsten nebenan zu Bette lag, einen grandiosen fertigen Plan. Es handelte sich um den Ankauf eines Grundstückes dicht neben dem seinen, auf dem mein neues Haus zu bauen sei; und ferner um den Erwerb einer großen Wiesen-Wald-Parzelle droben am fürstlichen Fasanengarten, auf dem wir gemeinsam eine große Naturheilstätte – einen „Jungborn“ – errichten würden, am besten, indem wir einen „Jungborn“-Verein gründeten.

Das Öhmchen legte mir ein fertiges Kroki vor, mit vielen roten, blauen und grünen Linien, mit einem richtigen Maßstab am Rande und einem groben Kostenüberschlag. Ich kannte ihn als Projektemacher großen Stils, der, wenn er einen Plan hatte, vor nichts zurückschreckte. Er war da wie ein verwegener Roulettespieler und setzte alles auf eine Farbe. Zugleich rechnete er aber scharf. Und so hatte er offenbar den damaligen Tag, da ich voller Glück über mein zweites

Söhnchen – das ich nach dem Helden meines Bauernkriegsstücks „Der Arme Konrad“ nun Konrad nannte – zu jeder Tat bereit war, als den richtigen Moment eingeschätzt, meiner entstehenden „Dynastie“ den würdigen wohnlichen Rahmen zu geben. Schon lange wollte das Öhmchen mich „endlich seßhaft“ machen, da er mit Recht mir unruhigem Gesellen mißtraute. Viel zu oft fuhr ich nach Stuttgart, Berlin, Leipzig, Frankfurt zur Aufführung meiner Stücke. „Ein Mann muß festen Boden unter den Füßen haben, sonst treibt er wie ein Kork auf den Wellen!“ sagte er mir mehrmals.

Ich war aber, sosehr mir die Rauhe Alb, Hechingen und das ganze schwäbische Land mit seiner kräftigen, ehrlichen bäuerlichen Bevölkerung gefiel, gegen eine zu schnelle Verankerung in dem kleinen, halb preußischen, halb schwäbischen Städtchen; und meine Frau sekundierte mir wacker hierbei.

So schlug ich auch an jenem Oktobertag den ersten Großangriff des Öhmchens ab, indem ich ihm erklärte, sein Projekt sei eines Wilhelms des Eroberers würdig; aber ich möchte mich nicht für mein Leben mit soviel Land, Haus und Hof und vor allem nicht mit Schulden und Anleihen belasten. Das Öhmchen packte schweigend seine Skizzen mit den farbigen Linien ein. Und seit dieser Stunde fiel der zweite Schatten über unser gegenseitiges Verhältnis.

Er nannte mich danach oft einen „kleinen Kirchturmspolitiker“ ohne jeglichen Weitblick und Wagemut; aber die eigentliche Hemmung sah er in meiner Frau, die „großstadtsüchtig“ sei und nach Stuttgart wolle, ohne daß sie daran denke, welch wunderbarer Boden gerade Hechingen für das gesunde Wachstum und die naturgemäße Erziehung der beiden Buben darstelle! Öhmchen, der fast sechzigjährige Junggeselle, machte es mir zum Vorwurf, daß ich mich „ganz im Banne“ meiner Frau befinde; und als ich ihm lachend dies bestätigte, da wandte er sich enttäuscht und entrüstet von mir.

Dennoch kaufte er die beiden Grundstücke unter Einsatz seiner letzten Ersparnisse und Aufnahme vieler Schuldverschreibungen und Hypotheken; er hatte sich in den Plan verrannt. Bald jedoch erkannte er selbst, daß er eines Tages von den Schuldenlasten erdrückt würde, wenn er den „Jungborn“ nicht schnell aufbauen und rentabel machen konnte. Er suchte alle Welt dafür zu interessieren. Aber die Leute fragten mit Recht: „Wie steht denn Ihr Neffe zu dem Plan? Er ist doch Arzt! Hat er sich daran beteiligt?“

Mir aber war es einmal gar nicht nach „Lebensabend“ zumute, und zweitens wollte ich letzten Endes doch nach Stuttgart. Mir war es gar nicht so ausgemacht, daß es im „Ländle“ in den nächsten Jahren so ruhig bleiben würde. Ich erklärte das auch ganz offen dem Öhmchen – der ein überzeugter Hindenburg-Wähler war – während ich Ernst Thälmann meine Stimme gab.

Und hier entstand die dritte und letzte schwere Entzweiung zwischen uns beiden. Öhmchen, der es in der kaiserlichen Armee bis zum Feldwebel gebracht hatte, war stets sehr stolz auf seine früheren militärischen Fähigkeiten. Dies drückte sich auch darin aus, daß er ein „juristisches Exerzierreglement“ herausgegeben hatte. Er wählte nach der Ruhrbesetzung durch die französischen Truppen deutschnational, als Reichspräsidenten stets Hindenburg, auf den er große Stücke hielt.

Mein Eintreten für den Kommunismus war ihm äußerst unangenehm, ja zuwider. Er sah darin etwas meiner gesellschaftlichen Stellung als Arzt völlig Unangenehmes, einen glatten Nonsens, mehr noch eine widernatürliche Geschmacklosigkeit. Er prophezeite mir, daß ich eines Tages an der Politik zugrunde gehen würde; er riet mir dringend, mich lediglich an meinen Arztberuf zu halten und wie er selbst ein im Grunde apolitisches Leben zu führen, indem man die „staatserhaltenden Kräfte“ anerkennt und im übrigen friedlich auf seiner Scholle lebt.

Er konnte damals nicht ahnen, daß wohl gerade an dem stillen, friedlichen Wiesenhang, wo seine Geißen, Zicklein, Hühner und Kätzchen mit ihm lebten, sein Blut von Nazimörderhand vergossen werden sollte, während ich über Länder und Meere dieses Erdteils, durch Konzentrationslager und Polizeiwachen in meinem Kampf gegen den Faschismus umhergeworfen wurde und dann mit Rotarmisten im Osten an verschiedenen Fronten mitmarschierte, bis mir schließlich jener kleine Zettel eines Kriegsgefangenen der Hitlerarmee überreicht wurde, auf dem stand: „Landgerichtsrat Dr. Meyer in Hechingen-Hohenzollern ist von SA 1942 ermordet."

Nein, er konnte damals von seinem Standpunkt des fanatischen Menschen- und Tierfreundes, des einsamen, in sein Schriften- und Bildermuseum vergrabenen Sonderlings dieses Ende durch Mörderhand nicht ahnen. Sonst hätte er nicht immer wieder in unseren Diskussionen jene Nazibrut als Irregeleitete verteidigt, wenn ich sagte, man müsse sie rechtzeitig vernichten. Wir gerieten dabei einander stets in die Haare.

Trotz allem, Öhmchen, ich hätte niemals geglaubt, daß dies dein Ende sein würde.

(1944)

Das Signal

Ende Februar 1943 – etwa vier Wochen nach Stalingrad – kamen wir auf dem Vormarsch nach Westen in den kleinen Ort Starobelz, schon nahe der Ukraine. Natürlich waren alle nicht zerstörten Häuser voll von Rotarmisten. Unsere Abteilung quetschte sich in einzelne Quartiere nahe der Kirche. Mit einigen Kameraden suchten wir noch eine bessere Unterkunft und fanden endlich ein Häuschen, vollkommen unbeschädigt, an dem stand: „Achtung! Minengefahr! Noch nicht entmint!“ Wir entdeckten einen schmalen Lichtstreifen und traten von rückwärts ein, da wir sicher waren, daß die Pioniere sich dieses „nicht entminte“ Haus reserviert hatten.

So war es.

Wir fanden eine sowjetische Pioniergruppe darin. Meine russischen Kameraden erklärten den wackeren Sappeuren, daß wir ebensogern wie sie in dieser Nacht durch noch vorhandene Minen in die Luft flögen und ebensogern wie sie in diesem sauberen Quartier schlafen möchten.

Mitten in der darauffolgenden Diskussion sehe ich plötzlich den „Überfahrenen“. Ich erkenne Max sofort an seinem Schiefhals und dem offenstehenden, herunterhängenden Mundwinkel der rechten Gesichtshälfte. Es gibt ein großes Hallo mit viel Umarmungen. Und nun hilft es nichts, jetzt muß Max mir seine Geschichte – im Kreise der Rotarmisten – zu Ende erzählen, jene Geschichte, die er vor vier Jahren in Moskau begonnen hat während einer Demonstration, bei der wir im Sturm der Begeisterung mitten während seiner Erzählung am Majakowskiplatz getrennt wurden.

Die Sache war aber diese: Damals war Max nach längerer Behandlung in einem deutschen Gefängnislazarett und später in den Kliniken der Sowjetunion gerade entlassen worden. Er hatte nach Hitlers Machtantritt etwa drei Jahre in tiefer Illegalität in Dresden, Stuttgart und Berlin als Verbindungsmann zwischen den einzelnen Gruppen gearbeitet. Schon in jenen Jahren bestand ein Teil der Arbeit der KP Deutschlands darin, bei der anlaufenden Rüstungsproduktion die Menschen vor dem drohenden Hitlerkrieg zu warnen. Natürlich war die Lage der Arbeiterschaft in den mehr geruhigen Betrieben Süddeutschlands mit einer oft halb bäuerlichen Belegschaft anders als in den rein städtischen Zentren Sachsens oder in Berlin selbst. Max galt nun als Kurier zwischen den einzelnen Landesleitungen. Die meisten Instruktionen wurden damals nach den schweren Opfern der Partei durch Terror und Verrat mündlich übermittelt. Solch ein Verbindungsmann wie Max mußte über ein gutes Gedächtnis verfügen, um im Kopf alle die Instruktionen, die Verbindungsmänner, die Kennworte und die Treffs zu behalten. Wichtiger aber war, daß dieser Genosse unbedingt geradestand und hart genug war gegen Folter, Ermüdung, Einfluß von Frauen und jede andere Anfechtung. Und noch wichtiger schien es in manchen Fällen, daß er Geistesgegenwart und blitzschnelle Initiative besaß.

Es geschah nun an einem schönen Oktobertag in Berlin, daß Max auf der Straßenbahn fuhr und plötzlich hinten Alfred auftauchen sah, einen früheren Genossen, der inzwischen einwandfrei als Spitzel signalisiert wurde. Kaum daß Max den Spitzel erkannt hatte, wandte er das Gesicht weg, stand bei der nächsten Halte auf, drängte auf die vordere Plattform und sprang als erster ab. Mit einem Blick nach rückwärts erkannte er, daß auch Alfred abgesprungen war. Eine Sekunde bloß trafen sich beider Blicke.

Blitzschnell registriert das Gehirn von Max, daß die Genossen in seiner Berliner Anlaufstelle seinen Namen nicht kennen, daß seine Taschen sauber sind, daß also kein Material bei ihm zu finden ist, daß er in dieser Stunde keinen Treff hat. Es geht also bloß um ihn selbst. Und dafür glaubt er garantieren zu können. Inzwischen hat er den Bürgersteig erreicht und geht am Wittenbergplatz an mehreren Geschäften mit großen Spiegelscheiben vorbei. Ohne sich umzusehen, kann er in den Scheiben feststellen, daß Alfred ihm folgt. Natürlich müssen irgendwo zwei „Onkels" in der Nähe sein. Es bedarf im übrigen ja nur des Anrufs irgendeines Schupos, um ihn sofort festnehmen zu lassen. Dennoch macht Max einen letzten Versuch, seinen Verfolger abzuhängen. Er überquert schnell die Straße, wechselt die Richtung seines Weges, biegt in eine kleine Querstraße ein, da er weiß, daß hier ein Bierkeller ist, in dem die Rollkutscher verkehren, und verschwindet darin.

Kaum hat er jedoch an einem der groben Holztische Platz genommen, als auch Alfred die Treppen zu der tiefgelegenen Bierschwemme heruntersteigt und sich direkt an seinen Tisch setzt. Max greift mechanisch nach dem schweren gläsernen Literseidel. Es ist nunmehr schon alles gleich. Aber Alfred hält seine Hand fest und sagt ruhig: „Mach keine Dummheiten, Max! Wir sind allein." Er tritt sogar um den Tisch herum und setzt sich jetzt neben den ehemaligen Freund. „Du weißt natürlich alles", fährt er fort, „und ich weiß selbst, daß ich ein Schwein bin, ein gemeines Stück Mist!" Er spricht jetzt schnell, leise, fast atemlos. „Aber du weißt natürlich doch nicht alles, du weißt nicht, was die mit einem anstellen können; du hast noch nicht Blut aus allen Löchern geschwitzt; dir haben sie noch nicht die Arme ausgerenkt und drei Tage nichts zu trinken gegeben als Salzwasser und Heringsjauche."

Max legt ein paar Geldstücke auf den Tisch und will hinaus; doch Alfred hält ihn fest. „Ich sag dir, Max, mach keinen Blödsinn! Ich weiß, du willst morgen bei Kipsdorf über die böhmische Grenze ..."

Max setzt sich wieder. Nur mit Mühe beherrscht er seine Erregung; denn diese Aussage des Spitzels stimmt, obschon eigentlich nur drei Menschen davon wissen können.

„Ging Paul hoch?" fragt Max zum erstenmal unüberlegt, obschon Paul natürlich nicht Paul heißt. Und zum erstenmal lächelt jetzt Alfred. „Ich will davon nichts wissen, ich will in deinem Fall überhaupt keinen Namen wissen; aber ich weiß, was ich weiß; oder stimmt es nicht? Na, siehst du. Und jetzt fragst du vielleicht, weshalb der Alfred, dieses Schwein, dich gewarnt hat? Na schön, Max, das ist auch so eine verfluchte Schwäche – und auch grade von der umgekehrten Seite her wie die Schwäche im Gestapokeller. Was wir schon alles zusammen früher mitgemacht haben, Maxe, auf der Schule, bei unserer Jugend und später im Betrieb ... Sauerei, wie das Leben mit einem spielt! Mach's, wie du willst; aber ich rate dir, hau noch heute hier ab, Max, und nicht nach Süden, sondern nach Norden oder Westen. Servus!"

Bevor Max noch eine Frage an diesen unheimlichen Burschen richten kann, ist er wieder die Treppe hoch und auf der Straße verschwunden.

Natürlich hätte Max diese Begegnung der Leitung sofort melden müssen; aber mit den Genossen kommt er erst am nächsten Tag zusammen, und heute hat er um sechs Uhr einen sehr wichtigen Treff am Alex, um einem alten Kumpel und Vertrauensmann der Munitionsarbeiter mitzuteilen, daß ihre mit Sand gefüllten Granaten ihr Ziel erreicht hätten. Es war damals Ende Oktober 1936, zur Zeit der heftigsten Kämpfe vor Madrid, an denen auch die Zenturie Thälmann teilnahm. Nun waren mehrere der faschistischen Granaten als Blindgänger vor den Gräben der Thälmann-Zenturie niedergegangen, einzelne auch als „Ausbläser", wobei der Zünder wegflog. Da sich diese Blindgänger und Ausbläser ziemlich zahlreich fanden, schöpften die deutschen Genossen der Zenturie Thälmann Verdacht, untersuchten die Granaten und entdeckten statt der Pulverladung nur Sand darin und vereinzelt sogar kleine Zettelchen mit der Beschriftung: „Wir sind mit euch! Rot Front!" und: „Gruß von den Genossen aus Berlin!"

Diese gute Nachricht, die auch den einzelnen Genossen in den Berliner Rüstungsbetrieben bestimmt neuen Auftrieb gibt, hat Max an den Verbindungsmann weiterzuleiten. Er fährt also zurück zum Alex, dem Zentrum von Berlin. Da er noch zwei Stunden Zeit hat, verdrückt er sich in einer der dortigen Kneipen und beginnt zu überlegen, weshalb Alfred ihm dies alles wohl gesagt habe. Ob das Ganze vielleicht eine Falle ist, um ihn von seinem Auftrag abzulenken? Aber dann wäre es doch das einfachste für Alfred gewesen, ihn glatt hochgehen und verhaften zu lassen. Immerhin scheint es sicher, daß die Gestapo über seinen hiesigen Aufenthalt und seine Absicht, über den kleinen Grenzwald bei Kipsdorf nach Böhmen hinüberzuwechseln, informiert ist. Spätestens morgen früh muß er der hiesigen Leitung dies mitteilen. Heute muß er noch seinen Auftrag ausführen.

Um die Zwischenzeit unauffällig totzuschlagen, bummelt Max am Alex durch das Kaufhaus Tietz, das, je mehr es auf die Zeit des Arbeitsschlusses geht, sich dicht mit Menschenschlangen füllt. Gegen fünf Uhr begibt sich Max in die Erfrischungsabteilung des großen Warenhauses und bestellt einen Kaffee. Das Erlebnis mit Alfred beunruhigt ihn. Er sucht dahinterzukommen, wer seinen Auftrag an der böhmischen Grenze verpfiffen haben könnte. Vielleicht ist auch sein heutiger Treff schon bekannt? Wer vermag den Menschen unter die Haut zu sehen? Und wenn das heute schiefgeht und er in einer Stunde bereits in den Klauen der Gestapo ist? Wobei das Leben um ihn weiterrollt, als gäbe es keine Hindernisse und als sei das eigene Leben von der Größe eines Sandkorns.

Gegenüber stopft eine junge Frau ihrem etwa dreijährigen pausbackigen Sprößling einen Windbeutel in den offenen Mund, während er sich den weißen Schaum der Schlagsahne noch zusätzlich über die Nase hinweg in die Haare schmiert. Langsam kriechen die Minuten. Es ist noch über eine Stunde bis zum Treff. Draußen dämmert der Tag zu Ende. Eine schon ziemlich alte Schallplatte aus dem Nebenraum fordert schlicht und bündig auf: „Mein Schatz, sag du zu mir!“ Woher bloß Alfred die Sache weiß? Ob er nicht doch den heutigen Treff fallenlassen und lieber erst morgen früh mit der Leitung sprechen soll? Aber welch eine Freude und Bestätigung wird es für die Genossen in der großen Munitionsbude sein, wenn sie erfahren, daß ihre Kameraden an der Madrider Front durch die abgeschossenen Granaten in Form der Blindgänger ihre Grußbotschaft erhielten! Man darf auch nicht zu schwarzsehen. Etwas muß man schon riskieren. Seine ganze Aufgabe beruht ja zur Hälfte auf Selbstvertrauen. Er zahlt und treibt sich noch etwas in den Nebenstraßen zwischen dem mächtigen Volksbühnenbau und dem Alex herum.

„Wollen wir ein Stückchen zusammen gehen, Kleiner?“ sagt eine Stimme halblinks hinter ihm, und ehe er sich herumdrehen kann, ist jetzt seine Hand von rechts gepackt und auf den Rücken gedreht, während der linke Bulle ihn bereits vom Straßenrand in eine Limousine hineinstößt. Das alles geht blitzschnell und fast unbeachtet von den Passanten. Die Falle ist zugeklappt. Sie fahren nicht weit bis zum nächsten

Wachlokal der Kriminalpolizei, wo die Gestapobullen in einer hinteren Stube ihn sich vornehmen. Offenbar sind sie im Bilde.

Einen Augenblick wundert sich Max, daß man ihn nicht zur Albrechtstraße oder ins Kolumbiahaus gebracht hat, um ihn gleich richtig zu behandeln. Doch bereits nach zwei Minuten wird ihm das Teuflische des „sanften" Planes der Gestapobullen klar. Sie wissen von dem Treff. Sie wollen ihn vorerst einmal als Köder benutzen, um in dem Gedränge an der Straßenbahn, das um diese Zeit bei Schichtwechsel herrscht, wirklich den Richtigen sogleich herauszufinden. Das ist gar nicht so leicht, wenn man den Namen und die Person nicht kennt, sondern nur weiß, unter den Tausenden Menschen könnte der eine sein. Und den ganzen Alex um diese Verkehrszeit abriegeln, das gäbe einen miserablen Eindruck, da die KPD „restlos zerschlagen" sei. Aber nun haben sie ja „das Vögelchen".

Natürlich verweigert Max jede Aussage. Er provoziert sogar die Bullen, indem er behauptet, nicht eine Silbe würden sie aus ihm herausbringen, und wenn sie ihn zehn Jahre in die Mache nähmen. Die beiden lächeln nur und bieten ihm eine Zigarette an. Er zerknautscht sie zwischen den Händen und schmeißt ihnen die Tabakreste ins Gesicht. Doch die Bullen rührt das nicht. Ihr fettes Grinsen wird sogar noch behaglicher. Und nun ist es schon ganz klar, sie brauchen ihn in der nächsten halben Stunde unbeschädigt.

Fünf Minuten vor sechs hupt draußen der Wagen. Die beiden nehmen den Verhafteten fest beim Handgelenk und bugsieren ihn in das Auto. Zwei Minuten vor sechs bremst der Wagen in einer Querstraße gegenüber der verabredeten Haltestelle. Man kann von hier trotz der hin und her flutenden Menschen ganz gut den S-Bahn-Ausgang und die Straßenkreuzung überblicken.

Es ist eine halbe Minute vor sechs.

Max sucht mit aller Kraft seine Gedanken in Ordnung zu halten. Keinesfalls darf er irgendeine Reaktion zeigen, falls der Kumpel, der ihn kennt, über die Straße kommt. Auf der anderen Seite aber muß er ihn warnen, daß er ihn nicht kenne. Er muß ihm ein Zeichen geben: ein Signal. Doch wie? Und welches? Und wird er – Max – überhaupt dazu noch kommen, ehe der andere im Bruchteil einer Sekunde alles begreift?

Eine ungeheure Wut packt ihn. Vielleicht soll er den Bullen in die Fresse hauen? Aber das wird denen nichts ausmachen. In dem Lärm zu schreien hat auch keinen Sinn. Ehe er mit seinen Gedanken zu Ende ist, reißt der eine Bulle jetzt die Tür des Autos auf und drückt ihn hinaus. Seine beiden Hände werden von den Gestapobeamten eisern und doch kaum sichtbar umgriffen.

Und da – es läuft ihm tatsächlich wie eisiges Wasser den Rücken hinunter –, da sieht er den Kumpel mit der nach hinten gedrehten Schirmkappe an der Halte stehen. Er schaut grade in der Richtung auf ihn; jetzt – ganz deutlich – hat er ihn erkannt, nickt leicht, kneift ein Auge zu. Nur noch die Straßenbreite liegt zwischen ihnen. Alle die mühsame Arbeit im Betrieb mit den endlosen Zwischengliedern war also umsonst? Wieder wird eine ganze Gruppe hochgehen? Und in Spanien werden die an den Caudillo gelieferten deutschen Granaten nicht mehr blind in den Dreck fauchen, sondern die guten Kerle von der Zenturie Thälmann in Stücke reißen?

Das alles blitzt in einer Sekunde durch das Gehirn von Max; doch es ist keine Zeit mehr weiterzudenken. Die Bullen wollen mit ihm über die Straße. Der eine hat im Gedränge seine Hand losgelassen, der rechte hält ihn fest. Und als in diesem Augenblick ein schwerer Lastwagen über die breite Fahrbahn heranrollt, gibt es für Max nur eins. Mit äußerster Klarheit nimmt er seine ganze Kraft zusammen und tut – den einen Gestapobullen mit sich reißend – einen gewaltigen Sprung auf die Fahrbahn, mitten vor den großen Lkw.

Nach Wochen im Polizeilazarett, als er das Bewußtsein langsam wiedererlangt hat und aus seinen Kopfbandagen die einzelnen Worte des nicht unfreundlichen Arztes auffängt, erfährt Max, wie das Ganze sich zutrug. Tatsächlich rollte der Lastwagen über ihn und den mitgerissenen Gestapobeamten hinweg. Der war sofort tot. Ihm selbst wurden so ziemlich alle Knochen gebrochen; eine Niere blieb gequetscht. Drei

Wochen lag er regungslos und bewußtlos, schon halb im Grabe.

Weshalb man aber mit ihm soviel Umstände machte: Bluttransfusionen, Operationen, künstliche Ernährung, Wasserbett? Vielleicht wollte man doch noch aus ihm herausholen, was bisher offenbar mißlungen war? Vielleicht gab es irgendwelche Gründe, die er in seiner Ermattung nicht erkennen konnte? So dämmerte er die Wochen dahin. Aber je mehr er wieder zu beobachten vermochte, um so mehr schien es ihm, als betrachte ihn die Verbandschwester und auch der ältere Stationsarzt mit großer Anteilnahme. Und als der alte Arzt einmal ihn sogar anredete: „Na, Sie kleiner Signalgast, wie fühlen wir uns heute?“, da wußte Max, daß seine Tat hier ein Echo gefunden hatte und daß man ihm nicht übel gesinnt war.

Es kamen auch andere Gestalten, die sich für seine Genesung interessierten. Einzelne schmissige Ärzte und Herren, denen ein heller Junge wie Max ihren Beruf von der Nasenspitze ablesen konnte. In diesem Fall schien der Überfahrene stets sehr benommen und verworren, und auch der alte Arzt bestätigte, daß eine Gehirnerschütterung das Bewußtsein des Kranken zweifellos schwer beschädigt habe.

Dann kam jene späte Stunde, die trotz allem bisher Unerwarteten in seinem jungen Leben dennoch wie ein Traum war. Zwei Wärter holten ihn, nachdem schon die Nachtschwestern den Dienst übernommen hatten, wie es hieß, zu einer Blutübertragung. Es ging noch eine Treppe tiefer als bisher, man ließ den Operationssaal hinter sich, dann überquerte man mit der geschlossenen Tragbahre den Hof.

Plötzlich wird es sehr kalt. Max will hoch und ruft: „Was ist das?“

Aber der eine Träger flüstert ihm zu: „Still, keinen Ton! Du wirst schon sehen.“

Es wird noch kälter. Die beiden Träger heben ihn auf. Und nun erkennt er, daß er auf zwei Decken in einem richtigen Sarg liegt. Noch immer scheint ihm das alles völlig unwirklich; doch da sagt der eine: „Du hast genug Luft; wir haben Ritzen zwischen den Brettern gelassen; in einer halben Stunde holen wir dich sowieso heraus.“

Heraus – das hieß aus dieser verflucht kalten Leichenkammer.

So kam es, daß Max, der „Signalgast“, durch diesen Husarenstreich, von denen in jenen Tagen einige glückten, gerettet und in einem illegalen Quartier im „Laubengelände“ bei Berlin gesund gepflegt wurde. Daß er über die Grenze kam und die Sowjetunion erreichte, dafür sorgten die Genossen.

„Das war kein schlechtes Signal“, meinte einer der Rotarmisten. „Bloß möcht ich's nicht grade ausprobieren.“ Ein zweiter aber fragt den Max: „Und weißt du, ob das Signal auch ankam?“

Max sucht zu lächeln, was ihm bei seinem schiefen, halboffenen Mund und der Lähmung der Gesichtsnerven nicht ganz gelingt. „Ich weiß sogar jetzt, wie der Genosse hieß“, erwidert er, „denn die Krankenschwester brachte mir einmal einen kleinen Kuchen, in dem ein Zettelchen stak, und darauf stand: ‚Laß Dir's gut schmecken! Dein Hans von der andern Seite vom Lkw.‘“

Wir fuhren noch einen halben Tag mit unseren Schlitten nebeneinander, Max und ich. Wir sprachen schon von ganz etwas anderem, ob wir gemeinsam den Dnepr erreichen und wie wir Deutschland wohl einmal sehen würden. Dann fragte ich ziemlich unvermittelt den Max, der an der Front auch politische Arbeit verrichtete: „Sag mal, Maxe, falls sie dich zufällig noch einmal schnappen sollten hier an der Front – und falls sie dich wiedererkennen?“

Max sah mich aus seinen schönen, klaren Augen in dem sonst so entstellten Gesicht an und meinte: „Bestimmt werden sie mich diesmal nicht lebend schnappen; aber ich weiß ebenso bestimmt, ich werde wieder einmal in Deutschland sein.“

Er hat sich nicht getäuscht.

(1947)

„Mutter ...“

Es war im Februar 1943, an einem klirrendkalten Tag bei vierzig Grad unter Null, in einem winzigen Dörfchen bei Starobelz in der eisigen Wintersteppe westlich des Dons, als die Rotarmisten der Division, mit der ich auf kleinen Schlitten fuhr, mir wieder einmal zuriefen: „Doktor, geh da in die Hütte, da ist Arbeit für dich!“

Ich ließ den Schlitten halten und ging mit zwei Kameraden der sibirischen Schützendivision über den glitzernden knirschenden Morgenschnee in eine der wenigen nicht verbrannten Bauernhütten. Dort standen neben einer alten Bäuerin zwei junge deutsche Soldaten; ihre Augen schauten ängstlich aus den Schneehauben hervor. Auf der breiten Ofenbank lag ein dritter sehr junger Landser, der leise stöhnte. Die deutschen Soldaten, die an der Wand standen und an Brocken dunklen russischen Brotes kauten, waren recht erstaunt, wie ich sie in ihrer Heimatsprache anredete. Sie erklärten mir, daß man sie als vorgeschobene Horchposten beim fluchtartigen Rückzug glatt vergessen habe. Nun seien sie fünf Tage lang in der Wintersteppe umhergeirrt. Nachts hätten sie sich Schneelöcher gegraben, so gut es ging.

„Und weshalb habt ihr euch nicht gefangengegeben?“

Schweigen. Sie schauten einander an.

„Nun, ich weiß schon.“

„Ja, Herr ..., man sagte, der Russe legt jeden Gefangenen um.“

„Wer sagt das?“

„Der Divisionsbefehl. Alle.“

„Und was sagt ihr dazu?“

Wieder Schweigen. Die beiden jungen Hitlersoldaten stekken verlegen das russische Brot in die Manteltasche. Ich selbst habe jetzt weder Lust noch Zeit, mich mit diesem Goebbels-Schwindel, der so vielen deutschen Soldaten das Leben kostete, länger zu befassen. Draußen zieht die Division weiter. Die Glöckchen der Schlittenpferde klingeln auf der Straße in allen Tonlagen. Dazu das Schnaufen

der trabenden Pferde.
Kommandorufe.

Aber da liegt der deutsche Soldat, zu dem man mich holte.

„Was ist mit ihm?"

„Der Fuß!"

„Erfroren?"

„Ja. Er konnte nicht mehr mit, hatte schreckliche Schmerzen. Deshalb sind wir ja auch ins Dorf gegangen. Wir wollten ihn nicht erfrieren lassen."

„Nun gut, helft mal!"

Wir ziehen dem jungen Landser den Mantel aus. Bei jedem leisen Ruck macht er Abwehrbewegungen nach dem Fuß. „Langsam, Kameraden, langsam!" Er stöhnt hemmungslos. Sein blasses Knabengesicht wechselt plötzlich die Farbe – er schaut mich flehentlich an, sucht meine Hände von seinem rechten Stiefel fernzuhalten. „Bitte nicht ..."

„Ich bin Arzt, sei vernünftig!"

Der junge Hitlersoldat hat Infanteriestiefel an, die kurzen „Ofenrohre", wie wir im ersten Weltkrieg sagten, die im Westen ganz brauchbar gegen Regen und Schlamm sind, die aber in einem russischen Winterfeldzug bei vierzig Grad unter Null sich als eine furchtbare Eisquetsche auswirken mußten. Natürlich war es ganz unmöglich, das Zeug mit dem tagelang zusammengepappten Fußlappen herunterzubekommen. Bei jedem etwas gewaltsamen Versuch schrie der Soldat auf.

Die alte ukrainische Bäuerin ist zu uns getreten. Sie faßt mich am Arm. „Was machst du mit ihm? Weshalb quälst du ihn?"

Ich blicke in ihr faltiges Gesicht. Unter ihrem Kopftuch quillt das weißgraue Haar hervor. In ihren Augen stehen Tränen. „Siehst du denn nicht, wie blaß er ist?"

Eine Sekunde horche ich nach draußen auf das Hufgeklapper und Geschnaufe der Pferde. Vielleicht fährt mein Schlitten jetzt weg? Wie komme ich dann nach? Ich wende mich zur Bäuerin. „Schnell eine Schere oder ein Messer!" Und wie ich ihr erschrockenes Gesicht sehe: „Ich muß den Stiefel aufschneiden! Schnell!"

„Hier!“ meint neben mir einer der Rotarmisten und klappt ein großes Taschenmesser auf. Ich beginne vorsichtig den rechten Stiefelschaft in der Naht aufzutrennen; es ist keine leichte Arbeit. Die Rotarmisten, die den Zweck des Ganzen noch nicht recht einsehen, lösen mich ab. Der junge deutsche Soldat stöhnt. Seine Kameraden reden leise auf ihn ein; aber er läßt sich nicht abhalten, zu knurren und zu stöhnen. Einmal verstehe ich die Worte: „So ein Schwindel ...“

Ich habe keine Zeit zu fragen, was er meint. Es ist wirklich nicht einfach, das harte Leder – selbst in der Naht – mit dem Taschenmesser loszutrennen und den vor Schmerz sich bäumenden Soldaten dabei nicht zu verletzen. Wie ich einmal aufschaue, bemerke ich, wie die alte Bäuerin sich hinter den jungen deutschen Soldaten gesetzt und seinen Kopf mit ihren großen faltigen Händen an ihre Brust gepreßt hat; dabei sagt sie: „Still, mein Kleiner! Was hast du denn, mein Junge?“ – mit jenen zärtlichen russischen Worten, mit denen man einen kleinen Knaben beschwichtigt.

Der Stiefel gibt nach. Wir sind mit unserer Schneiderei auch schon ganz unten am Fuß angelangt. Ich rucke das Leder noch ein paarmal leicht hin und her, dann ziehe ich es herunter. Ein furchtbarer, nach Verwesung riechender Gestank! Und dann der Anblick!

Vor mir bewegt sich ein richtiges Fußskelett: blanke Knochen und weiße Sehnen. Das faule, erfrorene Fleisch und die verweste Haut stecken im Stiefel.

Totenstille ist in der Stube.

Ich schaue auf, selbst unfähig, ein Wort zu sagen.

Alle starren auf das weiße Skelett, auch der junge Soldat, dem am lebenden Leibe dies Attribut des Knochenmannes anhängt. Er beginnt zu weinen, zu wimmern, zu heulen wie ein geprügelter Hund. Die Bäuerin legt ihre Hand auf seinen Mund. Doch er bäumt sich auf und heult weiter. Seine Kameraden und die Rotarmisten springen hinzu. Doch die Bäuerin fährt sie an. „Weg da! Laßt mich!“

Und sie hält den jungen deutschen Soldaten weiter fest in ihren Armen.

Der ist jetzt kreideweiß im Gesicht, seine Glieder entspannen sich, sein Kopf sinkt an die Schulter der alten Bäuerin. „Mutter, Mutter ...“, stöhnt er und fällt in Ohnmacht. –

Es ist klar, der Fuß muß möglichst schnell amputiert werden, vielleicht sogar ein Teil des Unterschenkels. Ich nehme den immer noch Bewußtlosen auf meinen Schlitten. Dann fahren wir los. Abends erreichen wir ein Feldlazarett, das in einer Schule aufgeschlagen ist. In allen Gängen liegen Verwundete. Azetylenlampen schwelen und fauchen am Fußboden. Natürlich ist die chirurgische Abteilung überfüllt. Doch der leitende Arzt gewährt mir die dringende Aufnahme meines Patienten, des deutschen Soldaten.

Nachdem man ihm die Uniform ausgezogen und ein reines russisches Hemd angezogen hat, fällt der deutsche Soldat nicht weiter auf. Ich selbst gehe im Arztmantel zum Operationssaal. Ich habe nicht viel Zeit, da ich noch in der Nacht unbedingt wieder den Anschluß an die Division gewinnen muß. Zum Glück finde ich eine Kollegin, die für meinen Fall sofort Verständnis zeigt. Wer im Krieg während der Kampfhandlungen jemals als Arzt auf einer chirurgischen Station tätig war, weiß das zu schätzen.

Meine Kollegin, eine ältere Chirurgin, hat jenes Gesicht, wie wir es gerade bei älteren russischen Frauen oft finden, ganz gleich ob sie eine bejahrte Bäuerin vom Dorf, eine Arbeiterin aus dem Industriezentrum oder eine Frau der alten Intelligenz ist – es ist jenes breite, gute, mütterliche Gesicht, das viel Leid erlebt hat und mit dem Leid aller Kreatur mitempfindet.

Diese russische Chirurgin geht sogleich mit mir. Sie wickelt das Leinen, das die alte ukrainische Bäuerin uns gegeben hat, ab und stellt fest, was zu tun ist: Amputation oberhalb des Fußgelenkes.

Wie ich dem jungen deutschen Soldaten dies mitteile, schaut er mich entsetzt an. Ich erkläre ihm, daß jeder Tag, jede Stunde die Sache nur verschlimmere, daß ich selbst – wenn er sich schnell entscheide – während der Operation bei ihm bleiben werde.

Er gibt mir die Hand und nickt.

Die alte Chirurgin bereitet sich zur Operation vor. Ich assistiere ihr. Während wir uns noch waschen, spricht sie nach Art älterer Leute vor sich hin; ich höre einzelne Wortfetzen, von denen einer dem der alten Bäuerin gleicht: „So ein Kleiner, so ein Junge ...“ Das weiche, gedehnte russische „Maltschik" hat einen besonders zärtlichen Klang. „Muß denn das alles sein?"

Vielleicht täusche ich mich – doch wie die Ärztin die Knochensäge schon in der Hand hält, scheint es mir, als zögere sie einen Augenblick. Jedenfalls läßt sie die Narkosenmaske noch einmal kurz abnehmen, blickt nachdenklich in das nun gerötete Jungengesicht des deutschen Soldaten und fragte: „Ist die Atmung gut?"

Dann führt sie die Operation zu Ende.

Wir waschen uns wieder. Die alte Ärztin kennt mich als Schriftsteller. „Sagen Sie, lieber Kollege, haben Sie nicht ab und zu Lust, wieder Arzt zu sein?" fragt sie mich. Sie hat ihr gutes, faltiges, etwas übermüdetes Gesicht mir zugekehrt. Unter dem weißen Kopftuch quellen ein paar weißgraue Strähnen hervor. Wo habe ich dieses Gesicht doch schon gesehen?

Der deutsche Soldat auf dem Operationstisch wird unruhig. Er beginnt aus der Narkose zu erwachen. Die alte Ärztin tritt jetzt hinter ihn und nimmt seinen Kopf hoch, indem sie mit ihren Händen seinen Unterkiefer vorschiebt, damit er leichter atmen kann.

Der Soldat stöhnt auf, ohne die Augen zu öffnen; er streckt sich, wobei er den Kopf an die Brust der alten russischen Ärztin preßt. Dabei murmelt er halberwachend immer ein Wort, erst kaum vernehmbar; aber dann ist es das Wort, das ich in den letzten zwölf Stunden jetzt zum zweitenmal von dem Soldaten höre; es ist das Wort „Mutter ...".

(1947)

Der Zitronenfalter

Ja, es gibt Siege ohne Waffen!

Und dies geschah im Sommer 1943 nach der Schlacht von Stalingrad.

Deutsche Kriegsgefangene befanden sich in einem Lager an der Wolga. Damals sperrten sich die meisten deutschen Offiziere noch gegen die Erkenntnis der eigentlichen Ursachen ihrer Niederlage. Sie hatten bereits vergessen, wie Hitler sie mit dreisten Lügen und unverantwortlichen Zusicherungen in diesen eisigen Tod getrieben, wie der Flecktyphus bei ihnen schon *vor* der Kapitulation in den deutschen Winterstellungen ausgebrochen war und wie russische Ärzte und Ärztinnen alles aufgeboten hatten, sie zu retten.

So stießen unsere politischen und militärischen Aufklärungen zunächst auf eine Mauer eisiger Ablehnung. Mit einemmal trat jedoch ein plötzlicher, für uns ganz unverständlicher Umschwung der Stimmung ein. Die Gefangenen richteten jetzt von sich aus Fragen an uns, sie begannen sich für das Leben in der Sowjetunion zu interessieren, für die Geschichte dieses Riesenlandes; sie besuchten eifrig die Lagerbibliothek und stürzten sich auf das Studium der russischen Sprache, sie richteten Beete vor unserer Kulturbaracke her und bepflanzten sie mit Blumen.

Was war geschehen?

Wir kamen lange nicht dahinter. Endlich erfuhren wir, daß der „Zitronenfalter“ daran schuld sein mußte. Er war seit einiger Zeit im Lager.

Der Zitronenfalter? Wo ist er?

Im Lazarett!

Zudem sei dieser Er eine Sie.

Es stellte sich heraus, daß es Genja Michailowna war, jene junge russische Ärztin mit dem hellen durchsichtigen Gesicht, die ständig ein zitronengelbes Kopftuch trug, das sie niemals abnahm, weder bei der Krankenvisite noch beim Essen, niemals; deshalb also nannten die deutschen Kriegsgefangenen sie den „Zitronenfalter“.

Mit dem gelben Kopftuch aber hatte es folgende Bewandtnis: Genja Michailowna hatte im Februar gleich nach der Kapitulation die Flecktyphuskranken gepflegt und sich selbst dabei diese äußerst ansteckende, gefährliche Krankheit zugezogen. Sie lag wochenlang auf den Tod danieder. Als sie schließlich aufstand, war ihr üppiges blondes Haar völlig ausgefallen. Die junge schöne Frau war kahlköpfig. Man schickte sie zur Erholung, man versuchte alle möglichen Kuren. Umsonst.

Nach Beendigung der Genesungszeit meldete sich Genja Michailowna wieder zur Behandlung der kranken Kriegsgefangenen.

Und wenn sie jetzt in ihrem weißen Arztmantel, das weithin leuchtende gelbe Kopftuch über dem blassen Gesicht, zwischen den Baracken hindurch zu dem Krankenhaus ging, sah ich immer wieder, wie die Kriegsgefangenen einander leise anstießen, und ich hörte, wie sie mit einem seltsamen, fast zärtlichen Klang in der Stimme sich zuflüsterten: „Da schau ... der Zitronenfalter!“

Vor ihrem Ordinationsraum aber blühten die schönsten Blumen; und die Sträuße an ihrem Fenster wurden nie welk. Sie wurde von den Gefangenen wie eine Heilige verehrt.

Es war ein blühender Sieg ohne Waffen.

(1947)

Das heulende Hühnerauge
oder
Schwarz auf weiß

„Schwarzmalerei" – Übertreibung, Unkunst! Schwarzmalerei – die Amsterdamer Schützengilde wies Rembrandts „Scharwache" entrüstet zurück, weil Rembrandt eine Hälfte der Gesichter schwarz, die andere Hälfte weiß gemalt habe, und so was gäbe es in der Natur nicht! Schwarzweiß: Holbeins Totentanz! Schwarzweiß: Goyas „Desastres" und Daumiers Übertreibungen in „Charivari".

Wir beginnen heute wieder mit Schwarzweiß, der heulenden Meute und den heulenden Hühneraugen zum Hohn. Der Redaktion des „Ulenspiegels" ist es endlich gelungen, auch für unsere deutschen Belange einen Hühneraugenoperateur von internationalem Ruf – Dr. Siegwart Skalpell – zu gewinnen.

(Die Red.)

Das stimmt ja gar nicht

Natürlich – was nicht sein soll, ist nicht. Und was vor fünf Jahren war, darf erst recht nicht gewesen sein. Und was weh tut, daran rührt man am besten nicht. Das verlangt das h. h. H., das heutige heulende Hühnerauge.

Also – im November 1944 wird ein Antifaschist wegen Volksverrats (schwarzer Sender und so) von Düsseldorf nach Berlin transportiert, um vor dem I. Strafsenat fertiggemacht zu werden. Der ihn geschlossen befördernde Gestapobeamte T. gibt ihm unterwegs mehrfach zu verstehen, daß dies seine letzte Reise sei. Am Bahnhof Friedrichstraße bittet der Gefesselte angesichts des Klosetts, „groß austreten" zu dürfen. Der Gestapomann muß es wohl oder übel gestatten. Der Entfesselte hört nun durch die Tür, wie draußen der Beamte einen Landser heranruft: Er müsse grade schnell zum Fahrdienstleiter, sich wegen der Rückfahrt erkundigen. Der Soldat solle die paar Minuten den Mann drin bewachen! Der Mann drin hört es. Er hat schon vorher bemerkt, daß die Zwischenwände zwischen den einzelnen Klosetts oben offen sind. So bricht er schleunigst sein Geschäft ab, klettert durch die obere Öffnung in die leere Nachbartoilette und verläßt, während der Landser vor der anderen bieder Wache hält, diese unbehelligt. Schließlich ging es ja um seinen Kopf.

1946 war nun unser Mann, der seinen Kopf so gerettet hatte, wieder in Düsseldorf. Die Neugier trieb ihn, seinen Gestapotransporter, Herrn T., zu suchen. Tatsächlich, Herr T. befand sich in Düsseldorf. Mehr noch: er war zum Inspektor, zwar nicht mehr bei der Gestapo, aber bei der Kriminalpolizei avanciert. Es kam zu einem erstaunlichen und erstaunten Wiedersehen. Bevor nun unser Mann – der seinen Kopf auf so originelle Weise gerettet hatte – den Herrn Kriminalinspektor begrüßen konnte, hatte auch dieser ihn erkannt. „Mensch, sind Sie wahnsinnig? Sie leben noch? Sie sind doch der S.!? Wissen Sie, daß Sie mich damals durch Ihre Unüberlegtheit in tolle Ungelegenheiten gebracht haben? Sechs Monate Gefängnis hat man mir wegen Ihnen aufgebrummt! Sechs Monate Gefängnis einem Kriminalbeamten."

„Aber Sie müssen doch heute eigentlich froh sein, Herr Inspektor; dadurch habe ich immerhin meinen Kopf ...."

„Hören Sie auf mit Ihrem Kopf, Sie Wahnsinniger! Hauen Sie bloß ab, Sie rücksichtsloser Geselle! Wenn man das heute erfährt, verliere ich hier noch mal meine Stelle!"

„Schwarzweißmalerei!" – und also heult
das Hühnerauge, leicht verbeult.

Dr. Skalpell

(1947)

Die Streichholzschachtel
oder
Weshalb ich nicht Millionär wurde

Da ich schon mit zwölf Jahren mich für angewandte Chemie interessierte, sowohl Knallfrösche wie auch unsichtbare, jedoch lichtempfindliche Tinte selbst herstellte und auch aus andern Gründen als „schwer erziehbar" galt, nahm mein Onkel Julius mich in Verwahrung. Onkel Julius war ein Hüne mit mächtigen Kofferhänden, zugleich Besitzer einer kleinen Tuchfabrik und von berüchtigter Ehrbarkeit. In seinem Betrieb gab es keine leere Minute und keine Diebstähle, weil er selbst von früh bis spät durch die Webräume stiefelte. Eisern war auch sein Verhalten zu Hause. Ein Dutzend Weckuhren erinnerten Personal und Herren zu jeder Tageszeit an den Stundenplan. Nichts durfte „verkommen". Der Regen aus der Traufe wurde als Gesichtswasser gesammelt, die Asche als Dung für die Beete, die alten Schreibfedern für die Kinder des Waisenhauses. „Die Stecknadel ist der Grundstein der Fabrik!" war sein Leitsatz.

Ja, Onkel Julius war das Muster des soliden „königlichen Kaufmanns", der wußte, daß sparen verdienen heißt und daß aus Sandkörnern ein Berg wird. Dabei war er durchaus nicht knauserig, mich gleich am ersten Morgen mit seinen Grundprinzipien zu füttern. Wir saßen am Frühstückstisch uns gegenüber. Vor mir stand je eine Dose mit Butter und mit Honig. So wie ich es bei meiner guten Großmutter gewohnt war, strich ich mir Butter aufs Brot, um dann noch etwas Honig folgen zu lassen. Hier aber wurde meine Hand von dem eisernen Griff des Onkels festgehalten. „Das ist unpädagogisch!" erklärte er dumpf. „Butter und Honig gleichzeitig aufs Brot – das darf man erst, wenn man zwei Häuser hat!"

„Soll ich so lange warten, Onkel?"

„Allerdings."

Mir wurde klar – denn Onkel Julius galt in der Familie als eine Kapazität –, daß ich jetzt möglichst schnell zwei Häuser besitzen mußte, um ohne Gewissensbisse ein Butterbrot mit Honig verzehren zu können. Doch wie mit zwölf Jahren dahin gelangen? Offenbar hatte der Onkel meine Gedankengänge erraten. Denn während er selbst das Honigbutterbrot hinter seinem mächtigen Gebiß verdrückte, sah er mich durchdringend an und sagte: „Ich sehe, Fritz, man hat dich aufwachsen lassen wie ein wildes Tier, ohne jede Prinzipien. Wenn du es aber einmal zu etwas bringen willst in deinem Leben, so mußt du es machen wie der alte Rockefeller. Du weißt doch, wer das ist?"

„Nein, Onkel!"

„Das ist der Mann in Amerika, der mehr Millionen auf der Bank hat als du Haare auf dem Kopf. Dem gehören ganze Städte Petroleum, Eisenbahnen, Fabriken und Schulen."

Die Schulen interessierten mich nicht, wohl aber die Eisenbahnen und die Städte mit den Häusern. Und so fragte ich: „Wie hat der alte Rockefeller es denn angefangen mit seinen Millionen?"

„Wie er es angefangen hat mit den Millionen?" flüsterte der Onkel geheimnisvoll. „Mit einer leeren Streichholzschachtel! Jawohl, Rockefeller hat erst eine weggeworfene leere Streichholzschachtel aufgelesen, dann noch eine und immer noch eine, und wie es zwanzig waren, da hat er sie für einen Cent verkauft, und dann wurden es zwanzig Cent, und nach einem Monat war es ein Dollar! So hat Rockefeller angefangen – der Millionär – mit einer Streichholzschachtel! Verstehst du das, Junge?"

„Ja, Onkel."

Und eifernd fuhr er fort: „Ihr aber werft die Streichholzschachteln fort! Nie werdet ihr es zu etwas bringen!"

An einem der nächsten Tage gab mir Onkel Julius eine praktische Probe seiner Theorie. Er nahm, nachdem er sich eine Havanna zwischen die Zähne geklemmt hatte, aus einer Streichholzschachtel ein abgebranntes Streichholz, ging zum Kamin, entzündete es und steckte so seine Zigarre an. Das sollte mir imponieren. Aber irgend etwas schien mir dabei nicht zu stimmen. Als Junge, der allem Zweifelhaften unbedingt auf die Spur zu kommen suchte, verbarg ich mich morgens in der dem Zimmer gegenüberliegenden Werkstatt. Gerade steckte der Onkel sich die Zigarre in den Mund, riß

ohne Zögern ein frisches Streichhölzchen an der Zündfläche an und, als dieses nicht funkte, noch ein zweites und drittes. So also sah die Wahrheit der Entstehung von Rockefellers Millionen aus! Konnte man diesen Erwachsenen überhaupt noch glauben?

Eines Tages stellte der Onkel fest, daß meine Fingernägel „Trauer trügen". Er machte auch daraus eine moralische Sache und erklärte mir düster, daß allmählich die ganzen Nägel schwarz würden, die „Monde" am Nagelrand zuwüchsen und dann der Mensch sterben müsse. Eine Woche später packte mich der Polizeiwachtmeister Dönges, weil ein Stein, den ich gegen meinen Freund Schorsch geworfen hatte, gemeinerweise in eine große Spiegelfensterscheibe geflogen war. Während ich noch gegen das Schienbein der Polizeimacht trat, um freizukommen, sah ich plötzlich, daß die „Monde" an den Fingernägeln des Wachtmeisters völlig zugewachsen waren und daß er dennoch lebte.

Alles Lüge! Alles Schwindel, was Onkel Julius mir vorgeredet hatte! Hier mußte etwas geschehn!

Fürsorglich hatte ich aus meinem kleinen Laboratorium ein Fläschchen mit Kakodylarsenwasserstoff mitgenommen, das, in eine Ritze gegossen, tagelang ein ganzes Haus mit infernalem Gestank nach faulen Eiern und Schlimmerem verpesten kann. Ich entleerte das Fläschchen unter der Schwelle zu des Onkels Schlafraum. Eine furchtbare Geruchswelle legte sich auf das Haus. Wir lebten zwei vergnügliche Wochen in einem Hotel der Stadt. Ich hätte nun nach einiger Zeit ganz gut „Blut" aus der Wasserleitung fließen lassen können, indem ich etwas Eosinrot in den Boiler tat. Aber ich wollte meine Kugeln nicht auf einmal verschießen und meinem Onkel noch eine Chance geben, sich zu bessern.

Deshalb kam ich auf die Streichhölzchenschachtel zurück. Da ich natürlich nicht sogleich zwanzig leere Schachteln fand, nahm ich neue aus des Onkels Vorrat, tat sämtliche Streichhölzchen in eine große Tüte und brannte sie hinten im Garten ab. Es war ein schönes Feuerwerk. Dann brachte ich dem Onkel die leeren zwanzig Schachteln, um fünf Pfennig zu erhalten. Der Onkel sah die neuen Schachteln und verpaßte mir zwei furchtbare Ohrfeigen, daß ich unterm

Tisch landete. Nachher sah ich, wie er bedeutsam die Zigarrenasche in eine der leeren Schachteln tat, weil dies gut als Dünger für die Kakteen sei.

Schwindel! dachte ich. Ich konnte nicht mehr schlafen. Meine Gedanken arbeiteten. Ich lag abends auf der Lauer gegenüber seinem Schlafgemach. Da sah ich, wie er die Zigarrenasche aus der Streichholzschachtel nicht auf die Kakteen, sondern ins Nachtgeschirr leerte.

Der Himmel selbst gab mir ein Zeichen!

Am nächsten Morgen steckte ich also in seine Hausjacke eine Streichholzschachtel, in die ich Strontiumpulver getan hatte, jenes chemische Produkt, das man für Feuerwerkskörper verwendet und das bei Berührung mit einer Flüssigkeit in heftiger roter Stichflamme hochgeht.

Abends lag ich in der Werkstatt wieder auf der Lauer. Ich sah, wie Onkel Julius gemächlich sich entkleidete, wie er in die Hausjacke faßte und die „Asche" aus der Streichholzschachtel nicht auf die Kakteenerde streute, sondern ins Nachtgeschirr schüttete. Dann löschte er das Licht zur letzten Handlung.

Plötzlich zuckte drüben ein gewaltiger Blitz auf. Eine mächtige rote Stichflamme schoß hoch. Der Onkel stand, mit dem Nachthemd bekleidet, an das Bett geklammert, sekundenlang in magischer Beleuchtung. Schon war das Feuerwerk beendet und die Kammer wieder dunkel.

Ich erwartete am nächsten Morgen eine furchtbare Abrechnung. Doch es geschah nichts. Der Onkel ging nur gänzlich gekrümmt einher.

Nach einer Woche holte mich meine Großmutter wieder ab. Der Onkel habe erklärt, es sei hoffnungslos, mich zu einem brauchbaren Menschen erziehen zu wollen. Ihr werde das schon gar nicht gelingen, seufzte meine Großmutter.

Nun, meine gute Großmutter hat es nicht mit zwanzig leeren alten Streichholzschachteln versucht und nicht mit den „zwei Häusern"; sie hat – ganz unpädagogisch – mir auf die Butterstullen etwas Marmelade gestrichen, sogar wenn es für sie selbst nicht langte. So wurde ich zwar nicht der amerikanische Millionär Rockefeller, sondern bloß ein gesunder rheinischer Junge. (1948)

Siebzehn Brote

Es war in der winterlichen Steppe südlich des Don am 21. Januar 1943, als sich die Geschichte mit den siebzehn Broten zutrug. Weshalb ich mich des Datums so genau entsinne? Man wird es sogleich erfahren.

Die 6. Hitlerarmee war nach Ablehnung des Kapitulationsangebotes auf einen noch engeren Raum zurückgeworfen worden. Von Marinowka bis Dimitrijewka zog sich der eiserne Ring der sowjetischen Truppen um die zerschlagene 6. Armee. Dennoch hatten sich in der riesigen Weite der講Wintersteppe kleine Splitter deutscher Einheiten nachts der Umklammerung entziehen und nach Westen abirren können. So stießen wir eines Morgens im Frühnebel auf die Offiziersgruppe und Ordonnanzen eines Regimentsstabes mit ihrem Oberst E. Der Oberst war nicht wenig erstaunt, als er vor sowjetischen Truppen stand; er gab sich mit seinen Leuten sofort gefangen; er ließ uns dabei wissen, daß er – als zum „Führerstab“ gehörig – auf eine besondere Behandlung rechne. Da diese Eröffnung nicht die gewünschte Wirkung hatte, wurde er schweigsamer. Aus seinen Papieren ging hervor, daß er aus Dresden stammte. Nun war ich von 1912 bis 1914 als Assistenzarzt in Dresden tätig gewesen und fragte auf gut Glück, wie es denn seinem Verwandten E. gehe, dessen historisches Drama damals an der königlichen Bühne gespielt wurde. Der Oberst starrte mich wie eine Geistererscheinung an. Denn erstens handelte es sich tatsächlich um seinen Vetter. Und dann – wie kam ein fremder Mensch in einem russischen Schafpelz in der winterlichen Donsteppe dazu, seinen Vetter zu kennen? Ich erklärte dem Herrn Oberst, das sei im Augenblick unwesentlich. Im weiteren Gespräch stellte sich heraus, daß der Oberst ein passionierter Rosenzüchter war und den einen „persönlichen Wunsch“ äußerte, in einem wärmeren Klima, wenn möglich in Taschkent, sich der Rosenzucht widmen zu können. „So wäre uns allen geholfen“, erklärte er weise.

Das war am 20. Januar. –

Anders verhielten sich jene vierzig deutschen Landser, die wir am nächsten Morgen trafen. Sie äußerten nicht den Wunsch, als Rosenzüchter nach Taschkent gebracht zu werden; sie äußerten überhaupt keinen Wunsch; sie lagen völlig apathisch und kraftlos in einem Hohlweg im Schnee. Ihre ausgemergelten Gesichter waren grau bis grauschwarz. Offenbar hatten sie sich seit Tagen nicht gewaschen und auch nichts gegessen. Es waren Versprengte verschiedener Truppenteile der deutschen 6. Armee, die, nach Westen fliehend, sich bis hierher geschleppt hatten.

Ich sprach sie an. Die meisten waren viel zu erschöpft, um antworten zu können. Einem, der sich hochrappelte, gab ich heißen Tee und zwei Stück gerösteten Brotes. Ich werde nie vergessen, wie er keuchend aß und mich dann ansah. Es war mir klar, daß die meisten dieser vierzig Mann kaum noch eine Winternacht in der Steppe überleben würden. Ich ging zu dem Divisionskommandeur, dessen Stab ich zugeteilt war, und schilderte ihm den Zustand jener zu Tode erschöpften deutschen Soldaten, die faktisch ja Kriegsgefangene waren.

Der Kommandeur, ein noch junger Generalmajor, überlegte. Er kannte mich als deutschen Schriftsteller und jetzt als Arzt und Propagandisten. Er meinte: „Was kann ich tun? Meine Division befindet sich in Gefechtsbereitschaft und auf dem Marsch. Sie wissen, daß wir nur ganz wenige Gerätewagen haben und nur das Allernötigste mitnehmen. Wie soll ich also vierzig Mann aufladen?“

Ich erwiderte, wenn man ihnen etwas Warmes zu trinken und etwas zu essen gäbe, dann würden einzelne wieder marschfähig zum nächsten Krankensammelpunkt; die andern aber könnten aushalten, bis Transportmittel kämen. Der Kommandeur schlug mir nun vor, ich solle mit seinem zweiten Adjutanten zum nächsten Regimentsstab fahren und versuchen, was sich machen lasse.

Der Regimentskommandeur war ein Oberstleutnant, ein Genosse aus dem „Kusbass“, dem sibirischen Kohlenbecken, ein ungewöhnlich kräftiger, breitschultriger Mann, ein echter „sibirischer Bär“. Er war zuerst gar nicht erbaut, da wir mitten in eine taktische Besprechung hineinschneiten. Der Adjutant des Divisionskommandeurs stellte mich vor, und ich erbat in meinem durchaus nicht klassischen Russisch Unterstützung für die marschunfähigen deutschen Kriegsgefangenen. Der Oberstleutnant mit seinen grauen beobachtenden Augen hörte mir ruhig zu und schaute dann schweigend über die auf dem Tisch ausgebreitete Karte. Mir schien das Schweigen endlos. Dachte der Kommandeur an die „verbrannte Erde" rings um Stalingrad? War er vielleicht vorher in der Ukraine und im Donbass gewesen und hatte dort die bis auf den Grund eingeäscherten Dörfer und Städte gesehen? Auch ich blickte auf den Tisch; ich sah dort einen mit vielen Bemerkungen versehenen Umlegkalender mit dem Datum: 21. Januar …

Lenins Todestag.

Einen Augenblick dachte ich daran, an die internationale Solidarität im Geiste Lenins zu appellieren. Aber das schien mir in dieser Situation und für die Hitlersoldaten deplaciert.

Jetzt meinte der Oberstleutnant zu mir: „Sie wissen, Genosse, ich kann meinen Leuten, die ins Gefecht rücken, nicht sagen, sie sollen ihre eisernen Rationen anbrechen. Doch wenn meine Soldaten von sich aus den Deutschen etwas geben wollen …" Er hielt inne und sah mich prüfend an. Ich kannte diese Art sowjetischer Offiziere, die mir gegenüber nicht gerne Anweisungen erteilten, sondern eher wissen wollten, wie ein deutscher Genosse sich in bestimmten Situationen verhielt. So fragte ich den Kommandeur: „Wenn Sie gestatten, spreche ich selbst mit Ihren Soldaten?"

„Das meinte ich!" erwiderte der Kommandeur lebhaft. „Sie sprechen ja russisch – doch, doch, es wird schon gehen –, es sind ja Ihre Landsleute, für die Sie es tun! Sprechen Sie also mit der Einheit, die am nächsten bei den Gefangenen liegt! Sprechen Sie aus dem Herzen! Mit voller Stimme! Versuchen Sie Ihr Glück! Ich gebe Ihnen einen meiner Offiziere mit. Einverstanden?"

„Einverstanden! Vielen Dank, Genosse Oberstleutnant!"

Der Kommandeur beauftragte einen der Stabsoffiziere, einen hochaufgeschossenen, dunkelhaarigen jungen Oberleutnant mit munteren Augen. „Tolja, gehen Sie mit dem Genossen! Sie haben alles gehört. Sie handeln in meinem Auftrag." Ich nahm meine Pelzmütze und meine Handschuhe und bedankte mich nochmals. Der Kommandeur drückte meine Hand und meinte: „Es ist klar, seine Heimat vergißt man nicht so leicht. Übrigens", fügte er hinzu, „heute ist der 21. Januar. Sie wissen doch ..., Lenin hielt nicht geringe Stücke auf Karl Liebknecht und die deutschen Arbeiter und schrieb eigentlich gerade für sie eine Schrift über ‚die Kinderkrankheiten' ..., vielleicht sprechen Sie auch darüber?"

Hatte der Oberstleutnant meine Gedanken erraten?

Bei krachendem Frost und blendender Sonne fuhr ich mit Tolja, dem Oberleutnant, in Richtung des Hohlweges, wo die deutschen Soldaten lagen. Schnell hatte ich mich mit Tolja, einem Odessaer Studenten für westliche Literatur, angefreundet. Tolja besaß das Temperament eines echten Odessiten; er sprühte nur so von Leben, von Witz und Laune. Abwechselnd fragte er mich über Deutschland, erzählte mir von seinem Studium und konnte sich nicht genugtun, das Loblied seiner Heimatstadt Odessa, der schönsten Stadt der Erde, zu singen.

Ja, er sang es wirklich aus voller Kehle über die frostknirschende Steppe:

„Am Schwarzen Meer ein Volk es gibt,
Von früh bis spät Gesang es liebt,
Ach, Odessa –
Als Stadt zwar gebaut,
Doch bist du eine Braut,
Ach, Odessa –
Du Braut am Schwarzen Meer!"

Dieses bei unserer Division sehr bekannte Lied, aus jungem Herzen gesungen, von einem in seine „Braut" verliebten Menschen, flog jubelnd durch den Wintermorgen. Unser Fahrer nahm eine neue Strophe auf, während er den Wagen durch die Schneeverwehungen bugsierte; und jetzt fiel auch ein sowjetischer Truppenteil zwischen den Ruinen eines ehemaligen Kosakendorfes mit ein.

Tolja ließ halten. Er führte mich zum Bataillonsstab. Der Bataillonschef, ein Kapitän, den Tolja kannte, wollte gerade zu einer Lenin-Feier gehen, an der die beiden im Dorf lagernden Kompanien teilnahmen. War das für meine Sache günstig oder ungünstig? Doch schon hatte Tolja den Kapitän informiert; der bat mich, doch ein paar Worte bei der Feier zu sprechen. Ich erklärte ihm nochmals mein Anliegen und meinte, das gehöre wohl kaum in diese Gedenkfeier zu Lenins Tode; zu dem sei mein Russisch miserabel.

Er aber erwiderte, mein Russisch sei großartig! Ich solle nur aus dem Herzen sprechen! Das Thema passe sehr gut zu einer Lenin-Feier im Felde.

Da half kein Sträuben.

Vor dem verbrannten Dorf standen die beiden Kompanien in zwei Gliedern im offenen Halbkarree, alle in ihren langen Schafpelzen, umgeschnallt, mit aufgepflanztem Bajonett. Der Kapitän sprach über Lenin, über Lenins Strategie und Taktik während der Interventionskriege 1918 bis 1920, über Lenins Glauben an das russische Volk, über Lenins Patriotismus und Lenins unerschütterliches Vertrauen zur internationalen Solidarität der Werktätigen. Und hier erklärte der Kapitän, daß Lenin im Dezember 1918 Züge mit Getreide und Mehl für die hungernden deutschen Arbeiter abgesandt habe, die dann an der Grenze von der sozialdemokratischen Ebert-Regierung angehalten und nicht weitergelassen worden seien. Ja, Lenin hütete das Prinzip der internationalen Solidarität wie seinen Augapfel.

Ich muß gestehen, ich verspürte plötzlich Herzklopfen, als der sowjetische Kapitän dies sprach und mir den Weg ebnete. Eine Welle von Dankbarkeit, Scham und Hilflosigkeit schlug in mir hoch. Und wieder hörte ich des Genossen Stimme, daß ein deutscher Arzt und Schriftsteller auf der Seite des gerechten Kampfes stände – er zog mich jetzt energisch an seine Seite und legte den Arm um meine Schulter – und daß dieser deutsche Genosse den sowjetischen Kämpfern einige Worte zu sagen habe.

Beifall der Sowjetsoldaten empfing mich. Es ist mir unmöglich, genau zu wiederholen, was ich damals sagte oder stammelte. Eines jedoch weiß ich: Meine Worte kamen aus heißem, erregtem Herzen. Wahrscheinlich empfanden das auch die im Halbkarree stehenden Soldaten der Roten Armee. Ich berichtete ihnen kurz, daß ich im ersten Weltkrieg auch Soldat gewesen sei und am 8. November 1918 im sächsischen Arbeiter- und Soldatenrat in Dresden für ein Freundschaftsbündnis mit der jungen Sowjetmacht gestimmt habe, wie es mir schweren Schmerz bereite, daß deutsche Arbeiter ihre Hand gegen den ersten Arbeiter-und-Bauern-Staat erhoben hätten, daß aber gerade Lenin neben der Waffe auf das Buch, auf das Lernen und die Geduld hingewiesen habe, den anderen zu überzeugen. Deshalb sei ich auch hier an der Front, meine Landsleute zu überzeugen, Schluß zu machen mit diesem verbrecherischen Hitlerkrieg! Das brauche Zeit und Geduld. Nun sage ein russisches Sprichwort (ein Glück, daß es mir gerade hier einfiel): Einen am Boden Liegenden trete man nicht. Dort, fünfhundert Meter entfernt in einem Hohlweg, lägen aber vierzig zu Tode erschöpfte deutsche Soldaten, Kriegsgefangene, die meisten gewiß Arbeiter und Arbeitersöhne. Ich fragte die Soldaten der Roten Armee, ob sie diesen am Boden Liegenden helfen könnten und wollten.

Der Kapitän unterstützte meine Frage; er ließ die Kompanien rühren und sich beraten, während wir zur Seite gingen. Nach kaum zehn Minuten traten die beiden Kompanieführer vor und meldeten, daß die Mannschaften aus ihren Beständen den deutschen Kriegsgefangenen siebzehn Brote zur Verfügung stellten.

Was ist noch viel zu erzählen?

Es war schwer, den völlig erschöpften deutschen Soldaten, die halbtot in dem Hohlweg lagen, diese Form der proletarischen Solidarität mitten im furchtbarsten aller bisherigen Kriege klarzumachen. Darauf kam es auch vorerst nicht an. Ein Kommando des sowjetischen Bataillons brachte ihnen heißen Tee mit Wodka und die siebzehn Brote.

Die deutschen Soldaten begannen zu trinken und zu essen, anfangs langsam, reflektorisch, in einer Art Dämmerzustand. Wie aber das heiße Getränk ihre erstarrten Körper durchrann, wie sie die Bissen Brot im Munde spürten und das Leben wieder in ihnen erwachte, da aßen sie, als hinge ihr Leben davon ab.

Der Kapitän, der wieder zum Bataillon mußte, versprach mir, einen Melder zum nächsten Krankensammelpunkt zu senden, die Kriegsgefangenen vor Einbruch der Nacht abzuholen.

Bevor ich wegging, versuchte ich doch noch, den deutschen Soldaten kurz zu erklären, wem sie die siebzehn Brote und vielleicht auch ihr Leben verdankten und wie die Soldaten der Roten Armee auf ihre Art Lenins Todestag feierten. Ich weiß jedoch nicht, ob meine Landsleute in der Donsteppe es verstanden und behalten haben.

(1953)

Erzählungen

Anni hält dicht

Eine Erzählung aus Hitlerdeutschland

Ich könnte ja irgendeinen andern Grund nennen, weshalb ich damals fast schlappmachte – etwa Fieber oder Grippe –, weil so vieles von meinem körperlichen Zustand abhing und ich nur immer die eine Angst hatte, ich falle um. Aber ich will die wahre Ursache schon sagen: Ich hatte grad an dem Tag eine Fehlgeburt; und ausgerechnet da kommt Hans. „Du, Mädel, sowie es dunkel wird, schieb los!" Er nannte mir drei Stichworte und gab mir die Legitimation, die ich in den Rocksaum nähen sollte. So sind die Jungs, sie können das nicht begreifen. Natürlich sah er jetzt, wie elend ich war; er zögerte einen Moment, aber dann sagte er: „Nur du kennst alle Komplexe und Quartiere. Die Genossen warten auf Nachricht. Vor allem, Anni, dichthalten!" Weg war er.

Ich rappelte mich auf, verbarg die Legitimation, repetierte die drei Stichworte; dabei merkte ich schon, daß mein Kopf hohl war wie eine taube Nuß; mir schwindelte. Dieser blöde Blutverlust! Ob es innen nicht weiterblutet? Die Hebamme hatte mich mit Watte und Tampons ausgestopft wie eine Weihnachtsgans. „Die Hauptsache, zwei, drei Tage liegen!"

Ich nahm meine Jacke und zitterte los. Ein feuchter, nebliger Apriltag ..., der Tiergarten, die Corneliusstraße, am Kanal entlang, über die Herkulesbrücke. Hunderte Fußgänger schleppten sich so wie ich durch die dampfige Luft; und doch merkte ich, wie einer hinter mir gleichen Schritt hielt, gleichen Abstand, oder bildete ich es mir nur ein? Diese verdammte Schwäche! Wenn ich umfalle, ist alles verraten. Es gibt bei allem eine Grenze, auch bei der Parteidisziplin! Was weiß ein noch so guter Parteiarbeiter von einer Frau, von den Zuständen einer Frau? Ein Wahnsinn das Ganze, verfluchte Zackigkeit. Ich hätte protestieren sollen! Wie lauten noch die drei Worte? Habe ich sie eben laut gesagt? Die Schritte hinter mir? Und jetzt nehme ich Tempo, bloß weg hier aus dem Halbdunkel des Ufers, zum Zoo, wo Menschen sind.

Ich renne jetzt laufe.

Aber ich habe den Auftrag doch noch erledigt.

Nach acht komme ich todmüd nach Hause; ich kann nur das eine noch denken: Ins Bett, Licht aus, schlafen! Wunderbar muß das sein, so gut wie nie. Da ich friere nach dem Blutverlust und dem Weg, will ich mir einen heißen Krug fürs Bett richten. Es klopft, und schon stehn die beiden Bullen vor mir.

„Bitte uns zu folgen!“

„Darf ich wissen, warum?“

„Das werden Sie an zuständiger Stelle erfahren.“

„Sie sehen, ich bin krank!“

„Wir sind auf alles vorbereitet; Sie werden keinen Schritt zu gehen brauchen“, sagt er mit einer betonten Höflichkeit.

Tatsächlich, an der Ecke wartete eine elegante Limousine. Die zwei Bullen nahmen mich in die Mitte, vorn sprang noch ein SS-Mann auf: mit dem Chauffeur vier starke Männer zum Transport eines ausgebluteten Mädels; aber das konnten sie nicht wissen.

Es ging die Potsdamer Straße entlang; jetzt am Leipziger Platz mußte es sich entscheiden: gradeaus zum Polizeipräsidium, am Alex nach rechts ... Der Wagen bog rechts ein, Stresemannstraße, Albrechtstraße Nr. 8, Gestapo, ein altes herrschaftliches Palais, kühl, vornehm, äußerst ruhig. Hier saß die Geheime Staatspolizei. Was war geschehn? War ich durch mein Taumeln und Rennen aufgefallen? Hatte ich laut gesprochen? Ich rekapitulierte in meinem Gedächtnis alle Treffs, alle letzten Personen, den Transport der Rotaprint; nichts. Hinter dem Hoftor standen als Doppelposten zwei blutjunge SS-Leute mit Studentengesichtern à la Potsdam. Der Hof war leer, von einer monumentalen Stille. An einem inneren Hauseingang übergaben mich die beiden Bullen dem Innenposten, gegen Quittung, unbeschädigt. Jetzt ging es über Treppen und Gänge, über Teppiche und Galerien, alles sehr geschmackvoll und solide, die Türen aus glattpoliertem Holz ohne Füllung.

„Warten!“

Ich stand in einem eleganten Büroraum. Durch das Fenster schaute ich auf einen parkähnlichen Garten; darüber flammte die Lichtreklame eines Tanzpalastes oder Kinos, vielleicht des „Europahauses“; vor mir an der Schreibmaschine saß eine wasserstoffblonde Thusnelda mit Nackenknoten. „Ach bitte, gehen Sie doch nach der Mitte!“ meinte sie süß. „Aus dem Fenster ist nämlich letzte Woche jemand herausgesprungen; nachher sind wir noch daran schuld.“

Dann kommt das Verhör, zwei Stunden, drei Stunden lang ... Ich darf sitzen auf einem Ledersessel. Mir gegenüber sitzt der SA-Gruppenführer Lange. Ich kannte sein Gesicht aus den Zeitungen; es ist immer dasselbe, ob man diese Gesichter bei der Hochzeit von Goebbels sieht oder bei der Monstredemonstration in Nürnberg oder vor Gericht, ein Gesicht wie ein Stück bemalte Wand.

„Nun erzählen Sie mal!“

„Was?“

„Nun, so aus der letzten Zeit.“

Ach so, er will mich abtasten, wo er bei mir ansetzen muß; so billig sollst du mich nicht kaufen. Ich beginne also mit einer wahren Geschichte, bei der man sich keinesfalls verheddern kann, um Zeit zu gewinnen, von meiner Büroarbeit und einer Kakaostube. Aber er fragt jetzt frontal: „Wollen Sie mir nicht von Ihrer Fahrt nach Halle und Erfurt erzählen, bitte?!“

Von der Fahrt nach Halle – verdammt, wer hat da verpfiffen? Da waren ja die Verhaftungen! Ein Versuchsballon ist das, Zeit gewinnen!

„In Halle, nein, Herr Kommissar; letzte Woche war ich mit meiner Freundin am Müggelsee, in Grünau, es war so warm, wir dachten, man könnte schon rudern; aber wie wir uns von unserm alten Verleiher ein Boot mieten wollten ...“

„Quatsch keine Opern, mein Kind! Mit wem warst du in Halle zusammen; wir wissen alles.“

Hier kann nur Keckheit retten.

„Wenn Sie alles wissen, was fragen Sie dann?“

„Bloß eine letzte Bestätigung.“

Das heißt, ihr wißt nichts. Jetzt könnt ihr lange fragen!

Plötzlich hält mir Lange ein Photoalbum hin und beginnt langsam umzublättern: viele bekannte Gesichter, der Ernst, die Alma, die Berta, die Nelli, auf der Straße photographiert, einzelne an den Treffs, einzelne schon bei dem Erkennungsdienst – was geht mich das an. Ruhe, Nerven! Aber je mehr ich ankämpfe, um so wilder dröhnt es in meinem Schädel, mein Blut rauscht an den Schläfen wie ein Wasserfall, vor meinen Augen fallen dauernd Schleier nieder und wallen wieder empor. Bloß jetzt nicht ohnmächtig werden, bloß jetzt nicht schlappmachen! Ein Wahnsinn, ein Mädel in meinem Zustand zu solch verantwortlicher Parteiarbeit einzuspannen, soll Hans die Sache ausbaden, wenn es schiefgeht! Eine Wut habe ich auf ihn, auf die schematische Befehlserteilung, auf die Partei; ich kann nicht dagegen an, einem Mädel in diesem Zustand …

„Wie gefällt Ihnen dieses Photo?“

Tatsächlich, es ist in dem Hallenser Café, letzten Sonntag, da sitzt Hans, mir flimmert's in tausend Funken vor den Augen, und da die Nelli, und hier, den Rücken zum Beschauer, sitze ich.

„Netter Junge, der Hans; hat uns übrigens vor zwei Stunden besucht.“

Ich bringe kein Wort hervor, blättere weiter im Album; mit gleicher Beharrlichkeit blättert er immer wieder auf das Hallenser Bild zurück. Woher weiß er? Diesen Komplex mit Namen kann nur ein ganz Kundiger kennen! Hat jemand verraten? Wer? Was ist mit Hans? Dann ist alles verloren.

„Sie können uns und sich die Sache erleichtern, Verehrteste; ich glaube Ihnen ohne weiteres, daß Sie selbst die Tragweite dieser Sache nicht übersahen, daß Sie wie Hunderte Volksgenossen da hineinschlitterten; uns geht es nicht um die Verführten, sondern um die Führer; von wem erhielten Sie den Auftrag?“

„Ich verstehe nicht, was Sie meinen?“

„Und die da?!“

Heftig zeigt er auf mein Rückenphoto. – Hat Leugnen noch Sinn? Und wenn ich ihm erst den kleinen Finger reiche? Der ganze Komplex ist in Gefahr! Aber wodurch? Durch den Blödsinn, eine Frau in solchem Zustand … Muß nicht auch ein Mann wissen, was eine Frau grad noch leisten kann … Ist das noch verantwortlich, eine Kranke, eine Bettlägerige in den Parteiapparat einzuspannen? Das ganze Zimmer schwankt wie ein Schiff, und ich sehe den Finger des Kommissars wie ein treibendes Holzstück über das Album fahren.

„Wollen Sie uns jetzt gefälligst eine anständige Auskunft geben? Sonst können Sie, solange es Ihnen beliebt, hier unten in unsern Räumen über den Fall nachdenken!"

Ich spanne alle meine Muskeln an, versuche, ihm fest ins Gesicht zu sehen, der Raum beginnt wieder zu stehen, die Tür hat wieder grade Kanten.

„Ich denke, es gibt noch ein paar hundert Frauen, die solch einen Rücken haben wie diese Frau da; ich war nicht in Halle."

„Wie Sie wollen!"

Er klingelt, schiebt seinen Stuhl zurück, eine SS-Ordonnanz tritt ein.

„Zu Ia!"

Die Ordonnanz gibt mir ein Zeichen; ich stehe auf, folge mit etwas weichen Knien. In den Keller? Aber es geht bald hinauf, noch höher, jetzt sind wir fast unterm Dach. Der SS-Mann, ein zwanzigjähriger Bursche, betrachtet mich verlegen von der Seite, wie ich, völlig erschöpft, mich am Treppengeländer halte.

„Man zu! Keine Müdigkeit vorschützen!" sagt er mit rauhem männlichem Brustton, und dann: „Oben kannst du schon sitzen!" Oben war eine Art Maleratelier, Dutzende Aufnahmen, Rechts-, Linksprofil, en face, total und Fingerabdrücke lagen und hingen herum, der Erkennungsdienst, ein Männlein mit einem Samtkäppchen auf der Glatze und einem eisgrauen Haarkranz, eine richtige Spitzwegfigur, geisterte in dem großen Raum umher, spannte meinen Kopf in die Aufnahmegabel, stellte den Apparat ein, ununterbrochen redend: „Na, so blutjunge Menschen ..., sollte man nicht für möglich halten ..., schon richtig, die Politik verdirbt den Charakter, dabei möcht ich wetten, das Fräuleinchen war Zeichnerin, so die Linie ums Auge und die Lippen, Zeichnerinnen kneifen immer den Mund zusammen, Konzentration verlangt das Zeichnen, kolossal ..."

Ich ging gern auf seine tiefsinnigen Betrachtungen ein, um die Zeit möglichst hinzuziehen. Die Ordonnanz war mit dem Betrachten der herumhängenden Photos beschäftigt. Das Männlein richtete grade mein Profil nach der anderen Seite.

„Der Menschheit ganzes Würfelspiel lernt man kennen, ich

möchte sagen, den Auswurf, aber Physiognomien, die Schattenseite der Menschheit, das Inferno, wer ist schon bei den Kommunisten, natürlich gibt es Mitläufer."

Er streichelt mir über den Hinterkopf ..., ich falle fast vom Stuhl, nicht von dem Männlein; aber drüben an der Wand, da hing – noch nicht trocken – ein Photo: *Hans*. Und noch ein zweites im andern Profil, mit einer breiten Schramme über Auge und Wange, noch unretuschiert; en face hatte man keine Aufnahme riskiert.

„Aber, Fräuleinchen, Ruhe, es geschieht Ihnen hier oben nicht das geringste, da stehe ich dafür!" Bei diesen Worten richtet sich diese Warze von Mensch auf.

Ein Glück, daß ich da droben war. Zwar machte ich nachher auf der Treppe wirklich schlapp; ich erwachte in einem der Ledersessel des Arbeitszimmers von Lange. Eine Kognakflasche stand auf dem Tisch, ein leeres Glas, ich schmeckte, daß man mir grade den Alkohol eingeflößt hatte. Der Kommissar stand vor mir.

„Meinen Sie, uns macht das alles Vergnügen? Wir achten einen tapferen Gegner, aber wir haben in erster Linie unsre Pflicht zu erfüllen."

Er sagte das so beiläufig, während er eine Akte durchblätterte; das alles klang sehr ritterlich und bieder; ich wurde einen Augenblick unsicher, so auf der Linie: wir sind alle bloß Menschen; dabei hatte ich einen fast tierischen Wunsch, mich endlich hinzulegen und zu schlafen, so kaputt war ich; und dazu klang es jetzt von dem Tisch her, wo Lange stand: „Haben Sie mir noch etwas zu sagen?"

Ob ich ihm irgendeine Geschichte erzählen soll, daß ich wenigstens diese Nacht Ruhe habe? Aber was wird es nützen? Nichts! Zum Heulen ist mir, hundeelend; dabei merke ich, wie ich immer mehr Blut verliere, ich möchte aufschreien: Laßt mich doch endlich in Frieden! Schlafen will ich, nichts als schlafen. Ich glaube, die Tränen treten mir in die Augen, und jetzt ist des Kommissars Gesicht ganz nahe, ich sehe seine grauen Augen, die Poren in seiner rötlichen Haut, er fragt fast leise: „Na also, was ist?"

Meint er meine Schwäche? Meint er die Sache? Meint er mich? Ich verwechsle schon alles, die Gedanken laufen mir durcheinander, vielleicht ist alles nur eine Täuschung. Was heißt da Politik, Feind, Partei? Ausruhen bei einem Starken, nichts mehr denken, ruhen, ich bin doch eine Frau ... Ich fahre zurück, spüre einen warmen Atem, dicht vor mir seinen Kopf.

„Mädel, es ist schade um dich, quäl dich doch nicht!"

Er flüstert es fast. Ich rapple mich hoch aus dem Sessel, trete zurück, habe eine unfaßbare Angst, und jetzt wieder die Stimme vor mir, ganz nahe: „Also, Mädel, was ist?"

Ich bringe kein Wort hervor, meine Kehle ist wie zugeschnürt, aber ich schüttle den Kopf, ich halte meine Fäuste vor die Brust, und mein Blick muß wohl so gewesen sein, daß auch sein Wesen umschlug, als er der Ordonnanz ein Zeichen gab.

„Los!"

Die Ordonnanz nahm mich am Arm; Lange selbst begleitete uns. Dieses Mal ging es die Treppen hinab, über Seitengalerien, Korridore, und wieder Treppen hinab; und in mir tobte wieder die wahnsinnige Frage: Kann die Partei das verlangen, von einer kranken Frau verlangen? Hat das alles einen Wert? Wo ist der Sinn, das Ende? Ich glaube, wir waren in der Nähe der Heizungszentrale im Keller angelangt, in einer kleinen Wachstube. Lange übergab mich dem Wachposten und ging mit der Ordonnanz weiter. Ich setzte mich auf einen Schemel, stützte den Arm auf den Tisch und hatte ein wunderbares Gefühl; denn ich schlief.

Aber dann hörte ich eine Stimme, eine harte Stimme, ich kannte sie, ich konnte so schnell nicht zu mir kommen: „Na also, was ist?"

Jetzt ist mir alles klar: Da steht Lange, und er fragt wieder, und die alte Qual und Unsicherheit wird wieder beginnen, das stundenlange Hin und Her im Nebel, wenn ich nur wüßte ...

„Hans?!"

Hatte ich es geschrien? Dann ist alles verloren, dann war alles umsonst! Ein großartiger Trick, Herr Kommissar. Da, vor mir, zwischen zwei athletischen SS-Wachposten steht der Hans, leibhaftig, und doch fast unkenntlich, kaum zu erkennen, die breite blutverkrustete Schramme überm rechten Auge und der ganzen Wange; die kannte ich schon vom Atelier des Erkennungsdienstes, aber danach muß noch ein frisches „Verhör“ stattgefunden haben, das ganze Gesicht war verquollen, der Mund wie ein Gummikissen, die Augen von den dicken Lidern fast geschlossen; er rutschte immer mit dem einen Fuß aus, als ob sie ihm am Bein etwas kaputtgeschlagen hätten ... Ein Sack voll Fleisch und loser Knochen, so sah er aus.

„Ihr Freund möchte Sie begrüßen!“ sagt Lange.

Ich hätte ihm am liebsten in die Fratze gehauen, diesem viehischen Heuchler, diesem Henkerkomödianten, der mit solcher Konfrontierung uns zu fangen glaubt; alles in mir ist mit einem Schlag wach, klar, exakt auf dem Punkt; ich weiß bloß nicht, ob ich „Hans?“ geschrien; ich frage daher: „Wer ist der Mensch? Wer hat ihn so zugerichtet?“

„Vielleicht antwortet er Ihnen selbst“, meint Lange, „aber vorher als alte Bekannte gebt euch mal die Hand!“

Die Wachleute grinsen über beide Ohren über diesen großartigen Witz. Ich zögere einen Augenblick, dann gehe ich auf den Gefolterten zu, nehme seine Hand und frage ihn ruhig: „Sie, kennen wir uns?“

„Ick kann nischt sehen“, kommt es aus dem verquollenen Gesicht.

„Na, helft ein bißchen nach!“ befiehlt Lange.

Der Herr Kommissar versteht sich auf kleine Späße, und die SS-Leute kennen schon das Dessin. Der eine umklammert den Gefangenen von hinten, der andre hat eine Streichholzschachtel aus seiner Tasche gezogen, nimmt zwei Hölzchen, zerrt dem Zerschlagenen die verquollenen Augenlider auseinander und sperrt sie ihm auf, indem er die Streichhölzchen zwischen die Lidwulste klemmt. Unheimlich diese aufgerissenen Augen in dem zerschlagenen Gesicht, Augen, die sich nicht verändern und so starr sind wie der Blick einer Wasserleiche, ich sehe einzelne Risse in den blaugeschwollenen Lidern, aber kaum einen Ausdruck im Auge selbst; wie soll man sich in diesen Bruchteilen einer Sekunde verständigen? Ich setze alles auf eine Karte, ich trete ganz nahe an ihn heran ...

„Also, Herrschaften, keine falsche Scham! Wie war's letzten Sonntag in Halle?“ höre ich Langes siegesgewisse Stimme seitlich von mir.

In diesem Augenblick bemerke ich, wie die Pupillen in

den mißhandelten Augen sich verengen, wie in äußerster Anspannung, in gespanntester Erwartung: Was wird sie jetzt sagen? Und ich schließe, er hat nicht schlappgemacht, der Hans, sie haben mit allen Stahlruten und Fäusten nichts aus ihm herausgebracht, und so frage ich ... zu seiner Orientierung mit Betonung: „*Sie*, sagen *Sie*, kennen wir uns? Denn wie *Sie* jetzt aussehn ...“

„Sie haben hier keine Fragen zu stellen!“ reißt mich Lange, der den Trick bemerkt, wütend zurück.

„Keine Aufregung, Herr Kommissar“, ruft Hans fast lachend dazwischen, „da müssen Sie schon ’nen andern Provokateur bringen als die Ziege da! Ich kenn sie zwar nicht, aber ich will sie mir merken!“

Er macht einen heftigen Schritt auf mich zu, schon wieder gepackt von den Wachleuten; aber in dieser Sekunde sehe ich in der zerschundenen Grimasse mit den Streichhölzchenaugen ein ganz kurzes Lächeln, ein befreites, übermütiges Zucken um den Mund, das nur ich verstehe, und ich liebe ihn mehr, als ich ihn bisher geliebt habe, diesen zerschundenen Jungen vor mir, mit seinem Wulst von Gesicht, mit seinen Wasserleichenaugen und mit aller Qual, in die er sich und mich hineinrannte. Ich höre grad noch, wie Lange brüllt: „Abführen!“

Ich sehe, wie er allein geht, der Hans, nicht mehr gestützt. Auch bei mir ist jede Schwäche vorüber; wir haben uns verstanden, wir haben uns verständigt mitten im Kreuzverhör des Gestapokellers, wir wissen, wir halten dicht, die Partei tat recht daran, uns den Auftrag zu übertragen.

Was jetzt kam, war alles nur halb so schwer gegenüber den ersten Stunden im Gestapohaus und den furchtbaren ersten Minuten der Ungewißheit, als ich Hans gegenüberstand. Gewiß, sie legten mir eine andre Gefangene in die Zelle, einen weiblichen Spitzel, die mir so beiläufig berichtete, ich spreche nachts im Schlaf; man wollte mich so zermürben, und ich wagte wirklich nächtelang nicht einzuschlafen, was keine kleine Sache war. Dann bekam ich wegen „Unreinlichkeit“ Matratzenentzug, und als ich auf diese Provokation wirklich hereinfiel und Krach schlug, steckte man mich für drei Tage in den „Sarg“, in die Dunkelzelle; mir kam es wie drei Wochen vor. Aber das alles waren nur physische Qualen – sie hobelten an den Nerven und machten mich manchmal heulen –, aber die drei-, viermal, da Lange nochmals seine Künste versuchte, nachdem seine Kumpane mir vorher die Gelenke verdreht und mit „nächtlichem Besuch" gedroht hatten, nie mehr zweifelte ich, was ich zu sagen hatte. Und ich wußte felsenfest, auch Hans hält dicht. Denn den Komplex, den sie herausbekommen wollten, den kannten nur wir beide, das heißt die Verbindung hierzu.

Wie ich herauskam, das war eigentlich ein Bluff. Durch die Dunkelhaft, die schlaflosen Nächte, den Matratzen- und Nahrungsentzug nebst dem vorhergegangenen Blutverlust war ich schließlich äußerlich so elend, daß mich eines Morgens die Zellenwärterin fragte, ob sie den Arzt holen solle. Mich ritt der Teufel, und so antwortete ich: „Nein, bitte, rufen Sie den Pfarrer."

„Den Pfarrer??"

Der Schließerin fiel glatt der Unterkiefer herunter: Eine Politische verlangt nach dem Pfarrer. Sie rannte zum Wachhabenden, der kam mit Lange. Ich hauchte: „Ich bin katholisch aufgewachsen, ich weiß nicht, was wird; ich möchte einen Geistlichen."

Ob Lange mich für geistesgestört hielt, ob seine ganze Konstruktion, die er von meiner Person sich gemacht hatte, zusammenbrach, ob nach dem neuen Konkordat man in diesen Tage katholischen Häftlingen gegenüber besonders vorsichtig war, jedenfalls ich bekam meinen Geistlichen und durch ihn die Freiheit.

Ob dieser etwas kitschige Trick erlaubt war? Nun, er ermöglichte mir, nach einiger Zeit in einer anderen Stadt weiterzuarbeiten; und auch Hans, den ich auf einer meiner Reisen – übrigens ebenso überraschend wie damals im Gestapokeller – wiedersah, auch Hans genehmigte mein Verhalten. Und als ich den Lachenden fragte: „Donnerwetter, was hast du jetzt für blendende Zähne?", da meinte er: „Laß man, Anni, die vorne sind alle künstlich."

(1935)

Karl Liebknecht kämpft in Nikolajew

Es war schon Mitte Januar 1919, und noch immer lag die Faust der deutschen Okkupation schwer auf der ukrainischen Arbeiterstadt Nikolajew. Gewiß, auch bis zu den deutschen Truppen am Schwarzen Meer war die Nachricht von der Novemberrevolution gedrungen. Sie hatten nach dem Vorbild der Truppen in Kiew und Jekaterinoslaw Soldatenräte gewählt, die stark mit Offizieren und „Säbeltragenden" durchsetzt waren; denn auch die Offiziere gehörten ja dem Soldatenstand an. Aber während im Westen und Norden die Verbände sich schon auflösten und heimfuhren, hielt der Generalmajor v. Gillhausen seine Division in Nikolajew noch auf Kandare. Er sagte den Soldaten, ein Nachlassen der Disziplin und des Korpsgeistes, ein Einzelabrücken bedeute zu fünfzig Prozent Untergang, da die „Grünen" und die „Roten" im Hinterland Einzeltrupps abfangen würden, die Polen aber offene Rache übten. Der Westweg war vorerst gesperrt. Im Norden standen die Bolschewiki, im Süden lag das Meer mit dem französischen Geschwader. Also abwarten, bis die Lage sich etwas beruhigt habe und die Verhältnisse durchsichtiger würden.

Nebenbei gesagt hatte gerade auf die zahlreichen Schiffswerften und Stahlbetriebe in Nikolajew die Hamburger Großfirma Blohm & Voß seit einem halben Jahr ihre Hand gelegt. Die „Arbeitsordnung" der Hamburger Aktiengesellschaft für die ukrainischen Arbeiter lautete:

„In Übereinstimmung mit dem deutschen Kommando liegt die Verwaltung der Fabriken in den Händen der Ingenieure, Angestellten und Kaufleute unter Leitung der Firma Blohm & Voß, Hamburg. Es sind keinerlei Arbeiterräte und Fabrikkommissionen gestattet. Der Arbeitstag beträgt zehn Stunden mit einer halben Stunde Mittagspause. Beim Betreten und Verlassen der Fabrik sind die Arbeiter verpflichtet, ihre Pakete zur Kontrolle zu öffnen. Es ist verboten, Kommissionen für die Fragen des Arbeitslohnes zu bilden. Streiks sind verboten."

Unterzeichnet war diese „Arbeitsordnung" von Kapitän

Pfundhelle und dem Direktor der deutschen Aktiengesellschaft, Dr.-Ing. Etlers. Man sieht, die deutschen Offiziere und Direktoren fühlten sich ganz heimisch am Schwarzen Meer. Es herrschte seit der deutschen Okkupation ja auch eitel Friede in der Ukraine, der sogenannte „Brotfriede". Denn bereits drei Wochen nach der Besetzung, am 9. April 1918, konnte die „Staatliche Kommission für Warenaustausch" in Kiew melden, daß die Kontribution von einer Million Tonnen Brot- und Futtergetreide erfüllt sei, ebenso der Abtransport von Rohstoffen: Leder, Hanf und Seife. Gleichzeitig wurde in der Hafenstadt Cherson – unweit von Nikolajew – der Belagerungszustand verhängt. Der deutsche General Kirbach gab bekannt, daß für gefangene „bolschewistische Truppen" die Kugel zu schade sei, „für sie gilt der Strick".

Am 17. März 1918 waren die deutschen Truppen in die Stadt Nikolajew eingerückt. Die Menschewiken und Sozialrevolutionäre, die im Nikolajewer Sowjet damals die Mehrheit hatten, lehnten den Vorschlag der Bolschewiki, Widerstand zu leisten, ab. Bereits nach einer Woche sollte die alte „Arbeitsordnung" wieder eingeführt werden. Die Fabrikanten und Aufseher kehrten zurück. Am 22. März 1918 – fünf Tage nach der Besetzung der Stadt – flammte nach der Erschießung eines deutschen Offiziers der Nikolajewer Aufstand auf. Und was für ein Aufstand! Die Arbeiter Nikolajews kämpften unter Führung der bolschewistischen Partei tagelang gegen eine moderne kriegsstarke Division. Ganze Arbeiterviertel wurden durch Artilleriefeuer eingeäschert, deutsche Kampfflieger kreisten über den Fabrikzentren, ein Gewerkschaftshaus wurde niedergebrannt. Dabei fuhren ununterbrochen Tag und Nacht die Requisitionskolonnen, die das Land ausplünderten, durch die Straßen.

Die Partei arbeitete im Untergrund.

Der „Brotfriede" war also keine so einfache Sache. Dennoch, mit einer kriegsstarken Division, mit Artillerie, Kampffliegern und Maschinengewehren kann man eine Stadt von 85000 Einwohnern eine Zeitlang „befrieden". Zumal wenn zwei französische und zwei englische Panzerkreuzer im nahen Hafen liegen und der französische Kommandeur General Franché d'Esperée dem deutschen General v. Gillhausen

– aller bisherigen Feindschaft zum Trotz – vorschlug, die deutschen Truppen können in Nikolajew bleiben unter der Bedingung: Niederwerfung der Bolschewiki. Denn hier in der Ukraine stand nicht bloß die „Kultur" auf dem Spiel, hier ging es um Höheres. Fast die gesamte während der zaristischen Zeit dort aufgebaute Industrie befand sich in den Händen ausländischer Aktionäre; die Fabrik in Jusowka war Eigentum der Engländer, die in Druschkowka gehörte den Franzosen, der Dnjeprowski-Betrieb den Belgiern; das bekannte „Prodamet", ein Syndikat französischer und englischer Aktionäre, hatte seinen Sitz in Paris. Ähnlich stand es um die Gruben des Donbass und den Eisenerzrayon bei Kriwoj Rog. Da nun auch die Deutschen kolonisierten und die Hamburger Firma Blohm & Voß in den Werften von Nikolajew saß, war das gemeinsame Interesse um das „Wohl" der Ukraine durchaus verständlich.

In dem einen Infanterieregiment der deutschen Division waren viele Süddeutsche, meist ältere Jahrgänge, aber auch ganz junge Burschen. Sie lagen in einer Schule. Im Erdgeschoß befand sich das Revier, die Krankenstube, in dem früheren Physikkabinett. Hier froren auf ihren Pritschen in der zweiten Dezemberhälfte Dutzende von fiebernden Grippekranken, für die im Lazarett kein Platz war; hier lag auch der neunzehnjährige Musketier Xaver L., dessen Temperatur malariaartig jeden zweiten bis dritten Tag hochschnellte; hier half der ehemalige Kriegsgefangene August B., ein etwa vierzigjähriger, verheirateter schwäbischer Kleinbauer, der schon in den sibirischen Kriegsgefangenenlagern seine deutschen und österreichischen Kameraden versorgt hatte; hier regierte der Sanitätssergeant Groß, der bei der morgendlichen Visite streng darauf hielt, daß „die Drückeberger" mit ihren vierzig Grad Fieber in den Betten liegend stramme Haltung einnahmen und die Finger lang an die imaginäre Hosennaht legten. Alle aber bekamen Briefe aus der Heimat und dachten an den Neckar, an den Rhein, an die Bäche und Berge des Schwarzwalds. August, der ehemalige Kriegsgefangene, ging oft an den Bahnhof und betrachtete die Waggons mit der Aufschrift: Eisenbahndirektion Frankfurt oder Karlsruhe; eigentlich konnte er in vier bis fünf Tagen daheim sein. Der neunzehnjährige Xaver hatte es nicht so eilig; er war ein Feinmechaniker aus Offenbach; er wollte vor allem die Welt sehn: der Krieg war ihm eine gute Gelegenheit.

Vorerst aber herrschte in der Revierstube eine viehische Kälte. Endlich gelang es August, einen Ofensetzer zu finden. Er wurde Kolja genannt, hatte einen mausgrauen Kopf und gutmütige braune Augen. Er begann einen riesigen Ofen zu mauern, auch für einen Wasserkessel als Einsatz. Er brauchte sehr viel Zeit, schwatzte mit August, der Russisch verstand, und brachte einmal den Fiebernden etwas Milch mit. Er fragte, woher die Soldaten stammen, ob es weit sei bis nach Deutschland, ob sie Frauen und Eltern in Deutschland hätten, ob es in Deutschland auch Sowjets gäbe. – „Na, und ob!" Ob dort Volkskommissare seien? „Volkskommissare ..., tjaja. Ebert und Scheidemann." Und hier fiel zum erstenmal in diesen Gesprächen das Wort Karl Liebknecht. Der sei immer für den Frieden gewesen. Einer der älteren Kranken hätte ihn bei einer Tagung in Stuttgart sprechen gehört, er war immer gegen Okkupation und Militarismus, und jetzt vernahmen in Berlin Hunderttausende sein Wort: seine Worte seien wie Feuer.

Auch das Menschenherz brauche Feuer, meinte Kolja und mauerte an seinem Ofen. Einige Tage später fanden die Revierkranken auf den Waschborden, in ihren Schränken, unter den Decken deutsche Flugblätter:

Soldaten und Arbeiter!
Wie lange wollt Ihr noch von Eurer Heimat fernbleiben? Wie lange wollt Ihr noch helfen, unsere Heimat zu verwüsten, auszuplündern und mit Euren Generalen und Fabrikanten zu beglükken? Soldaten! Ihr seid Arbeiter und Bauern wie wir. Wir sind keine Feinde. Der Feind steht woanders.
„Der Feind steht im eignen Land!" wie Karl Liebknecht sagte, der Euer und unser Freund ist. Soldaten und Arbeiter, laßt Euch nicht länger von den Generalen und Geldsäcken mißbrauchen, kehrt die Waffen um, kämpft mit uns, kämpft in der Front Karl Liebknechts für Eure und unsere Befreiung!

Sergeant Groß, dem ebenfalls ein Flugblatt in die Hand fiel, tobte.

Er meldete. Die Untersuchung ergab nichts. Aber der „russische“ Krankenpfleger – der schwäbische Kleinbauer August – wurde zu seiner Kompanie zurückversetzt. Der Ofensetzer wurde verhaftet; der Ofen war erst halb fertig. Es herrschte wieder eine Hundekälte in der Revierstube. Doch das Flugblatt hatte die Köpfe erhitzt. Immer wieder wurde diskutiert, leise und laut, zornig und kameradschaftlich. Manche waren für Liebknecht, weil sie heim wollten. Andere sagten, man solle nicht so laut reden; sie fürchteten um ihren Urlaub.

Als Xaver am 20. Januar früh zehn Uhr aus der Kaserne wollte, war der Ausgang gesperrt. Drinnen hatte der alte Stuttgarter ein Flugblatt entdeckt:

Deutsche Soldaten!
Karl Liebknecht und Rosa Luxemburg wurden von der deutschen Generalskamarilla in Berlin bestialisch ermordet! Deutsche Arbeiter im Waffenrock, man hat Euren besten Freund erschlagen! Arbeiter und Soldaten in Nikolajew, heraus am 22. Januar zur Demonstration auf den Sowjezkij Ploschad!
Das Rev.-Kom. Nikolajew *Der Deutsche Soldatenrat*

In den Kasernen war Alarmbereitschaft, nur Ordonnanzen mit Dienstbefehl durften hinaus, Hauspatrouillen unter Führung von Unteroffizieren durchsuchten die Korporalschaften nach Flugblättern; aber einzelne Korporalschaften stellten ihre Spinde vor die Tür, oder sie verschwanden geschlossen zur Latrine, um dort zu diskutieren; richtige Versammlungen waren auf den Latrinen; eine Unteroffizierspatrouille, die dort „säubern“ wollte, wurde regulär verprügelt.

Beim deutschen Divisionsstab im Mädchengymnasium herrschten Wut und Unsicherheit. General v. Gillhausen rief den Stadtsowjet an, die deutschen Soldaten dürften keinesfalls an der Demonstration teilnehmen. Mittag bewegten sich zahlreiche Züge mit roten Fahnen, um die schwarze Schleifen gewunden waren, nach dem Sowjezkij Ploschad. In der vordersten Reihe marschierten Arm in Arm mit den russischen und ukrainischen Arbeitern deutsche Soldaten in ihrer feldgrauen Uniform. General v. Gillhausen hatte bewaffnete Patrouillen in Stärke von je dreißig bis vierzig Mann, geführt von Feldwebeln und Unteroffizieren, auf die Straße geschickt, um die demonstrierenden deutschen Soldaten aus den Zügen heraus zu verhaften. Als Patrouillenmannschaft hatte man nur ganz junge Leute gewählt; auch Xaver war darunter. Noch in der Kaserne ließ der Feldwebel laden und schärfte ihnen ein, nicht in die Luft zu schießen.

Xaver war es nicht ganz wohl, wie er mit seinem Halbzug – mit aufgepflanztem Bajonett – aus der Kaserne ausrückte. Die Straßen waren zuerst völlig leer, die Fenster überall befehlsgemäß geschlossen, die Nagelschuhe knirschten auf dem Kopfsteinpflaster. Ziemlich fern hörte man Gesang. Der Feldwebel befahl, über die ganze Straßenbreite auszuschwärmen. „Zum Sturm Gewehr rechts!" – so rückte man vor. Ein Mann im zweiten Glied suchte schnell sein Gewehr zu entladen; aber der Feldwebel hörte das Klirren des Schlosses und der Patronen; er sprang hinzu, entriß ihm die Waffe und ließ ihn von zwei Unteroffizieren als verhaftet zur Kaserne zurückführen. Plötzlich hörte Xaver den Gesang gleichsam heller werden. Da kamen sie schon: eine dicke, dunkle Kolonne, über deren Spitze vorn acht bis zehn mächtige rote Fahnen flatterten, umweht von breiten schwarzen Florbändern.

Der Feldwebel drehte sich um: „Halt!" und löste nervös den Riemen seiner Parabellumtasche. „Entsichern!" Die Unteroffiziere schielten, ob die Sicherungsflügel herumlagen. Die Demonstranten waren auf dreißig Meter nahe, man sah die Gesichter, man las die Transparente in deutscher und russischer Schrift: „Rache für Karl Liebknecht!" und „Proletarier aller Länder, vereinigt euch!" Arm in Arm kamen sie näher, in den vordersten Gliedern immer ein deutscher Soldat und ein russischer Arbeiter, eine feste Kette. Jetzt sieht Xaver vorn in der ersten Reihe August, den ehemaligen deutschen Kriegsgefangenen, und neben ihm ein ebenfalls bekanntes Gesicht, einen mausgrauen Kopf mit gutmütigen Augen, die geradeaus nach vorn gerichtet sind: Kolja, den ukrainischen Ofensetzer. Auch zwei Frauen sind in der ersten Reihe hinter den Fahnen. Es ist keine Zeit zu verlieren. Der Feldwebel geht dem Zug drei, vier Schritte entgegen: „Sofort halten! Es wird geschossen!" Er hebt seinen Revolver. Der Zug marschiert ohne Gesang, doch ohne Verlangsamung. Es muß das Kommando gekommen sein: „Achtung! Legt an!“, denn die deutsche Schwarmlinie erhebt ihre Gewehre. Da springt aus dem Demonstrationszug August und noch ein deutscher Soldat vor, noch vor die Fahnengruppe, die plötzlich steht; sie reißen ihren Waffenrock auf, sie werfen ihre Erkennungsmarke und ihren Brustbeutel ab, sie rufen: „Schießt, Kameraden! Schießt und erzählt in der Heimat, was ihr getan habt!“

Eine atemlose Stille. Keiner wagt sich zu rühren, kein Finger wagt sich zu krümmen, selbst die Hand des Feldwebels hängt wie erstarrt in der Luft. Zehn Schritt vor den Gewehren der deutschen Patrouille stehen die beiden alten deutschen Soldaten mit aufgerissenem Waffenrock und hinter ihnen die roten Fahnen mit den schwarzen Schleifen für Karl Liebknecht. Hinter diesen aber Arm in Arm mit angehaltenem Atem stehen die deutschen Soldaten der Okkupationsarmee und Hunderte, Tausende Arbeiter der Werften und Betriebe von Nikolajew.

Es wurde nicht geschossen.

Die Mannschaft der Patrouille legte die Sicherungsflügel ihrer Gewehre herum. Viele reihten sich sogleich in den Zug und demonstrierten mit ihren Waffen für den toten Karl Liebknecht und für sein Ziel, das einem Deutschland der Arbeiter, Bauern und Soldaten galt. Auf dem Sowjezkij Ploschad standen Tausende, unter ihnen auch die Patrouillen des Generals v. Gillhausen. Sie lauschten mit Spannung den Reden der Vertreter des bolschewistischen Revolutionskomitees und den Ansprachen der demonstrierenden deutschen Soldaten.

Ein Bericht aus dem Nikolajewer Archiv meldet lakonisch: „Dies war die erste offene Demonstration der deutschen Soldaten gegen ihre Kommandeure. Alle Macht blieb jetzt in den Händen des Revolutionskomitees.“

(1936)

Jules*

Schreib alles, alles; sag ihnen die Wahrheit, die ganze Wahrheit!

Als wir einhundertfünfzig Politische zum erstenmal in unsere Baracke traten, waren wir – wenn man so sagen darf – förmlich geblendet von der Finsternis, die uns entgegenschlug. Es war eine alte brüchige Holzbude, noch aus den Beständen des ersten Weltkrieges. Ein muffiger Dunst hauchte uns an. Irgendwo mußten Menschen liegen. Wir streiften mit dem Gesicht regenfeuchte Mäntel und Röcke. Auch hörten wir aus dem Dunkel heftig einladende Zurufe in spanisch, italienisch, polnisch und deutsch, uns nicht zu genieren, sondern die neue Wohnung nur munter zu betreten! Es lagen dort schon fünfzig Mann der spanischen Internationalen Brigaden, die bei Kriegsausbruch aus den alten Lagern in dieses entlegene Konzentrationslager am Rande der Pyrenäen überführt waren.

Wir sahen noch immer nichts. Wir standen noch immer, unser ärmliches Gepäck in den Händen, verwirrt vor dem wilden Stimmenwirbel, der von oben auf uns eindrang. Die Interbrigadisten hatten als alte Fachleute natürlich die Boxen der oberen Etage besetzt – wir stießen uns irgendwo an Arbeitsgerät, an Zuschlaghämmern, Kreuzhauen und Spaten.

* Die Erzählung spielt 1940/41 im *Camp du Vernet* an der Pyrenäengrenze. In diesem Straflager für politische Gefangene waren während der faschistischen Regierung Pétains und Lavals neben den republikanischen Spanienkämpfern der „Interbrigaden" auch die entschlossensten Freiheitskämpfer aller Staaten Europas interniert.

Es bedarf keiner Beteuerung, daß ich das französische Volk und das Frankreich der Menschenrechte verehre und liebe. Viele meiner Arbeiten bezeugen es. Der einfache Mann Frankreichs und die französischen Soldaten haben sich trotz aller Drohungen der Pétain-Leute gerade zu uns politischen Gefangenen stets loyal und menschlich verhalten. Mehr noch – ein Offizier des französischen Lagerkommandos, der nicht der Garde mobile angehörte, hat nach dem Vormarsch der Hitlerarmee das Manuskript meines Dramas „Beaumarchais" trotz der damit verbundenen Gefahren gerettet und nach der Schweiz befördert. Ich bin glücklich, dies gerade hier betonen zu können, zumal mich mit vielen französischen Patrioten eine echte Kameradschaft verbindet.

Schließlich erscholl von oben die freundliche Mahnung: „Meine Herren, in diesem Campo kommt das Bett leider nicht von alleine auf den Menschen zu!“

Ein anderer droben ahmte eine elektrische Klingel nach. „Die Herren warten gewiß auf den Kellner oder das Zimmermädchen?“

Wir stürzten nach vorn. Wie schnell man auch ohne Augen sehen lernt! Im Nu sind alle freien Plätze der Baracke von uns belegt, oben und unten. Jeder haut sein Gepäckstück dorthin, wo es ihm am besten scheint. Man kriecht hinauf, man schreit: „Ernst, wo bist du denn? Hierher, Frieder! Ralph, Ottar, Alek …, hier oben ist's erstklassig, direkt Eiffelturm mit Blick auf die Pyrenäen …, mehr rechts ist der Lift, hierher, gib deine Klamotten und die Hand …, ruck, zuck, na, siehst du!“ Tatsächlich, wir haben einen erstklassigen Platz erbeutet, ein „Oberbett“, das heißt für jeden einen Lebensraum von etwa drei Quadratmetern Holzdiele, die sich biegt, wenn man drauf tritt; altes Stroh mit Disteln und hartem Schilf liegt noch dort; aber in der bretternen Außenwand der Baracke ist ein Stückchen herausgebrochen, und von dort kommt ein Streifen Licht des regnerischen Oktobernachmittags. Waren wir vor fünf Minuten noch ganz fassungslos über diesen finsteren, feuchten kalten Stall, der von heute an – wer weiß wie lange – Tag und Nacht unsere Behausung sein sollte, jetzt haben wir ein „Oberbett“, und das bedeutet: nicht wir bekommen bei jeder Bewegung den Dreck und Strohstaub auf den Kopf, sondern unsere Untermänner. Ja, wir haben sogar ein Lichtloch, durch das zwar der Pyrenäenwind bläst und immer wieder eine Regenbö hineinfaucht; aber mit hinein dringt Licht! Und gute Kerle liegen neben einem: Ernst, der Jugendgenosse, Alek, der Arzt von der tschechischen Grenze, Ralph, der Hamburger Junge; auch auf der anderen Seite lagern Kameraden.

Bloß rechts, unmittelbar neben mir, hat sich etwas Fremdes eingenistet. Es ruht dort in sich zusammengerollt, mit einem dünnen schwarzen Mäntelchen bedeckt, eine nicht zu identifizierende Gestalt. Jedenfalls keiner der Unsern. Es ist aber in jeder Hinsicht erwünscht, daß wir hier oben „unter uns“ bleiben.

Ernst sagt zu mir: „Er soll mit Alek, der an unserem linken Flügel liegt, tauschen! Da fangen schon die Polen an!"

Ich wende mich dem zusammengerollten Mäntelchen zu, stoße es sanft in die Rippen. „Du, Kamerad, würdest du nicht mit einem dort links oben den Platz wechseln? Wir alte Bekannte möchten zusammenliegen."

Ein böses Knurren, begleitet von einem undefinierbaren Fluch, ist die Antwort.

Das Mäntelchen rollt sich noch fester zusammen.

Der Sergeantchef der Garde mobile schreit durch die Baracke: „Rassemblement!" Wir treten an und werden in Sektionen zu je sechzig Mann eingeteilt. Der Kommandant unseres Quartiers von zehn Baracken oder zweitausend Gefangenen gibt uns bekannt: dieses Camp sei ein militärisches Straflager; wer sich nach Anbruch der Dämmerung auf zehn Meter dem Stacheldraht nähere, auf den werde ohne Warnung geschossen! – Dann bekommen wir die Köpfe kahlgeschoren. Wir wollen protestieren, sehen aber, daß auch die Interbrigadisten kahle Köpfe haben. Wir beschließen, unsere Proteste für wichtigere Dinge aufzusparen. Gerade holt ein Kommando in einer Art Mülleimer die Suppe. Da wir aus den Gefängnissen von Paris kamen oder nachts aus den Quartieren heraus verhaftet waren, besitzen wir keine Eßgeschirre. Die Interbrigadisten geben uns ihre aus Konservenbüchsen hergerichteten Näpfe. Aber es reicht nicht. Wir haben brüllenden Hunger. Der Suppenverteiler hält unerbittlich sein Tempo. Die Suppe geht schon zu Ende.

Da steht das Mäntelchen neben mir. Wortlos zieht es seinen Schuh aus, läßt sich die Erbsbrühe in den Schuh gießen und trinkt sie aus dem Schuh.

„So ein Schwein!" sagt Ernst neben mir voll Abscheu.

„Gebt mir die Portion von dem Idioten!" wendet sich das Mäntelchen zu dem Verteiler. „Der Herr Idiot hat keinen Hunger!" Und er schlürft auch die Portion von Ernst, der ohne Napf dasteht. Übrigens ziehen jetzt auch noch andere ihren Schuh aus, um so die heiße Brühe in den Magen zu befördern; manche Schuhe werden herumgereicht. Sind wir auch keine polnischen Edelleute, die aus dem Pantöffelchen ihrer Geliebten den Champagner trinken – ich muß gestehen, dieser Trunk aus dem Schuh der Gefangenen schmeckt uns wunderbar.

Ernst aber hat gegen das Mäntelchen – es ist der Pariser Lederarbeiter Aron Liter –, Ernst, der saubere, blitzblanke, korrekte deutsche Junge, er hat gegen Aron Liter eine schier unüberwindliche Abneigung; Ernst, der sofort aus einem Stück Holz sich einen Bügel für seinen Rock macht, der sofort anfängt, sein Hemd und seine Taschentücher zu waschen, er sieht, wie Aron Liter die erste Woche überhaupt nicht aus seinen Kleidern steigt, wie er sich nicht einmal von seinem Mäntelchen trennt. Ernst ekelt sich, wenn Aron neben uns ißt; er ekelt sich, wenn der andere Tag und Nacht schrecklich hustet und dicke gelbe Klumpen an Ernsts Nase vorbei durch unsere Fensterluke hinausspuckt. Ernst verlangt schließlich von mir, ich solle meinen Nebenmann zwingen „auszuziehen". Abgesehen davon, daß Aron Liter dieses Ansinnen nur mit Hohn und den schrecklichsten Flüchen der Welt beantwortet hätte, fühle ich mich auch nicht berechtigt, ihn von seinem Platz zu vertreiben. Ernst wendet sich jetzt selbst an das Mäntelchen. Es kommt zu einem Wortwechsel in einem unmöglichen Deutsch-Polnisch-Französisch, da Ernst dem Monsieur Aron Liter die Anfangsgründe der Hygiene klarmachen will, während Monsieur Liter ihm einen seiner furchtbarsten Flüche entgegenschleudert: „Ein Tausendfüßler sollst du sein und dir jeden Abend die Füß waschen müssen!" Als Ernst in seiner Erregung sich sogar erbietet, lieber ein Tausendfüßler zu sein mit tausendfacher Fußwaschung als ein Schwein mit zwei schmutzigen Füßen, da fordert ihn sein Gegner mit bösem Hohn auf, ihm doch heißes Wasser, Seife, Handtücher und ein warmes Zimmer herbeizuschaffen, da er als Lungenleidender nicht so verrückt sei, sich draußen vor den offenen Waschtrögen den Tod zu holen. Im übrigen habe er, Aron Liter, den jungen Mann nicht angeredet, ein Zeichen dafür, daß er, Aron Liter, keine Unterredung mit ihm wünsche. Ernst appelliert jetzt an uns alle, ob wir die Gefahr einer Verlausung oder gar einer Infektion dulden wollten. Da er meines Nachbarn Namen vergessen hat, spricht er von dem „Nebenmann Juil".

Der aber hat dieses Wort noch einmal herum mißverstanden; er protestiert: „Ich heiße nicht Jules, mein Herr! Ich heiße für Sie Monsieur Aron Litère! Einen Menschen nennt man bei seinem richtigen Namen oder gar nicht! Aron Litère, mein Herr, nicht Jules!" Seine großen Hände, die kräftigen Hände eines alten Lederarbeiters, spannen sich vorn am Saum des Mantels. Sein Kopf steht plötzlich mitten unter uns. Dieser Kopf ist zugleich von einer bemerkenswerten Häßlichkeit und Schönheit: die Stirn ist klein, gebuckelt, verbeult, Adern durchziehen wie knotige Stränge Schläfen und Nasenwurzel, rötlichblondes Haar sträubt sich in dünnen Büscheln an beiden Seiten des Schädels, die starken, kreisrund geschnittenen Lippen sind halb geöffnet, die breite Nase ist etwas platt gedrückt und gibt dem Profil den Ausdruck eines Raubtiers ..., aber das Eindringlichste sind doch die Augen, zwei harte, kampfwütige dunkelblaue Augen von einer Wildheit, Kraft und Schönheit, die sein eigenes Wesen und die Entschlußkraft seiner Gegner völlig zu beherrschen scheinen. „Mein Name ist Aron Litère, meine Herren, nicht Jules!"

Keiner wagt, dem Wütenden zu antworten. Er zieht sich das schwarze Mäntelchen wieder über die Ohren, legt sich auf die mit dünnem Stroh bedeckte Holzplanke und rollt sich zu einem Nichts zusammen. Von dieser Stunde an heißt Aron Liter bei uns nur noch Jules.

Und bald heißt er im ganzen Lager so – bis an sein viel zu frühes Lebensende, da er sogar von dem Kultusbeamten aus Toulouse fälschlich als Jules Litère eingesegnet und beerdigt wurde.

Doch bis dahin ist ein langer Weg.

Jules hustet und spuckt schrecklich, Tag und Nacht. Ernst erklärt, man muß einen Regenschrirm kaufen und diesen zwischen Jules und uns aufspannen. Nach einiger Zeit schickt man mir aus Paris zwei Decken. Jules hat noch immer nichts als sein Mäntelchen. Eines Nachts, da sein Husten, Röcheln und Spucken mich wieder nicht schlafen läßt, lege ich ihm eine meiner beiden Decken über. Am Morgen liegt die Decke bei mir. Das Spiel wiederholt sich einige Nächte, bis Jules einmal zu mir sagt: „Weshalb tust du mir die Decke über?"

„Damit du weniger hustest und ich schlafen kann."

„Aber" – mit Blick auf Ernst – „der da sagt, mein Atem ist giftig, meine Spucke steckt euch an, die Decke ist für dich foutu, futsch, zum Teufel!"

„Na gut, dann ist's eben jetzt deine Decke."

Er starrt mich an und erwidert nichts. Am Abend bringt er mir in einer alten Konservenbüchse heißen Tee. „Trink, das macht warm für die Nacht!"

Einmal nachts merke ich, wie er den Husten krampfhaft anhält und den ganzen Schleim hinunterschluckt, um mich nicht zu wecken. Ich besteche unseren Sanitätsgehilfen, mir aus Toulouse etwas Ipekakuanhapulver und Ammoniak-Anis-Tropfen mitzubringen. Damit behandle ich Jules. Er ist entzückt. In seiner Begeisterung will er alles an einem Tage einnehmen. Schon am nächsten Morgen behauptet er, die Medizin wirke wunderbar, er werde diesmal bestimmt geheilt. Er geht durch die Baracke und preist mich laut als seinen Doktor. Er kann nicht verstehen, weshalb ich ihm dies verbiete. In der Baracke hat er einen Bekannten, den Schneider Binatzky aus Paris, den er freundschaftlich „Bienenschwanz" nennt. Bienenschwanz ist als Amateur Ringkämpfer, Mittelgewichtsmeister des Departements Seine-et-Oise. Er kann zudem Eisenstangen auf seinem Arm krumm schlagen. Eines Tages steigt Jules mit seinem Freund Bienenschwanz die Affenleiter zu mir herauf. Die gegenseitige Vorstellung vollzieht sich in höfischen Formen. „Das ist mein Freund Bienenschwanz, Schneidermeister und Ringkämpfer, falls du einmal an deinem Rock was auszubessern hast. – Und das ist *mein* Doktor!"

Wie oft habe ich später dies „mein Doktor" oder „Doktorle" gehört! In diesem „mein Doktor" lag manches von dem Stolz des Besitzers und Eigentümers; aber dann klang noch ein Ton mit, den ich bei Jules bisher nicht kannte, etwas Zärtliches, Freundschaftliches, Freudiges.

Jedenfalls muß ich mir den mit alten und neuen Furunkeln bedeckten Ringernacken von Bienenschwanz ansehen, und Jules schwört bei dem Haupte seiner zwölfjährigen Tochter Maria, daß ich dies chronische Leiden in kürzester Frist heilen werde. Jules' Vertrauen zu seinem Doktor übersteigt schon alle Grenzen. Das große Ereignis aber, der Sieg über das eigene Ich, erfolgt an einem frostigen Novembermorgen. Die acht hölzernen Waschtröge, an denen wir mit der Nachbarbaracke (also zu vierhundert Mann) uns waschen können, stehen völlig im Freien, ungedeckt, den eisigen Pyrenäenwinden ausgesetzt. Gerade diese zwei Baracken der Interbrigaden bilden eine besonders disziplinierte Einheit, was Arbeitsdienst, Essenverteilung und Hygiene anlangt. Abgesehen von den Kranken und einigen fremden Elementen waschen wir uns früh um sechs bei Wind und jedem Wetter. Wir wollten uns für schlimmere Zeiten abhärten. Eines Morgens nun, während Ernst und ich uns gegenseitig abklatschen, steht zwei Wassertröge entfernt Jules, ohne Hemd, nackt bis zum Gürtel, mit schäumender Seife bedeckt, sich waschend. Triumphierend ruft er, so daß die ganze Kolonne es hören muß: „Wenn ihr glaubt, die Seife schreckt mir? Die Seife schreckt mir nicht!“ Selten habe ich einen solchen Applaus bei einer Theaterpremiere erlebt wie bei dieser Reinigungspremiere Jules' unter freiem Himmel. Alle stürzen auf Jules los, drücken ihm die nassen Hände und beglückwünschen ihn.

Er zwinkert mir mit dem linken Auge unter dem Seifenschaum zu: Nun, wie stehen wir zwei jetzt da?

Sogar Ernst ist ganz gerührt. Er ist fast überzeugt, daß man sein Milieu auch nach vierzigjährigem Leben noch überwinden könne. Es ist Jules' erster Sieg. Übrigens hat ihm die Kaltwasserkur nicht geschadet. Im Gegenteil, der Husten läßt nach. Der Todesstoß kommt später – mitten im Sommer – von ganz anderer Seite.

Doch da sind noch andre Schwächen seines Milieus und seiner Vergangenheit, mit denen Jules zu kämpfen hat. Als Junge war er 1915, während des ersten Weltkrieges, bei den Kämpfen um Warschau aus seinem brennenden Dorf geflohen, keiner kümmerte sich um ihn, er mußte sich mit Handeln und Schmuggeln am Leben erhalten. Ein hartes Leben. Er kannte es nicht anders.

Und hier?

Unsere Wachmannschaften sammeln leidenschaftlich Freimarken. Natürlich auch Jules. Er steht mittags bei der Briefausgabe, bettelt Marken, schneidet – ob man es gestattet oder nicht – mit einer Rasierklinge blitzschnell die Marken aus den Paketen und Briefumschlägen; einen Teil behält er für sich, die doppelten gibt er den Garden, die ihm dafür erlauben, bei der Kantine zu helfen, wofür er von der Verwalterin etwas Zucker, Gebäck und Obst erhält. Ich nehme ihn mir vor, erkläre ihm, daß die Garden meine Freunde im Arrestloch verprügeln; er schwört mir Besserung, um am nächsten Tag wieder mit den Marken zu handeln.

„Du wirst ihm das nie abgewöhnen!" meint Ernst.

Ich bin bockig und erkläre: „Irgendwie steckt in Jules doch ein guter Kern unter all dem Mist."

„Na, dann find einmal den Kern! Glückwünsch!" erwidert Ernst.

Vielleicht seh ich wirklich zuviel in Jules hinein? Vielleicht ist das alles Unsinn? Meine Kameraden sagen, ich hätte an Jules „einen Narren gefressen". Ich habe ihm ein Schreibheft gekauft. Dahinein klebt er jetzt alle „guten Marken" – für den Sohn. Der Sohn Philipp steht irgendwo in Afrika bei der französischen Legion. Einmal im Winter bekommt er einen Brief seines Philipp aus Tunis, einen Brief mit einem bunten, wirklich pompösen Emblem des Regiments, „vor der Abreise", wie Philipp schreibt. Er habe jetzt reiten gelernt und gehe mit dem Pferd aufs Schiff. Jules stellt an mich nicht mit Unrecht zweierlei Fragen. Erstens: Weshalb geht man mit dem Pferd aufs Schiff, wo doch in Afrika selbst soviel Platz zum Reiten ist? Und zweitens: Was hat der Junge mit dem Reiten zu tun, wo er nie ein Pferd angefaßt hat? „Sag mir's, Doktorle: Wird das Pferd den Philipp hinauflassen?"

Ich mache den Spaß: „Es wird ihn sogar hinunterschmeißen, wenn er nicht gut sitzt."

„Was kann man gegen das Hinunterschmeißen machen?"

„Man muß dem Pferd gut zureden und ihm oft Zucker geben."

„Zuckerstücke?"

„Zuckerstücke!"

Eines Tages bemerke ich, wie Jules seine doppelten Marken gegen Zuckerstücke eintauscht. Auch unsere eigenen Zuckerstücke verschwinden rapide. Jules hat ein ganzes Paket mit Zuckerstücken gepackt, um es dem Sohn – das heißt „dem Pferd“ – zu senden, um das Pferd zu besänftigen. Denn es gibt, wie er einmal behauptet, nur dreierlei, das er in der Welt richtig liebt: den Sohn Philipp, sein Töchterchen Maria und seinen Doktorle.

„Und deine Frau?“

„Zu der war ich stets anständig und hab sie wie meine Frau behandelt.“

Uns gegenüber, in der unteren Etage, wohnt der Schuster Hyan. Er hat sich sein Werkzeug aus Paris kommen lassen; er bekommt die Erlaubnis zu schustern. Selbstverständlich muß er für die Wachmannschaft umsonst arbeiten und sogar noch das Leder liefern; selbstverständlich hält er sich dafür an uns schadlos. Er ist für uns ein fremdes Element; aber er ist der einzige, der Schustergerät, Nägel und Leder besitzt. Er nimmt für das Besohlen meiner Stiefel dreißig Franc; das ist unerhört. Einem anderen Kameraden, der den Preis nicht zahlen kann, hält er die Stiefel einfach zurück. Es kommt zum Krach. Hyan wird nach Strich und Faden versohlt. Unser Sergeant mischt sich ein. Hyan, in einem Wasserfall von Rechtfertigungen, erklärt, Jules habe gesagt, der Preis sei nicht zu hoch, er solle ruhig den Preis von mir nehmen. Jemand neben mir stößt einen Schrei aus, einen tierischen Schrei, dann springt etwas mit einem Satz wie ein Panther in die Tiefe, es zerrt Hyan zu Boden, ein mitgerissenes Schustermesser blitzt in Jules' Hand – ich schreie: „Jules, hierher!“ Er hört nicht. Der Sergeant knallt ihm eine Ohrfeige, er wirft sich jetzt auf den Sergeanten. Die Kameraden umklammern ihn von allen Seiten.

Jules tobt: „Laßt mich, ihr feigen Schweine, ihr Zuhälter, ich spucke auf euch!“

Ich packe ihn an seinem rötlichen Haarschopf, zerre ihn zu mir herauf. Die Kameraden verhandeln mit dem Sergeanten, der auch kein Interesse daran hat, daß seine Baracke „auffällt“.

Hyan bittet, in eine andere Baracke verlegt zu werden; er fürchtet „das Tier“.

Das Tier ist Jules. Er spricht tagelang kein Wort. Dann fragt er mich: „Glaubst du dem Schwein, daß ich gesagt habe, er solle dich betrügen?"

„Unsinn, Jules! Ich hab das nicht einen Moment geglaubt."

„Und die Sergeanten sind nicht besser; du mußt nachdenken, Doktorle!"

Er beginnt die Sergeanten zu hassen.

Im Frühjahr, da wir im Regen und Schneegestöber die Straße zu unserem eigenen Friedhof bauen müssen, da noch immer kein Ofen in der Baracke ist und wir Tag und Nacht nicht aus den nassen Kleidern kommen, da beginnt Jules' Husten aufs neue. Ich habe ihm gezeigt, wie man im Knien – vornübergebeugt – besser aushusten kann. Er kniet fast die ganze Nacht. Sowie er aber merkt, daß ich wache, hält er den Husten an. Einmal höre ich ihn im Halbschlaf zu sich selbst sprechen: „Still, Jules, knien, Jules! Nicht husten, Jules!"

An einem Aprilmorgen kommt Ernst von dem Außendienst und sagt: „Heut hättest du Jules sehen müssen! Ich glaube, sogar die Sergeanten hatten Dampf vor ihm. Er braucht wegen seiner Lunge doch nur leichte Arbeit zu machen; aber sie wollten ihn hochnehmen und ließen ihn schwere Steine schleppen. Plötzlich wirft er vor dem Sergeantchef den Stein hin: Er sei zu leichtem Dienst geschrieben!

Es gäbe noch schwerere Arbeit, wenn er die wünsche? höhnt der Sergeantchef.

Er arbeite überhaupt nicht mehr, keine Sekunde, keine Kartoffel schäle er mehr, und wenn sie ihn erschössen! Er sei krank, er wolle wissen, weshalb man ihn hierhergeschleppt habe. Bloß, weil er in einer Lederarbeitergewerkschaft war und weil er für die Spanienhilfe gezahlt habe, deshalb hätten sie ihn nachts wie einen Mörder verhaftet, während sein Sohn Philipp unter den französischen Fahnen in Tunis stehe und sein Töchterchen Maria und seine Frau Französinnen seien! Das sei eine Schande für Frankreich und für die Garde mobile, die hier mit ihren Bambusstökken und Revolvern wie die Raubtierbändiger aufträte ..., aber jetzt sei es genug! Die Garden schleppten ihn auf der Stelle weg."

Mindestens zwei bis drei Wochen Cachot – nahmen wir an.

Schon am Mittag erscheint er wieder. Er hat rote Flecken auf den Backen und Fieber. Er renommiert nicht wie sonst, er spricht kein Wort. Am Abend nimmt er seine geliebten Briefmarken und beginnt die Doppelten zu zerreißen. Ich frage ihn, ob er verrückt sei. Er erwidert: „Laß mich, Doktorle, Jules weiß, was er tut.“ Er sammelt jetzt nur noch für seinen Sohn Philipp.

Oft steigt sein Fieber schon früh bis neununddreißig Grad. Aber er will nicht zu den Hospitalärzten, deren Arznei man teuer bezahlen muß. Er meint: „Hör du noch mal nach meiner Lunge, Doktorle!“ – Ja, da ist eine Kaverne links oben, es keucht und bläst und faucht wie in einer Lokomotive. Ich bestelle ihm wieder Arznei aus Toulouse, und er ist glücklich. Von einem alten Polen lasse ich mir gläserne Schröpfköpfe geben, die man erhitzt und auf den Rücken preßt.

„Du wirst mich gewiß gesund machen, Doktorle!“ sagt er voller Zuversicht. Doch einmal nachts, da er wieder ununterbrochen hustet und ich mich zu ihm wende, meint er leise: „Doktorle?“

„Was ist?“

„Glaubst du, daß ich meine Maria, mein Töchterle, werde wiedersehen?“

„Frag nicht so blödes Zeug, Jules! Natürlich wirst du sie wiedersehen; ich werde dich richtig gesund machen, dann werden wir bei dir daheim sitzen und so lange Kuchen essen und Pinard trinken, bis wir alle umfallen.“

„Na, wenn du's sagst, Doktorle.“

Oft liegt er an meinem Platz an dem kleinen Lichtloch und schnitzt aus einem Abfallknochen der Küche Ringe, Broschen und Spangen für sein Töchterchen. Ständig trägt er ein kleines Photo bei sich, er betrachtet es und zeigt es mir. „Was für ein Kind! Ein wunderfeines Kind!“

Ende April ruft er mich erregt beiseite. Seit langem hat er wieder einen Brief seiner Frau erhalten. Darin liegt ein neues Bild von Maria. Sie ist nun schon ein großes, wirklich hübsches Mädel, aufgenommen im Kostüm einer Elsässerin, mit langen Zöpfen und breiten schwarzen Haarschleifen. „Was für ein Kind, was für ein furchtbar begabtes Kind! Sie hat auf einem Fest vor Daladier und der Regierung getanzt! Lies selbst!“ befiehlt er mir voller Stolz. Ich lese den Bericht seiner Frau, das Kind habe bei einer großen patriotischen Veranstaltung vor dem Ministerpräsidenten Daladier getanzt. „Ein furchtbar begabtes Kind!“ wiederholt Jules nochmals, um mich zu einer Beifallsäußerung zu animieren. Ich bringe beim besten Willen kein Wort heraus, sondern gebe ihm das Bild zurück. Er nimmt es und sagt traurig: „Du bist ein Politiker, Doktorle, ich weiß. Aber die Politik bringt dich noch um.“

Ernst hockt in der Nähe. Er läßt sich das Photo von Maria zeigen.

Am Abend meint er zu mir: „Gib’s auf mit deinem Jules!“

Jules ist jetzt vom Dienst befreit. Er hat dauernd Fieber. Es ist schwer, für ihn Arznei zu beschaffen. Man läßt keinen mehr nach Toulouse. Der Chefarzt unseres Hospitals aber ist dauernd betrunken, er hat nur zwei Diagnosen – „motivé“ und „pas motivé“ wird drei bis sechs Tage vom Dienst befreit; „pas motivé“. „Motivé“ fliegt ins Cachot und wird von den Garden dort verprügelt. Ein so ärmlicher und zahlungsunfähiger Gefangener wie Jules zieht meist die Cachot-Diagnose.

Die Militärärzte des Lagers sind … Militärärzte. Jules hat zu ihnen kein Vertrauen. Alle sechs Tage geht er zur Fieberkontrolle und wird erneut arbeitsunfähig geschrieben. Er liegt auf seinem Strohsack, schnitzt Ringe für sein Töchterchen und klebt die Freimarken immer wieder für seinen Sohn Philipp. Öfters diktiert er mir Briefe an Philipp, in denen er ihm Ratschläge erteilt, wie er sich gegenüber dem Pferd zu verhalten habe, in denen er ihn bittet, ihm und der Mutter doch noch einmal zu schreiben. Aber Philipp schreibt nicht mehr. Ende April kommt eine ministerielle Verfügung, daß die Internierten, die einen Sohn in der französischen Armee haben, ein Gesuch auf Haftentlassung einreichen können. Das Gesuch muß vom Sohn gegengezeichnet und dessen Unterschrift von seinem Kommandeur beglaubigt sein. Ich teile Jules diese Verfügung mit, jetzt könne er befreit werden.

Er springt hoch vor Freude. „Doktorle, ich renne in Paris für dich herum, daß auch du freikommst!“ Plötzlich meint er: „Nein, es geht nicht. Es schadet dem Sohn. Sie brauchen nicht zu wissen, daß sein Vater im Konzentrationslager sitzt!“

Da reißt mir die Geduld. „Jules, bist du völlig wahnsinnig! Wer muß sich da schämen? Du, der einen Sohn unter den Fahnen hat – oder diese Schweine, die dich alten Mann ohne Verhör, ohne Urteilsspruch monatelang in diesem Dreckstall einsperren, während du dein Kind kaputtschießen läßt?“

Er hat mich noch nie so wütend gesehen. „Ich werd mir's überlegen, Doktorle“, beruhigt er mich. Aber am Abend erklärt er mir: „Sei nicht bös, Doktorle; ich weiß Bescheid, es schadet dem Sohn in seiner Karriere. Ich bin ein alter Mensch, er ist ein junger Mensch ..., laß mich, Doktorle, es schadet dem Sohn! Du bist ein Politiker, ich weiß. Ich bin ein einfacher Lederarbeiter, ein armer polnischer Jud. Soll mein Sohn es besser haben als ich!“

Alles umsonst!

Es ist wirklich nichts – gar nichts – mit Jules zu machen! Auch ich gebe ihn langsam auf. Ernst hat recht: „Such du den guten Kern in dem Haufen Mist! Glückwunsch!“ Ja, aus einem alten Hut kann man einen neuen Hut machen; aber kannst du aus einem alten Menschen einen neuen Menschen machen? Ich habe eine Wut auf mich selbst. Ich habe eine Wut auf Jules. Ich spreche kaum mehr mit ihm. Er liegt auf seinem Strohsack und bastelt herum. Die abgezirkelten Röschen auf seinen Backen werden immer röter. An sein ununterbrochenes Husten und Spucken haben wir uns gewöhnt. Gewöhnt haben wir uns ja auch an die Gefangenschaft, an den Stacheldraht, an die Pfiffe der Garden; gewöhnt haben wir uns an die vielen Kolbenhiebe und Faustschläge und Tritte des betrunkenen Sergeanten am Samstag und Sonntag; gewöhnt an die Dysenterie-Anfälle mit dem endlosen Blutverlusten und den Koliken, gegen die man uns keine Arznei gibt. Alles das wurde uns zur Gewohnheit. Zum Glück auch unsere Sprachkurse, unsere technischen und anderen Kurse, die wir unter schwierigen Bedingungen durchführen; die Abwehr der Spitzel und Provokateure, die Verbindung mit unseren Gefangenen im Arrest – alles das wurde uns zur Gewohnheit.

Wir reagieren auf jeden Angriff, auf jede Gefahr, auf jedes Solidaritätszeichen, auf jede Situation mit der Geschwindigkeit eines Muskelreflexes.

Dennoch, auf eine Situation waren wir nicht vorbereitet. Bisher sahen wir in der Morgen- und Abenddämmerung bei unserem Appell als einzige Vögel die Krähen in wohlgeordneten Schwärmen oder „Kompanien“ aus ihren Wäldchen auf die Felder fliegen und heimkehren. Auch sie haben ihre Corvée, ihren Arbeitsdienst, sagen wir.

Eines Mittags, am hellichten Tage, schreit einer in die Baracke: „Es ziehen Vögel über das Lager!“

Alles rennt hinaus. Und wirklich streicht ein langer Zug zwitschernder schwarzer Vögel von Süden nach Norden. Es sind Stare, die von Afrika übers Mittelmeer kommen. Ein paar Tage später folgen ganze Schwalbenschwärme. Oft ruhen sie in langen Ketten auf unserem Stacheldraht. Ihnen folgen die warmen Tage, die Südwinde an Stelle des eisigen Pyrenäenwindes und des nördlichen Bise- und Biskayasturms. Abends stehen die noch schneebedeckten, bis dreitausend Meter hohen violetten Gipfel der Pyrenäen gegen den goldenen Westhimmel. Tiefer liegt die schwarzblaue Zone der Nadelwälder, noch tiefer die zartgrüne des jungen Laubwaldes, und schon vom Lager aus sichtbar – beginnen in allen Farben die Wiesenhänge zu blühen. Ganz deutlich können wir durch den Stacheldraht hindurch die blühenden hellgelben Ginsterbüsche unterscheiden; das sieht fast aus, als stünden draußen Frauen mit hellblonden Haaren auf den Wiesen und warteten auf uns.

Auf diesen plötzlichen wunderbaren, verfluchten Frühling sind wir nicht gerüstet. Alte Männer beginnen sich wegen eines Nichts mit Holzschemeln zu schlagen, bis das Blut fließt. Ein junger Jugoslawe, der wortlos umherging, rennt mit einem Messer auf einen Kameraden los; man kann ihn kaum bändigen, er entwindet sich unseren Händen, springt in großen Sätzen durchs Lager, durch acht Reihen Stacheldraht, seine Hose hängt in Fetzen, die Posten schießen, er kommt durch, stürzt über die Chaussee, durch das Gebüsch der Talsenke, den hochgelegenen Bahndamm hinauf. Dort legt er sich ins Gras, in die Blumen und schaut ruhig zum Himmel empor. Die Posten eilen mit vorgehaltenen Karabinern schnaufend hinzu, fesseln ihn zweimal an Armen und Händen und bringen ihn so ins Lager.

Er lächelt, ist völlig ruhig und sagt zu uns: „Schön wär's ... da draußen!"

Dieser wunderbare, schreckliche Frühling! Wenn abends einige Gruppen in ihrer Heimatsprache auf spanisch, russisch, italienisch, deutsch ihre Lieder singen, dann rennen andere ans äußere Ende des Lagers und halten sich die Ohren zu. Und immer wieder suchen einzelne Gefangene oder ganze Gruppen nachts durch den Stacheldraht zu kriechen. Und immer wieder tönen nachts Schüsse und Schreie und zerrt die Wache einen röchelnden, halb verbluteten, schon bewußtlosen Kameraden aus dem Drahtverhau.

Ich kann mich nicht mehr um Jules kümmern. Wir haben alle Hände voll zu tun, unter uns selbst die Disziplin aufrechtzuerhalten, sie zu verstärken im Kampf gegen den Frühling. Wir führen eisern unsere Kurse durch, wir organisieren abendliche Sportspiele und Chöre. Wir kämpfen gegen den Frühling, gegen die Sehnsucht, gegen das Leben ohne Frauen einen harten und erbitterten Kampf.

Aber es gibt auch Gelegenheit, unsere Kraft, unsere Lebensfreude und Entschlossenheit zu zeigen.

Es naht der 1. Mai.

Wir beschließen, ihn zu feiern.

Unser Außendienst bekommt den Auftrag, beim Straßenbau und Abortkübeltragen soviel Blumen wie möglich in die Taschen zu stecken. Am Nachmittag bringt Manuel, der junge Madrider, bringen Ernst, Alek und Otto ganze Bündel weißer Margeriten mit.

„Hast du Geburtstag?" fragt mich Jules.

„Nein, das ist bloß wegen des Frühlings."

„Beschwindle nicht deinen Jules, Doktorle! Was hast du?"

Ich antworte nicht.

Abends holen wir unsere Kartons und Köfferchen vom Gebälk herunter und packen unsere guten Anzüge aus, bürsten sie und „bügeln" sie, indem wir sie zwischen zwei Bretter legen und uns zu mehreren Mann draufsetzen.

„Aha!" sagt Jules und zieht wie in Paris mit dem Zeigefinger sein rechtes Augenlid hinunter. „Aha, ich verstehe, morgen ist ja ..."

„Halt's Maul, Jules!" fahre ich ihn an.

„Aber wenn ich doch weiß ..."

„Wenn du ein Wort sagst, Jules, so ist's aus mit unserer Freundschaft! Verstehst du mich!?"

Jules schweigt.

Am nächsten Morgen erheben wir uns nicht erst, wie üblich, auf das Clairon-Signal um sechs Uhr. Am nächsten Morgen – es ist der strahlendschöne Morgen des 1. Mai 1940 – stehen bereits um fünf Uhr über tausend Kameraden unseres Quartiers B am Drahtverhau, streng ausgerichtet, gegenüber dem Quartier C, alle in hochgekrempelten kurzen Arbeitshosen, mit nacktem Oberkörper; sie beginnen auf ein scharfes Kommando gymnastische Übungen. Das Kommando gilt auch für die fünfzehnhundert Kameraden des Nachbarquartiers C, die uns gegenüber angetreten sind.

Die Wachen eilen hinzu. „Auseinandergehen!"

„Wir machen nur unsere Morgengymnastik!"

„Weg vom Stacheldraht!"

Unser Chef für Leibesübungen kommandiert: „Das Ganze Laufschritt – marsch, marsch!" Zweitausendfünfhundert Mann, fünftausend Füße beginnen einen gleichmäßigen Laufschritt. Der Boden zittert. Bei der Hauptwache bläst der Hornist. Die Alarmkompanie der Mobilgarde stürzt herbei.

Der Leutnant, den Revolver in der Faust, schreit: „Was macht ihr da?"

„Unsere Morgengymnastik, Herr Leutnant!"

„Schluß mit dem Laufen! Laufen im Lager ist verboten!"

„Jawohl, Herr Leutnant!" antwortet unser Chef und kommandiert: „Das Ganze – im Schritt – Abteilung marsch!"

Wir sind fast alle alte Soldaten. Wir marschieren. Und wie marschieren wir! Keine Truppe der Welt hat einen besseren Parademarsch gemacht. Der Boden dröhnt. Der schwarze Schlackenstaub, der die Grundlage unseres Lagers bildet, wirbelt in dicken Säulen hoch. Im Nu ist alles in eine dunkle, undurchsichtige Staubwolke gehüllt, als läge ein schweres Granatfeuer auf dem Lager. Von allen Seiten rennen die Trupps der Wachmannschaften hinzu. Das ganze Camp ist von Posten mit aufgepflanztem Bajonett umstellt. Aber unser Gymmastikleiter erklärt die Übung bereits für beendet.

„Das Ganze – halt! Wegtreten!"

Oben in unserer Box feiern wir mit einem süßen Milchkaffee diese geglückte Ouvertüre zum 1. Mai.

„Wo ist Jules?" fragt Ernst und schaut auf den leeren Strohsack.

„Ich glaube, er ist mitgelaufen!" meint Alek.

In diesem Augenblick kommt Jules die Affenleiter heraufgekrabbelt; er keucht nicht schlecht, er trägt kurze Unterhöschen und mein altes Turnertrikot; er ist völlig außer Atem, in Schweiß gebadet; er wirft sich auf den Strohsack.

Ich fahre ihn an: „Bist du wahnsinnig, Jules?"

Er winkt mit der Hand ab. Wir geben ihm heißen Milchkaffee. Ich frottiere ihn mit dem Handtuch, decke ihn mit zwei Decken zu. „Du holst dir noch den Tod, Jules, mit deiner Unvernunft!"

Er lacht. „Was ihr könnt, kann Jules auch!"

„Quatsch!"

„Bin ich vielleicht kein Arbeiter, Doktorle?"

„Du bist einfach krank, und basta!"

„Immerhin ...", meint Ernst. Und darin liegt eine Anerkennung des zweiten Schrittes nach vorn, den Jules heute tat nach seiner Waschpremiere im November.

Um sieben Uhr stehen wir, wie jeden Morgen, in Sektionen angetreten zum Tagesdienst. Der Oberst und alle Offiziere warten draußen bei der Hauptwache. Sie rechnen mit Arbeitsverweigerung, mit einer Revolte. Aber wir tun ihnen den Gefallen nicht. Wir wollen eine Methode der Maifeier anwenden, an der möglichst alle Lagerinsassen – auch das Gros der Parteilosen – teilnehmen können.

Um elf Uhr, nach Beendigung unseres Arbeitsdienstes, waschen wir uns und kleiden uns schnell um. Jetzt promenieren schon drei- bis viertausend Gefangene Arm in Arm in Viererreihen, eine weiße Margerite im Knopfloch, wie Gentlemen durch das Lager.

Unser Sergeantchef spritzt heran. „Ah, ihr roten Schweine ..., heute ist der 1. Mai! Haltet ihr mich für einen Idioten?“

„Aber Chef, wie werden wir’s wagen, Sie für einen Idioten zu halten!“ erwidern wir höflich.

Auch nach dem Essen, am Nachmittag, rücken wir wie stets zu unserem Arbeitsdienst aus. Um fünf Uhr abends kleiden wir uns wieder eiligst um.

Es herrscht eine großartige Stimmung.

Aber inzwischen hat der Lagerkommandant die Wachmannschaften mit Wein angefüllt. Sie sind total betrunken, als sie sofort nach fünf Uhr zu unseren Baracken stürzen und brüllen: „Alles draußen in Sektionen antreten!“

Wir stehen in unseren guten Anzügen vor den Baracken. Der Sergeantchef schreit: „Die Jacken aus! Die Blumen herunter!“ Wir stehen, allein in unserem Quartier über fünfzehnhundert Mann, ausgerichtet in Reih und Glied.

Niemand rührt sich.

„Die Blumen herunter!“ tobt der Sergeantchef, „oder alle fliegen ins Cachot!“

Keine Hand rührt sich bei uns. Seitlich von mir steht Jules. Auch er steht regungslos.

Der Sergeantchef springt mit den Wachleuten auf uns los; sie suchen unsere Jacken herunterzuzerren, sie reißen die weißen Margeritenblüten ab. Manuel, der junge blasse, tuberkulöse Spanier, rafft seine Blume wieder auf. Der Sergeantchef reißt sie erneut ab, Manuel bückt sich wieder nach ihr; der Sergeantchef haut ihm mit der Faust ins Gesicht, er tritt mit den nagelbeschlagenen Stiefeln auf die Blume. Manuel läßt nicht nach, seine Hand, die die Blume unter dem Stiefel hervorzieht, blutet; aber sie hat die Blume und hält sie hoch. „Ins Cachot mit dir, du rotes Schwein!“ brüllt der Sergeantchef und packt Manuel am Kragen. Da tritt Juan, ein kräftiger Fischer aus Valencia, vor die Reihe; er reißt die Blume aus Manuels Hand und sagt: „Chef, der Junge ist krank! Übrigens ist das meine Blume!“ Der Sergeantchef greift jetzt Juan. Der gönnt den Gardisten, die ihn mit Kolbenstößen zum Tor befördern, diesen billigen Ruhm.

Am Abend bringen wir alle die Blumen, die wir gerettet haben, dem jungen Manuel. Aber auch die Nachbarbarakken, alle Baracken übergeben Manuel ihre meist zerzausten weißen Margeriten. Wie ein Flugfeuer ist es auch im Quartier C herum, wie der kranke Manuel seine Blume gegen den Sergeantchef verteidigt hatte. Sie werfen uns von dort ganze Sträuße von Margeriten über das Drahtverhau. Der ganze Strohsack von Manuel ist mit Blumen bedeckt. Er nimmt eine große Konservenbüchse und stellt die Blumen hinein, einen dicken weißen Busch.

Er leuchtet wie eine helle Flamme im Halbdunkel der Baracke.

Einer nur hat seine Margeritenblume behalten: Jules. Ich fragte ihn: „Weshalb hast du die Blume nicht Manuel gebracht?"

„Ich werd sie meiner Maria, dem Töchterchen, schicken, zum Andenken."

„Zum Andenken?"

Er zögert einen Augenblick; dann sagt er, indem er durch die schmale Bretterluke auf den Abendhimmel und die Pyrenäen blickt: „Ist doch klar, zum Andenken an ihren Papa."

In der Nacht, als ich wieder von seinem Bellhusten aufwache, meint er: „Doktorle, wirst du einmal über den Tag heute schreiben?"

„Wenn wir lebend herauskommen, vielleicht."

„Du mußt darüber schreiben! Soll ich dir was sagen, Doktorle?"

„Na, was?"

„Das heut war etwas Wunderschönes, Doktorle, das Schönste, was mir je passiert ist ..."

Wieder liegen wir stumm. Die Baracke mit ihren zweihundert Mann, von denen ein jeder sein Schicksal und seine Geschichte hat, diese Baracke ist nachts wie ein einziges riesiges Wesen; es atmet seinen einheitlichen Atemzug, es stöhnt, es seufzt, es träumt seine Träume. Und jetzt wieder die leise Stimme neben mir: „Doktorle?"

„Was hast du nur?"

„Wirst du auch über Jules schreiben, wenn du draußen bist?"

„Was ist da viel über dich zu schreiben, Jules? Da ist nichts, was die Menschen interessiert, nichts, woraus sie etwas für sich lernen können, was sie aufmuntern kann."

„Ja, ich weiß, du bist ein Politiker, und ich bin bloß ein Mensch, mit dem sie Fußball gespielt haben", philosophiert er in seiner alten Art. „Aber, Doktorle, hör auf deinen Jules: Laß die Hände von der Politik!"

„Na, Jules, dann wird man noch lange mit dir und mir und den anderen hier Fußball spielen."

„Und wann nicht?"

„Wenn wir so zusammenhalten wie heute!"

„Aber den Juan haben sie trotzdem ins Cachot geführt."

„Und dem Manuel haben alle ihre Blumen gebracht und ihre Freundschaft ausgedrückt, sogar die vom Quartier C, weil er nicht Fußball mit sich hat spielen lassen, weil er nicht wie ein Hund unter den Tisch gekrochen ist."

„Du hast leicht reden, Doktorle ..., wenn man uns zu Hunden gemacht hat."

Ich will ihm entgegnen, daß sogar ein Hund sich von der Kette losreißen kann; aber das ist hier eine leere Phrase. Ich schweige. Ich liege noch wach, als der Morgenwind durch unsere Luke weht. Ich bin mir nicht klar über Jules. Ich bin mir nicht klar, ob man einen Menschen überhaupt beeinflussen kann, ob ein Mensch wie Jules die vielhundertjährige Kruste des Gettos, dieses Hundelebens der Erniedrigung, Verdunklung und Versklavung, in einem einzigen kurzen Leben sprengen kann.

Die Tage rinnen dahin.

Die Sommerwinde hüllen das Lager oft in eine einzige grauschwarze, undurchdringliche Wolke von Schlackenstaub. Auf Schlacke ist unser Lager erbaut. Der feine schwärzliche Staub bedeckt unsere schweißige Haut, er dringt durch alle Ritzen der Baracke bis in unsere Koffer, er erfüllt unsere Lungen. Wir alle leiden an Krampfhusten.

Jules wagt nicht zu husten, weil ihm alles weh tut. Er bindet sich seinen und meinen ledernen Leibriemen um die Brust, um zu heftige Erschütterungen zu vermeiden. Einmal steht er nachts auf und wäscht draußen seine Taschentücher. Morgens sehe ich, daß die Blutflecken darin nicht verschwunden sind. Doch was ist zu tun? Die Ärzte sagen zu ihm: „Hier ist kein Sanatorium! Unsere Soldaten in der Maginotlinie liegen auch nicht in Federbetten!" –

Der deutsche Vormarsch hat begonnen. Die Wachmannschaften sind jetzt öfter betrunken. Elf Maschinengewehre werden um das Lager aufgebaut. Die Offiziere machen nachts mit Stahlhelm und großen Blendlaternen die Runde durch das Lager und die Baracken, gefolgt von einem Detachement schwerbewaffneter Garde mobile.

Täglich fahren und marschieren Truppentransporte an unserm Lager vorbei. Die Grenztruppen werden eiligst von der spanischen Grenze nach dem Osten in den Kampf geworfen. Umgekehrt rollen Tag und Nacht Verwundetenzüge nach der äußersten Westgrenze der Pyrenäen. Die ersten holländischen und belgischen Flüchtlingskolonnen fluten über die Chaussee Toulouse–Pamiers. Es kommen die roten Brüsseler Stadtautobusse; noch auf den Wagendächern hocken die Menschen. Und weiter folgen endlose Ketten von Privatwagen, bis oben beladen mit Hausgerät, Bettzeug, Frauen und Kindern, dazwischen zu Zehntausenden die flüchtenden Radfahrer aus Holland, Belgien, Nordfrankreich; schließlich die Reste der belgischen Armee. Alles das überschwemmt wie ein reißender Menschenstrom die große Straße vor unserm Lager.

Ein Stück Weltgeschichte rollt an uns vorüber.

Dann kommen die letzten Briefe aus Paris. Auch Jules erhält einen Brief von seiner Frau: sie verlasse mit den andern die Stadt. Wohin, wisse sie nicht. Von Philipp sei sie ohne jede Nachricht. Maria nehme sie mit sich. Und da liegt noch ein letztes Photo des Töchterchens im Brief, jetzt schon nicht mehr als Elsässerin verkleidet, sondern ein Arbeitermädel in einem einfachen Schürzenkleid, ernst geradeaus schauend. Jules zeigt es mir und dreht dann das Bildchen herum. Da steht auf der Rückseite: „Meinem lieben Papa vor der Abreise! Maria."

Jules spricht diese Worte leise nach und dreht sich zur Wand.

Dennoch, er muß das Bild allen zeigen. Unter uns liegt Hermann, ein Bergmann von der Saar, den er nicht leiden kann, weil er ihn stets hänselt und über ihn lacht. Hermann – „das tréfene Gelächter", wie Jules ihn nennt – ist gerade oben bei uns; er sieht das Bild.

„Ein schönes Kind, ein wunderschönes Kind!" lobt Jules.

„Ja“, sagt Hermann, „wo hast du dir das Kind bloß gekauft, Jules? Das ist sicher nicht deine Arbeit!“

Ich trete schnell zwischen Hermann und Jules, weil ich in Jules’ Augen wieder das gefährliche Flämmchen tanzen sehe; ich packe ihn an den Armen; aber er sagt: „Laß mich, Doktorle, ich muß dem Gelächter da eine Geschichte erzählen.“ Er setzt sich auf seinen Strohsack und fordert uns mit einer Geste zum Sitzen auf. „Es waren da in Paris drei kleine Buben“, beginnt er, „jeder von ihnen hatte in der Nacht ein Schwesterchen bekommen. Nun, wie Jungen so sind, sie renommieren. Der erste sagt: ‚Mein Vater hat unser Schwesterchen im großen Magazin ›Lafayette‹ gekauft!‘ – Der zweite sagt: ‚Pah, ›Lafayette‹! Mein Vater hat unser Schwesterchen im erstklassigen Magazin ›Louvre‹ gekauft!‘ – Der dritte der Jungen schweigt. Da fragen ihn die beiden andern: ‚Wo hat denn dein Vater dein Schwesterchen gekauft?‘ – ‚Mein Vater hat kein Geld, es zu kaufen‘, erwidert der dritte Junge, der sehr arm war, ‚mein Vater hat es selbst gemacht!‘ “

Hermann ist ganz gerührt. Er gibt Jules die Hand und meint: „Donnerwetter, Jules, das hätt ich dir gar nicht zugetraut; tout mon respect!“

Die Junitage kommen. Es wird täglich heißer und staubiger.

Die Offiziere und Gardisten werden von Tag zu Tag nervöser. Der Flüchtlingsstrom, der an unserm Lager vorüberzieht und sogar bei uns Obdach fordert, wächst von Tag zu Tag. Tag und Nacht wälzt sich die endlose Menschenschlange auf der breiten Chaussee den Pyrenäen zu. Die Flüchtlinge erzählen von dem stürmischen Vormarsch der deutschen Panzerdivisionen. Die Deutschen seien schon über Paris hinaus, sie stünden vor Orleans, sie hätten die Loire überschritten, ihre motorisierte Vorhut sei bis St-Etienne vorgestoßen. Und eines Mittags rennt jemand in unsere Baracke: draußen am Stacheldraht stehe eine Frau mit einem Fahrrad und einem kleinen Jungen; sie habe nach Ralph verlangt.

Ralph, unsere ganze Baracke stürzt hinaus. Es ist Ralphs Frau mit seinem sechsjährigen Buben. Sie ruft ihm übers

Drahtverhau zu, die Deutschen seien in Paris, sie sei die sechshundert Kilometer in zehn Tagen auf dem Fahrrad hierhergefahren, mit dem Buben vorn auf der Lenkstange. Sie habe versucht, den Kommandanten zu sprechen; aber man ließe sie nicht vor. Ralph solle es versuchen.

Der sechsjährige Junge ruft laut: „Vater, komm doch raus zu uns! Hast du auch ein Fahrrad? Komm doch raus!"

Die Mutter hält dem Jungen den Mund zu.

Ralph rennt zum Sergeantchef. Wir gehen alle mit. Der Chef brüllt: „Ihr demonstriert?! – Der Teufel hole euch Deutsche! Wenn es soweit ist, werden unsre Mitrailleusen euch etwas erzählen!"

Auch unser Quartierleutnant lehnt es ab, Ralph zum Kommandanten zu führen oder sein Gesuch weiterzugeben.

Wir stellen nun selbst am Drahtverhau unsere Posten auf. Sowie Ralphs Frau auf der Chaussee erscheint, wird Ralph alarmiert. Man ruft und winkt sich zu. Am nächsten Tag steht eine Garde-mobile-Wache auf der Straße und vertreibt die Frau. Aber immer mehr Frauen kommen, die ihre Männer im Lager wissen. Sie rufen, sie winken, sie werfen um Steine gewickelte Briefe hinüber, sie mobilisieren die französischen Frauen des Flüchtlingsstroms. Die Posten auf der Chaussee müssen zurückgezogen werden. Wir stehen jede freie Minute am Stacheldraht.

Auch Jules.

Er wartet angespannt auf seine Frau, auf sein Töchterchen Maria. Es herrscht eine entsetzliche Hitze. Die Chaussee und das Lager sind ständig in Staub gehüllt. Jules hat sich seinen Hocker mitgebracht, er sitzt da, schaut auf die von Menschen wimmelnde Chaussee, wartet, hustet, wartet.

Oft sage ich zu ihm: „Der Staub ist Gift für dich, Jules!"

„Und wenn die Frau vorbeikommt und Maria?" erwidert er. „Und wenn vielleicht Philipp vorbeimarschiert mit seinem Pferd?"

„Du siehst doch, was sie mit Ralph gemacht haben!"

„Mit Jules werden sie das nicht machen!" knurrt er böse, und in seinen dunkelblauen Augen tanzt das Flämmchen, das ich kenne. –

Eines Abends stehe ich wieder mit Jules draußen am Drahtverhau. Wieder sind Frauen mit Kindern da, die sehnsüchtig zu ihren Männern winken und rufen. Es hat sich eine neue Art der Briefbeförderung herausgebildet: Man steckt den Kindern Briefe in die Röckchen und läßt sie durch den Stacheldraht zu den Vätern kriechen. Wenn es gelingt, können die Väter sogar ihre Kinder umarmen und küssen. Zudem ist es immer ein kleines sportliches Ereignis, wenn dieses Hindernisrennen einem der menschlichen Frösche glückt.

Der Quartierleutnant schreitet sofort mit einem neuen Verbot ein.

Natürlich nützt es nichts.

An diesem Abend nun kriecht so ein etwa fünfjähriger kecker, rothaariger Pudelkopf durch das Drahtverhau. Die Mutter hat ihn vorsichtshalber an einem langen Strick angeseilt, um ihn zurückziehen zu können. Der Junge schlüpft durch das hohe Gras unter dem Stacheldraht hindurch. Wieder haben sich viele von uns angesammelt, um das Ereignis zu bestaunen. Der Junge ist schon fast auf unserer Seite, sein Vater streckt ihm die Hand entgegen, da tönt die Trillerpfeife des Leutnants, ein älterer Sergeant stürzt mit einem Posten herbei, er stößt den Vater zurück, er reißt dem Posten das Gewehr aus der Hand und schlägt mit dem Kolben nach dem Kind, vielleicht nur, um es zu erschrecken und zu vertreiben. Eine ungeheure Erregung bricht los. Der Leutnant des Quartiers pfeift wieder, zwei weitere Posten eilen hinzu, der Sergeant chargiert und will das Gewehr heben. In diesem Moment springt etwas mit einem Pantherssprung gegen ihn, das Gewehr biegt sich nach unten, ein Schuß knallt in den Boden. Die Kolbenhiebe der hinzuspringenden Gardisten klatschen auf Jules' Rücken und Schultern.

Er liegt am Boden.

Der Leutnant springt vor, die Trillerpfeife im Mund. Die Alarmkompanie mit zwei Mitrailleusen kommt gerannt. Die Wache drängt uns mit Kolben und Gewehrläufen zurück. Ich sehe nur noch einen großen Blutfleck im schwarzen Schlackenstaub.

Abends heißt es, Jules sei ins Cachot gebracht. –

Am Morgen kommt ein Sanitätsgehilfe des Hospitals, ein ehemaliger Legionär, um Jules' Sachen bei uns zu holen. Jules habe einen schweren Blutsturz gehabt, seine Lunge müsse beschädigt sein. Er verlange nach mir. Natürlich wird mir der Besuch verweigert. Dennoch halten wir Verbindung. Ich erfahre, daß Jules in der „Baraque Pasteur" bei den Tuberkulösen liegt, daß er drei Tage Blut spuckte, daß man ihm etwas Eis zu schlucken gab, aber sonst nichts getan hat. Ich erbitte von Jules durch einen unserer ambulanten Kranken die Adresse seines Sohnes. Man läßt mir sagen, ich solle mich in zwei Tagen zur Zahnbehandlung melden.

Wie ich vor der Zahnarztbaracke stehe, tritt der Sanitätsgehilfe, der Legionär, auf mich zu; er übergibt mir nur einen kleinen Zettel, darauf steht „Doktorle". Das ist sein Ausweis von Jules, der mich grüßen läßt. Auf die Rückseite hat er die alte Adresse seines Sohnes Philipp gekritzelt. Der Sanitätsgehilfe – nennen wir ihn Pierre – hat das fahlgelbe, ausgemergelte Gesicht der von Tropenfieber und Alkohol zerstörten Legionäre. Er hockt sich mit mir seitwärts an die Mauer. Die Adresse von Philipp sei natürlich längst überholt; man habe Philipp und sein tunesisches Bataillon mit einem französischen Expeditionskorps schon im Winter aus Afrika nach Narvik, oben an den norwegischen Polarkreis, verschifft. Philipp sei kurz vor dem eiligen Rücktransport am Fjord von Narvik neben seiner, Pierres, eigenen Kompanie in einem Rückzugsgefecht gefallen. Er, Pierre, habe bisher keine Lust verspürt, es dem kranken Jules mitzuteilen. Vielleicht würde ich es machen, da Jules mich seinen besten Freund nenne.

Die Sonne knallt vor uns auf den Schlackenstaub des kleinen Hospitalhofes. Vor den einzelnen Krankenbaracken patrouillieren die Posten der Garde mobile.

„Wie geht es Jules?" frage ich.

Pierre zuckt die Achseln. „Das Fieber kommt schon morgens, er hat immer Durst, bluten tut er weniger, nur schlafen kann er nicht."

„Kommt man nicht hinein?"

„Du nicht, und zu ihm jetzt nicht."

Ich gebe Pierre Geld für Wein und Eis, auch einige Francs für Zigaretten für ihn selbst. Pierre sagt: „Wenn du genug

Geld hast, ist's gut. Sonst, Zigaretten schnorr ich mir schon allein; für den Jules sorg ich auch so."

„Gib dem Jules täglich ein paar Zigaretten! Sag ihm aber nicht, daß sie von mir sind, weil ich ihm das Rauchen verboten habe."

„Du hast recht", meint Pierre, „jetzt muß man ihm alles geben, solange man noch kann."

Dann zeigt Pierre, wie man „zufällig" zu dem Chefarzt vorzudringen vermag. Ich stelle mich diesem Herrn mit seinem blauen Burgunderkopf als Arzt vor und spreche von Jules. Sein Assistenzarzt schaut mich an, flüstert seinem Chef etwas zu; den überläuft eine apoplektische Bläue; er schreit, indem er mit ausgestrecktem Arm zur Tür weist: „Hinaus mir dir, du Schurke! Wir kennen dich!"

Dennoch, jeden zweiten Tag erhalte ich durch Pierre Nachricht von Jules. Mehr noch. Jules schickt mir jedesmal eine Flasche Wein, die er im Hospital für mich „organisiert" hat. Er besorgt uns aus der Hospitalküche Schmalz, Büchsenmilch, Öl und Reis. So kehren die von den Hospitalgangstern uns gestohlenen Vorräte langsam wieder zu uns zurück. Jules stellt jetzt seine in Jahrzehnten erworbene Technik in den Dienst einer guten Sache. Er befördert für uns Briefe aller Art nach draußen. Wir können feststellen, daß sie auf dem schnellsten Wege ankommen, dreimal schneller, als wenn sie über die Lagerpost gehen, wo die Hälfte unserer Briefe im Rachen der Zensur für immer verschwindet.

Pierre sagt mir oft, Jules würde so gern einmal wieder sich richtig mit mir unterhalten; ob es sich denn gar nicht machen ließe? Aber gerade damals, nach dem Waffenstillstand, hielt der Kommandant unsere Gruppe unter besonderem Druck.

Wir hatten unsere eigenen ernsten Sorgen.

An einem Herbstabend – die Tagesposten waren schon durch die Nachtposten im Stahlhelm abgelöst – werde ich ans Tor gerufen. Dort steht Pierre. Er hat sich irgendwie einen Passierschein für mich verschafft: Jules liege im Sterben, er habe über vierzig Grad Fieber, er verliere ständig das

Bewußtsein, er verlange dringend nach mir. Pierre, der alte Legionär und Sanitäter, fuchtelt mit dem Passierschein dem Wachposten vor der Nase herum: der diensttuende Arzt befehle es, es sei eine dringende Sache!

Der Posten läßt mich durch.

Ich gehe mit Pierre durch die schon dunkle Platanenallee zum Hospital, über den noch tageswarmen, staubigen Hof zur „Baraque Pasteur". Die Insassen grüßen mich wie einen alten Bekannten.

„Er geht zu Jules", sagt einer.

Pierre durchquert mit mir die ganze Baracke. Er öffnet eine Hintertür. Dort ist ein kleiner Verschlag, etwa vier Meter lang und breit. Darin steht ein Bett. Ein Mensch liegt darauf, er hat einen Gazeschleier gegen die Fliegen über dem Gesicht. Pierre nimmt den Schleier weg.

Der Mensch ist Jules.

„Jules, was machst du bloß für Geschichten?" sage ich in einem möglichst leichten Ton.

Er schaut mich an. Seine dunkelblauen Augen scheinen einen Moment furchtbar ernst und fremd; sie zeichnen sich scharf ab mit ihrer Bläue in dem blutroten, fiebrigen Gesicht. Dann aber nimmt er den Eisbeutel von der Stirn und lächelt mich an wie früher. „Ich wußte, du kommst zu deinem Jules, Doktorle", spricht er und streichelt meine Hand. „Gib mir was zu trinken."

Pierre will ihm Wasser mit Eisstückchen reichen. Ich nehme es, stütze Jules' Kopf gegen meine Brust und lasse ihn trinken.

„Du verstehst mich, Doktorle", meint er und leert das Glas mit einem Zug. „Langsam niederlassen!" bittet er. „Weißt du, hinten in meinem Kopf, da ist alles wie Feuer, als wenn man mich mit 'nem glühenden Schraubstock gepackt hat und zuschraubt, immer fester, dahinten im Genick ..., der Kopf zerplatzt mir vor feuriger Luft."

Ich sehe die in Zacken bis 40,8 hochspringende Fieberkurve: die Nackenschmerzen, die alte Tuberkulose, welche nach den Kolbenhieben und dem Blutsturz aufgeflammt war und bis ins Gehirn ihre flagranten Keime gesandt hatte ..., eine akute, tuberkulöse Meningitis. Und was hatten die Lagerärzte dagegen getan? Eine Lumbalpunktion, um das Gehirn zu entlasten? Nichts hatten sie getan, gar nichts! Nicht einmal Digitalis zur Herzregulierung hatten sie verordnet; erst seit heute, da es zu spät ist, geben sie etwas Morphium und die Eisblase auf den Kopf.

Mich packt eine Wut. Ich wende mich zu Pierre. „Ich muß den Arzt sprechen! Sofort!"

Jules hält mich am Ärmel. „Laß das, Doktorle! Nachher wird mir wieder übel ..., jetzt bist du hier, endlich, jetzt sollst du nur mit mir sprechen, bloß mit deinem Jules ..., laß den Arzt, wir zwei verstehen uns doch!" Und wieder lächelt er. Er weiß genau, wie es um ihn steht. Nein, er hat keine Furcht vor dem Tod, dessen Hand ihn unentrinnbar schon im Genick festhält. „Also, wie geht's in unserer Baracke?" fragt er.

Ich muß ihm von jedem einzelnen von uns erzählen, wie die deutsche Kommission da war, wie die Jungen sich dort benommen haben, wie die Schikanen und der Terror der Gardisten zunahm, wie im August die Revolte entstand, als einer der Rohlinge uns einen Stein ins Essen warf, wie wir die Posten aus dem Quartier drängten, wie wir unsere ersten Delegierten wählten und unsere ersten offenen Versammlungen abhielten, wie schließlich der Kommandant unsere Forderungen bewilligen mußte und wie wir als letztes die Besuchererlaubnis für die Frauen und Kinder der Gefangenen durchsetzten.

„Schade, daß dein Jules nicht mit dabei war, Doktorle!"

„Na, ein bißchen hast du uns ja auch dabei geholfen, damals, wenn's auch ein Wahnsinn von dir war."

„Du meinst, ich hab wirklich dabei geholfen, daß ihr heut Besuche haben könnt?" Er preßt freudig meine Hand zwischen seinen zwei glühenden Händen. Dann sagt er plötzlich traurig: „Siehst du, Doktorle, die anderen bekommen Besuch, ich nicht."

Ich will ihn ablenken. „Na, Jules, jetzt komme ich schon extra zu dir, spätabends, noch in der Nacht, und du sagst, du bekommst keinen Besuch!"

Er sieht mich merkwürdig an, so wie früher: Weshalb redest du nicht ernst mit mir? Weshalb beschwindelst du mich wieder? Dann aber streichelt er meine Hand und spricht: „Du bist mein Freund, Doktorle, mein allerbester Freund;

siehst du die Decke hier, die hast du deinem Jules im Oktober im letzten Jahr gegeben, ein Mensch gibt dem lungenkranken spuckenden Jules seine eigene Decke – das hat mir einen Stoß gegeben, die Decke bleibt mir bis zur letzten Minute ..., ja, du bist mein allerbester Freund ..."

Ich wische ihm den Schweiß von der Stirn und fordere ihn auf, ruhig zu liegen und nicht mehr zu reden.

„Aber was ist mit Maria, meinem Töchterchen? Was ist mit meiner Frau?" fährt er fort. „Was ist mit meinem Sohn, dem Philipp?" Er schaut mich mit seinen fieberstrahlenden Augen an.

Mir ist nicht wohl. Es ist so unheimlich still. Nur eine dicke schwarze Fliege summt in dem halbdunklen Raum. „Mindestens fünfhundert Männer im Lager warten noch auf ihre Frauen aus Paris, Jules", sage ich endlich, „das weißt du doch selbst! Die Züge fahren nicht, die Straßen sind verstopft mit abmarschierenden Truppen und Kolonnen ..."

„Aber viele bekommen doch Briefe, auch von unterwegs. Ich bekomme keine Briefe, nichts. Und du mußt verstehen", fährt er leiser fort, „ich habe dem Kind und der Frau noch etwas zu sagen."

„Wart noch ein paar Tage, Jules; sie werden schon kommen!" erkläre ich leichthin. Der dicke Brummer summt jetzt gerade über uns an der Decke. Es klingt wie das fette teuflische Lachen eines zwerghaften Bassisten.

„Höre mich, Doktorle", meint Jules ohne Umschweife, „du mußt meinem Töchterchen, der Maria, sagen, weshalb Jules gestorben ist ..., laß mich reden, Doktorle, du mußt ihr die Wahrheit sagen, Doktorle, alles Drumherumreden hat keinen Wert ..., bist du mein Freund, siehst du ..., das Kind soll die Wahrheit wissen, du verstehst, was ich will ..., es ist groß genug, es soll wissen, weshalb sein Vater gestorben ist ..."

„Aber Jules", suche ich noch immer ihn zu beschwichtigen, „soweit sind wir noch lange nicht."

„Doktorle", meint er jetzt ernst, „du bist ein Doktor, und du bist mein Freund; weshalb willst du Jules beschwindeln? Jedes Wort macht mir's schwerer. Das Kind soll endlich die Wahrheit wissen, ich hab doch nur das Kind, siehst du ..."

Pierre ist aufgestanden, er hat die Wasserkaraffe genommen und geht leise aus dem Zimmer. „Siehst du, da schleicht er weg“, sagt Jules. „Er ist von der Legion, vom gleichen Bataillon, bei dem mein Philipp stand. Seit drei Monaten frage ich ihn jeden Tag, aber er redet darum herum, sie seien oben in Norwegen auseinandergekommen ..., was schleppt man die Menschen aus Afrika hinauf nach Norwegen zu den Eisbergen, die Reitermenschen und den Philipp aus Tunis bis zum Nordpol ..., sind die Menschen verrückt geworden, verrückte Verbrecher, sind das noch Menschen, die mit dem Gewehrkolben auf Kinder schlagen? Das muß man erzählen, Doktorle, siehst du, das sollst du meiner Maria erzählen ..., siehst du, ich wollte das Kind eigentlich verschonen damit, aber nein, man muß es erzählen, man muß die Wahrheit heut auch den Kindern erzählen, sollen sie sich daran verbrennen, daß sie gewarnt sind für lange Zeit, sollen sie spucken lernen auf diese Garde mobile, sollen sie den grausamen, herzlosen Schindern in die Fresse hauen ..., es gibt viele gute Franzosen, die ihnen dabei helfen werden ..., nur darf man das nicht wieder vergessen, Doktorle, sonst war alles umsonst. Deshalb sollst du über all das hier schreiben, nicht nur über deinen Jules, nein, die ganze Wahrheit sollst du schreiben, alles so, wie es gewesen ist, aber auch das, was man nicht sofort sehen konnte, das, was wir wollten und was einmal sein kann, die Wahrheit ...“

Es ist einfach nicht möglich, seinen Redestrom zu hemmen, sooft ich ihm auch das Glas Wasser mit Eisstückchen an die Lippen halte. Jetzt sinkt er hinüber. Aber seine Lebensflamme wird immer wieder entfacht von dem Geist der Worte, die noch zu sagen sind. „Doktorle, versprich es mir, der Maria von ihrem Vater zu erzählen, aber auch vom Lager, von dir, von Ernst und Alek, von Bienenschwanz und all den guten Jungen, wie wir gute Freunde geworden sind und was gute Freunde alles fertigbringen und was auch dein Jules vielleicht noch hätte fertigbringen können ...“ Plötzlich richtet er sich auf und schaut mich an. „Doktorle, weshalb hast du mir altem Ochs damals nicht auf den Kopf gehauen, als man das Kind, die Maria, vor Daladier tanzen ließ, während sein Vater hinter Stacheldraht saß, weshalb hast du mir nicht gesagt: ‚Jules, du bist ein Idiot! Du bist nicht mehr mein

Freund, wenn du deinem Kind nicht die Wahrheit schreibst!'?"

„Jules", sage ich zögernd, „damals wolltest du davon nichts wissen."

„Ja, alles braucht seine Zeit", sinniert er, „ich hab hier über manches nachgedacht, auch daß ich dir sagte: ‚Laß die Finger von der Politik, Doktorle ...' Aber du kommst immer hinein in die große Mühle, ob du willst oder nicht. Deshalb soll man die Augen aufhalten und die Sache verstehen, deshalb sollst du meiner Maria die Sache erklären, du sollst dem Kind die Wahrheit berichten", beharrt er eigensinnig, und plötzlich: „Wo ist der Philipp, Doktorle?"

Verflucht, was nützt es, ihm in der Todesstunde noch zu sagen, daß sein Sohn einen sinnlosen Tod dort droben in der Eiszone Norwegens gestorben ist? Die Wahrheit dient zu nichts. „Jules, wie soll ich wissen, wo der Philipp ist, wo wir von der okkupierten Zone völlig abgeschnitten sind."

„Ich will es dir sagen, wo der Philipp ist", erklärt er mir, „der Philipp ist tot ..., ich weiß doch, was der Pierre mir nicht sagt: Den Philipp haben sie von Afrika nach Norwegen geschleppt und dort sterben lassen ..."

Wir beide schweigen. Die dicke schwarze Fliege tobt jetzt triumphierend um die kleine elektrische Birne. „Der Gott der Fliegen, Ratten, Mäuse ...", repetiert automatisch mein Gedächtnis. Der Teufel hat sich in diesen schwarzen Brummer verwandelt und umschwirrt den sterbenden Jules. Unsinn! Jules fürchtet sich nicht vor Tod und Teufel. Er liegt still da mit dunkelblauen großen, geweiteten Augen, die zur Decke starren. Sein harter, scharf geschnittener Kopf könnte ebensogut einem Ritter und Kämpfer des Cinquecento gehören, etwa dem Colleoni auf dem Platz in Venedig. Nein, es ist schon Jules' eigenster Hartschädel, der Schädel des durch Europa gehetzten polnischen Juden! Es ist Aron Liter, dessen Sohn als französischer Legionär in Narvik fiel, dessen Töchterchen Maria als Elsässerin verkleidet vor Daladier tanzte und die jetzt mit ihrer Mutter irgendwo in Frankreich umherirrt, während die Lagerärzte den Internierten Aron Liter hier einfach verrecken lassen. Eines aber ist sicher: Jules war ein guter Kämpfer, ein Hartschädel, ein „Fighter", wie man im Boxkampf sagt. Und das Letzte ist, daß er sich um die Wahrheit rauft!

Ich halte seine Hand; der Puls wird kleiner.

„Doktorle“, sagt er, „da unter dem Bett ist eine Schachtel; gib sie mir!“

Ich wickle den Bindfaden ab. In der Pappschachtel sind seine ganzen Habseligkeiten. Er nimmt die Brieftasche mit den Photos. „Das ist für die Frau; hier der Ring und die Spange, das ist für meine Maria …“ Er röchelt schrecklich, er kann schon nicht mehr husten. Oder kommen ihm die Tränen hoch? Er schluckt sie tapfer hinunter, hält aber den Kopf tief über die Pappschachtel gebeugt. „Hier das Markenalbum ist für dich, Doktorle …, der Philipp braucht es nicht mehr.“ Er sucht zwischen Krawatten, Wäschestücken und Krimskrams eine kleine Zigarettenschachtel, er öffnet sie; es liegt eine vertrocknete weiße Blume darin. „Siehst du, das ist meine Blume vom 1. Mai“, sagt er, „ich glaube, damals fing es richtig an mit mir … Dein Jules hätte schon noch ein anderer Kerl werden können, die Zeit war bloß zu kurz.“ Er nimmt die trockene Margeritenblume behutsam aus dem Kästchen und gibt sie mir. „Du kannst sie der Maria bringen oder auch selbst behalten …, nur sollst du dem Kind alles erzählen, Doktorle, alles, verstehst du mich!“

Er hat sich aufgerichtet und schaut mich starr an. Plötzlich lächelt er sein freundschaftliches, kindliches Lächeln. „Und wenn du mal schreibst, wirst du auch über deinen Jules schreiben?“ Wieder schlägt sein Ausdruck um, seine großen dunkelblauen Augen brennen wie Feuer, jetzt tanzt nicht das Flämmchen darin, es ist eine Flamme. „Nein, schreib alles, alles; sag ihnen die Wahrheit, die ganze Wahrheit, hörst du!“ – Er hat sich an meinem Oberarm festgekrampft, als wolle er dies alles mit seinen Nägeln wie mit einem Messer in mich hineinritzen. Sein Körper sackt in sich zusammen. Ich muß seine Hände von meinem Arm lösen. Seine Augen starren ins Leere. Ich schließe seine Augen.

Es ist genau zehn Uhr nachts. Der Clairon der Wache bläst: éteindre les feus!

Ich nehme das kleine Heft, das ich vor fünf Monaten gekauft habe und das er so sorgsam mit Freimarken für seinen Sohn Philipp füllte, an mich und auch das Schächtelchen mit der Margeritenblüte. –

Als Geleit hinter dem Sarge Jules' hat die Kommandantur gestattet: von jedem Quartier sechs Internierte, also achtzehn Mann, zudem von seiner alten – das heißt unserer – Baracke noch drei, zusammen einundzwanzig Mann. Unser kleines Detachement besteht aus sieben Reihen zu drei Mann, kommandiert von einem Sergeanten. Es ist ein schwüler Septembermorgen. Unser Sergeant kann sich beim Abmarsch das „Eins – zwei! Eins – zwei!" nicht verkneifen.

Aber wir halten keinen Schritt.

An der Totenkammer des Hospitals steht ein Vertreter des Rabbiners aus Toulouse. Jules liegt schon in dem zugenagelten, unpolierten Sarg. Wir tragen ihn auf das Lagerauto und legen unsere Kränze über die weißen rohen Bretter. Dann rollt das Auto langsam die Spitalbaracken entlang. Alle Kranken stehen draußen, in ihrer schmutzigen, gestreiften Spitalkleidung; sie stehen stumm, mit ernsten Gesichtern, einzelne internierte Spanier grüßen, die Faust an der Schläfe, ein alter Mann bekreuzigt sich.

Der Posten am Eingang präsentiert das Gewehr.

Es geht den endlosen Weg entlang, vorbei an dem Drahtverhau der einzelnen Quartiere A, B und C. Über viertausend Gefangene treten an den Stacheldraht und grüßen zum letztenmal ihren toten Kameraden, der die Freiheit nicht mehr erleben durfte. Man kann ohne große Mühe in den Augen der Gefangenen lesen, was sie denken. Wenn der Haß und der Wunsch allein hätten töten können, innerhalb einer Sekunde würde keiner der Lagerärzte, kein einziger Sergeant, kein Garde mobile mehr am Leben geblieben sein. Stumm grüßen die viertausend hinter dem Drahtverhau den toten Jules. Es gibt da keine Bedenken. Viele stehen stramm, salutieren mit erhobener Faust, andere wieder legen militärisch die Hand an das Barett, manche bekreuzigen sich, einige Altrussen verbeugen sich tief bis zur Erde. Die Köche kommen halbnackt aus der Küche, wischen sich über die verschwitzten Augen und reißen die Mützen herunter, und immer wieder präsentieren die Wachen das Gewehr in unserem mit Posten und Mitrailleusen umspickten Lager. Der Tote ist ungefährlich und daher heilig! Garde à vous! Présentez les armes!

Endlich sind wir auf der großen Chaussee Pamiers–Toulouse, die zum Friedhof führt, auf der Chaussee, die wir die letzten Monate nur durchs Drahtverhau sahen, auf der Hunderttausende Flüchtlinge und demobilisierte Soldaten der zerschlagenen aufgelösten Armee hin und her gezogen sind. Jetzt ist es sehr still auf dieser großen Chaussee. Es gibt kein Benzin, keine Autos fahren. Es gibt keine Kohle, keine Züge rollen nebenan auf dem Bahndamm. Das Korn steht goldgelb und überreif auf den Feldern, die Halme biegen sich zur Erde, niemand mäht sie; aber Zehntausende junger, arbeitsfähiger Männer leben hier in vielen Lagern untätig hinter Stacheldraht.

Es begegnen uns nur ein paar alte Weiblein, die sich bekreuzigen; ein alter Mann bleibt stehen, er zieht die Mütze und senkt den Kopf.

Unterwegs auf der leeren Straße erwartet uns noch ein zwanzig Mann starkes, wohlbewaffnetes Detachement der Garde mobile.

Der Gefangenenfriedhof liegt draußen in der „Prärie“, in der unbebauten Steppe. Sein Grund ist Sand- und Kiesboden. Jules kommt in gute Nachbarschaft, in die Reihe, in der schon vor einem Jahr Dutzende junger Spanier der republikanischen Volksarmee verscharrt wurden ...

Es ist uns streng verboten, ein paar Abschiedsworte am Grabe Jules’ zu sagen. Nur der Kultusbeamte soll die hebräischen Gebete sprechen. Dennoch gibt es zwei kleine Zwischenfälle. Jules paßt nicht in das Grab. Nach jüdischem Ritus muß das Gesicht des Toten nach Osten schauen, der breiteste Teil des Sarges, der Kopfteil also, westwärts liegen. Die Gräber sind aber gerade umgekehrt geschaufelt. Man stellt den Sarg mit Jules auf den Kopf, man kantet ihn kreuz und quer; es geht nicht, Jules zeigt seinen Hartschädel, er will nicht so wie der Kultusbeamte aus Toulouse! Schließlich machen wir dem Unfug ein Ende und lassen den Sarg in die Erde, so wie es Jules angenehm ist. Dann begeht der Kultusbeamte noch eine Art Urkundenfälschung. Er hat sich in der Eile von uns Gefangenen die Personalien Jules’ sagen lassen, anstatt sie im Büro des Lagers festzustellen.

Er fragt: „Sein Name?“

Wir erwidern: „Liter.“

„Sein Vorname?“

Ohne Stocken antworten wir: „Jules.“

So hören wir mit einem stolzen Gefühl, daß unser Jules, so wie unsere Baracke ihn getauft hatte, auch offiziell als Jules Liter beerdigt wird.

Es folgen die langen Gebete mit ihren Klagerufen, ihrem Weinen und Stöhnen. Jules hat mir oft beteuert, daß er ein guter Jude sei; aber er war auch ein Hartschädel, ein Feuerkopf, ein mutiger Kerl, zuletzt in seiner Art ein Wahrheitssucher. Es beschäftigte ihn in seiner Todesstunde, da manche aus Angst vor dem Jenseits zittern, nur der eine Gedanke, daß man seinem Kind die Wahrheit überbringe, daß man die volle Wahrheit schreibe über unser Camp, daß man nicht länger mehr „wie ein Hund unter den Tisch krieche“.

Ich schaue auf die Internierten, die rings um das Grab stehen, viele Spanienkämfer, viele Pariser Kameraden, viele, die erst im Lager zu Kämpfern geworden sind, so wie Jules. Sie beißen die Zähne zusammen, ihre Augen schauen ruhig und hart in die tiefe Kiesgrube. Es ist gefährlich, nach draußen, auf die endlos freie Steppe zu sehen; ein Sprung über das niedrige Mäuerchen des Friedhofs, und man ist drüben. Aber da stehen die zwanzig Mann schwerbewaffneter Garde mobile; links, in der Ferne, ist eine Mitrailleuse eingebaut, und es ist heller Tag, man hat ein gutes Schußfeld. Man muß am Leben bleiben! Das ist heute die wichtigste Kunst: am Leben bleiben für später! Deshalb muß man die Zähne zusammenbeißen, auch auf die Abschiedsworte und billigen Proteste verzichten, die Nasenlöcher verschließen gegen den verführerischen schweren Duft des Getreides, das draußen überreif sich zu Boden biegt. Nicht zum Himmel schauen, wo die Stare sich wieder sammeln, um übers Meer nach Afrika zu fliegen. Am Leben bleiben! Die Wahrheit sagen und schreiben über dieses Camp, über diese Zeit, für Maria, für die Jungen, für die noch Unwissenden, daß sie nicht wieder unter den Tisch kriechen wie die Hunde, daß sie nicht immer wieder auseinanderlaufen dahin und dorthin, daß sie nicht länger mehr die Augen verschließen, sondern mit klarem Blick antreten zum letzten großen Kampf.

Am Leben bleiben und den Tod nicht fürchten.

Schade, Jules, du warst ein guter Kamerad, ein tapferer Mensch ..., schade, zu schade, daß du „so wenig Zeit“ hattest!

Die steinigen Kiesel prasseln nieder auf den Sarg wie Maschinengewehrfeuer. Viele Kameraden, wenn sie das Barett abnehmen, ballen dabei die Faust und halten sie erhoben an die Stirn; sie erweisen Jules die Ehre wie einem Soldaten, der nach einem guten Kampf gefallen ist.

Die Gardisten schauen schief auf uns.

Ich werfe mit der Handvoll Kies eine kleine trockene, weiße Blüte hinunter auf Jules' Sarg, die Margeritenblüte, die er – dem Toben der Garde mobile zum Trotz – am 1. Mai gemeinsam mit uns an seinem Rock getragen hatte.

(1941)

Kiki

Kiki war ein kleiner schwarzhaariger englischer Hühnerhund. Er hatte wunderbare, kluge, hellbraune Augen. Seine langen weichen Ohren pendelten bei jeder Bewegung wie Fliegenklappen um seinen Kopf. Das wichtigste an Kiki aber war, daß er lachen konnte. Wenn man ihn streichelte oder gut mit ihm redete, dann zog er seine Oberlippe hoch, zeigte seine weißen Zähne und lachte, die Falten um seine Schnauze verzogen sich freundlich.

Niemand konnte zweifeln, daß Kiki einen anlachte.

Wie Kiki in unser teuflisches Straflager am Rande der Pyrenäen gekommen war, wußte niemand. Eines Tages war er da und machte „Dienst" wie wir. Wenn die Sektionen unserer Baracke früh zur Corvée – zum Arbeitsdienst – antraten, dann stand Kiki neben einem der Sektionsführer, die ebenfalls Gefangene waren, und sobald wir in Dreierreihen losmarschierten, setzte sich auch Kiki in Trab, sprang vor der ersten Gruppe her und bellte vor Vergnügen. Er begleitete uns zum Straßenbau, zur Feldarbeit, zum Bau unseres Friedhofes; er kehrte abends mit uns heim.

Wir hielten ihn in unserer Baracke der spanischen Interbrigaden. Die zweihundert kräftigen Männer mußten an einem Wesen ihre Liebe auslassen. Es gab keine Frauen. Kiki war unser Liebling. Wir teilten mit ihm das wenige Fleisch unseres Essens, wir bürsteten sein langes weiches Haar. Jede Gruppe in der Baracke hatte für Kiki einen besonderen Gastplatz, da Kiki es liebte, ab und zu sein Quartier zu wechseln. Am liebsten lag er bei dem jungen Berthel, einem einundzwanzigjährigen Wiener Arbeiter, der im Tschapajew-Bataillon an der Córdobafront und bei Madrid gekämpft hatte. Berthel unterhielt sich abends stundenlang in seinem Wiener Dialekt mit Kiki; Kiki schaute ihn mit seinen klugen Augen an, lachte und heulte vor Vergnügen. Bemerkenswert war auch, daß Kiki nur von der Belegschaft unserer Baracke Fressen annahm, von niemandem sonst. Er kannte jeden einzelnen Mann der Baracke. Unserer Wachmannschaft – der

Garde mobile und den Sergeantchefs – ging er möglichst aus dem Wege.

Kiki hatte zweifellos „Charakter".

Eines Mittags kommt Berthel, der Wiener Junge, ganz verstört mit seiner Gruppe heim. Die Gardisten hatten versucht, draußen mit ihm „Fußball zu spielen", weil er nicht schnell genug die schweren Bruchsteine für den Straßenbau schleppte. „Fußballspielen" – das hieß, dreißig-, ja fünfzigmal einen schweren Bruchstein in schärfstem Tempo von einem Posten zum andern und wieder zurück zu schleppen. Der eine Mobilgardist kommandiert: „Eckball!" – der Gefangene muß den Stein hinlegen; der andere kommandiert: „Tor!" – der Gefangene muß den Stein nun wieder hochnehmen und damit zu dem ersten Garde mobile rennen; das geht so lange, bis der atemlose Häftling völlig erschöpft ist.

Berthel hatte sich einfach geweigert, diesen sinnlosen Sadismus zu ertragen. Einer der Gardisten hatte ihm mit dem kurzen Bambusknüppel über den Kopf geschlagen. Da sprang Kiki bellend gegen den Posten, riß ihm ein Stück aus der Hose und verschwand.

Seither haßt Kiki die Mobilgarde, er geht den Posten in weitem Bogen aus dem Wege; sie werfen mit Steinen nach ihm.

Er darf nicht mehr in die Baracke.

Außer den vier Hundertschaften schwerbewaffneter Garde mobile liegen noch zwei Kompanien eines Infanteriebataillons draußen zu unserer Bewachung. Diese Infanteristen sind im Gegensatz zu den aus den Kolonien herangezogenen alten Gardisten frisch mobilisierte Arbeiter und Bauern aus Südfrankreich, gute, lustige Kerle. Kiki war nicht dumm, als er zu ihnen übersiedelte.

Eines Morgens früh um sechs Uhr hat unsere Sektion „Au drapeau!" Unsere Gefangenensektion muß gemeinsam mit einem Zug des Infanteriebataillons der am Lagereingang zu hissenden Trikolore die Ehrenbezeigung erweisen. Wir marschieren – unser Sektionsführer an der Spitze – zum Lagerausgang, schwenken ein und nehmen Aufstellung. Jetzt kommt auch das Infanteriedetachement, der Hornist mit dem Clairon und der Offizier an der Spitze. Die Infanteristen stehen uns gegenüber in Front. Der Korporal tritt zum Lagerposten, der unten die Fahne entfaltet und die Leine zum Hissen ordnet. Die Soldaten uns gegenüber zwinkern uns hinter dem Rücken des Offiziers zu; ein dicker Kerl mit rotem Kopf schneidet Grimassen, ein anderer streckt das Bein etwas vor, und Kiki beginnt seine Morgengymnastik, indem er über das vorgestreckte Bein des Soldaten hin und her springt. Wir können uns nur mühsam das Lachen verkneifen. In diesem Augenblick kommandiert der Offizier: „Garde à vous! Présentez les armes! Au drapeau!“ Der Clairon des Hornisten schmettert, die Infanteristen präsentieren das Gewehr, unsere Gefangenensektion reißt die Köpfe nach rechts herum, wo langsam die Trikolore am Fahnenmast hochsteigt. Und wieder schmettert der Hornist. Diesmal beginnt Kiki, der sich am rechten Flügel neben dem Bläser postiert hat, zu „singen“, er singt wie eine Operndiva in den höchsten Tönen. Die feierliche Stimmung ist zum Teufel. Wütend schaut der Offizier, die Hand am Stahlhelm, bis die Fahne die Mastspitze erreicht hat, auf den singenden Kiki. Nach dem „Repos!“ befiehlt er, den Hund zu erschießen, falls er sich noch einmal im Lager sehen ließe.

Der Posten rennt mit dem Gewehrkolben hinter Kiki her und jagt ihn durch die Fahnenpforte hinaus ins Freie.

Natürlich ist Kiki schon mittags wieder im Lager. Sein Hundeverstand sagt ihm jedoch ganz klar, daß jetzt auf der Kasernenseite für ihn die größte Gefahr droht; also taucht er wieder zwischen unsern Baracken und dem Drahtverhau auf. Er wird mit allen Ehren von uns empfangen. Jeder bringt ihm ein Stückchen Brot mit Käse, einen Fleischrest.

Berthel ist ganz glücklich. Er nimmt Kiki sofort hinauf zu sich in seine hoch gelegene Box und beginnt ein langes Gespräch mit ihm, in dem Lob und Tadel sich die Waage halten. Da ist auch „der Amerikaner“, ein alter Seemann, der – wie er behauptet – in Los Angeles in einer Woche eintausend Dollar verdient hatte.

Der Amerikaner wendet sich zu Kiki: „Du kleiner Wahnsinniger, kannst aus dem Stacheldraht heraus und bleibst doch freiwillig bei uns, du kleiner Irrer!“ Aber jetzt verteidigt Berthel den Kiki: „Er gehört eben zu uns, er ist hier ein Frei-

williger, so wie wir es in Spanien waren!“ Auf jeden Fall aber wird Kiki in der oberen Etage neben Berthels Strohsack angebunden. Er soll sich vorerst nicht draußen zeigen. Bei jedem Pfiff der Garden, bei jedem Signal des Clairons, bei jedem Kommando heult er leise vor sich hin; er möchte zu gern dabeisein, wenn die Kameraden der Baracke antreten oder abmarschieren.

Und eines Mittags ist er wirklich dabei. Wir sind gerade in Sektionen zur Corvée angetreten, da – wir trauen unsern Augen nicht – steht Kiki wie einst am rechten Flügel der Sektion, ein Stück der abgerissenen Leine noch um den Hals. Einer von uns nimmt ihn schnell in den Arm ins hintere Glied. Doch wie wir abmarschieren, ist zum Unglück der Offizier am Tor, der damals, als Kiki „sang“, Fahnendienst hatte. Er befiehlt, den Hund abseits zu führen und zu erschießen. Wir setzen natürlich Kiki so auf die Erde, daß er entspringen kann. Und nun beginnt eine wilde Jagd sämtlicher im Quartier anwesenden Mobilgardisten nach dem Hund. Man hetzt Kiki wie einen schweren politischen Verbrecher durch den Stacheldraht hin und her und wirft mit Steinen nach ihm. Aber Kiki ist schneller. Schließlich haben ihn die Posten zwischen dem achtfachen Drahtverhau neben der Kantine unseres Quartiers gestellt. Doch sie kommen nicht an ihn heran. Das ganze Quartier – fast fünfzehnhundert Mann – hat sich am Drahtverhau versammelt. Es fliegen böse Worte gegen die Garden. Denn Kiki ist einer der Unsern.

Auch wir können eines Tages so im Stacheldraht hängen.

Jetzt tritt der Sergeantchef hinzu. Er befiehlt der Mannschaft, das Bajonett aufzupflanzen, als ginge es zum Sturm gegen eine feindliche Stellung. Kiki sitzt schweigend im Stacheldraht und schaut mit seinen klugen Augen fragend zu uns herüber. Wir wenden uns zum Sergeantchef: „Chef, lassen Sie uns machen! Wir locken den Hund heraus und werfen ihn auf die Straße!“ Der Kolonialsergeant sieht böse auf uns, als wolle er sagen: Ihr und der Hund, das ist das gleiche Kaliber! Er nimmt jetzt selbst einen Karabiner und beginnt, mit dem Bajonett nach Kiki zu stechen. Kiki weicht nach der anderen Seite aus. Auch von dort stechen die Garden jetzt nach dem Tier.

Kiki heult.

Auch wir beginnen zu heulen und ein tausendfaches „Huhuhuhu!“ mit Pfeifen und Drohrufen anzustimmen. Es ist ein Höllenkonzert. Die Wachposten wenden sich jetzt mit Kolben und Bajonetten gegen uns. Der Sergeantchef hat seine Trillerpfeife hervorgezogen, um das Alarmsignal zu geben. Auch die Kantinenverwalterin, „la bonne mère“ oder „die Wuchertante“, mit ihren beiden Töchtern, der schönen, üppigen zwanzigjährigen Mimi und der fünzehnjährigen Peppa, sind zu diesem aufregenden Schauspiel aus der Kantine an den Stacheldraht getreten. La bonne mère verschwindet sofort wieder schreiend, wie sie die auf uns gerichteten Bajonette sieht; auch Mimi zieht sich zurück und streckt nur noch den Kopf zur Tür hinaus.

Doch die kleine Peppa rennt gegen den Sergeantchef und reißt ihm die Signalpfeife vom Mund. Das alles geschieht blitzschnell.

Mit vorgehaltenem Bajonett treiben die Garden uns in die Baracken.

Aber wo ist Kiki?

In dem Tumult hat er sich gerettet.

Der Sergeantchef kommt wütend in unsere Baracke; wir müssen antreten; die Gardisten kriechen oben und unten durch unsere Plätze; sie stellen alles auf den Kopf.

Kiki ist nicht zu finden.

In unserer Baracke liegt ein Spitzel, „das Rattenmäxle“; wir hatten ihm einmal zur Belohnung für seine Schweinereien eine tote Ratte in den Rockärmel eingenäht. Er muß den Berthel verpfiffen haben. Der Chef läßt den Berthel festnehmen und abführen.

Mitten in der Nacht kommt einer unserer Köche. Er sucht den Berthel. Als er hört, daß der Berthel im Arrest ist, verlangt er einen Kameraden, der Arzt sei.

Was ist los?

Er führt mich hinter die Küche, in den Verschlag für Holz und Kohlen. Dort, hinter einem Berg von Kohlen, liegt Kiki auf zwei Säcken. Er hat einen Verband aus zusammengebundenen Taschentüchern um die rechte Hinterpfote und um die Rippen. Er atmet schwer. Er ist in dem Tumult durch das

Drahtverhau gekrochen. Kameraden haben ihn schnell hochgenommen und nach hinten zu der Küche gebracht. Kiki wedelt mit dem Schwanz, wie er mich – den Insassen *seiner* Baracke – erkennt. Er zieht sogar die Lippen nach oben und versucht zu lachen. Aber es gelingt ihm nicht. Die Verletzung ist zu schwer, nicht an der Hinterpfote, wohl aber an der Brust. Ein Stich ist in die Lunge gegangen. Zwischen der fünften und sechsten Rippe klebt eine dicke Blutkruste. Er atmet sehr flach, um die Lunge möglichst wenig zu bewegen. Ich ordne Ruhe an, aufgelöste Büchsenmilch als Diät und – hundert Prozent Schweigen!

In der gleichen Nacht geschieht noch etwas anderes. Die obere Box, in der das Rattenmäxle liegt, bricht mitten in der Dunkelheit mit großem Getöse zusammen. Einige werfen sich auf den Spitzel, weil er sie im Fall verletzt habe. Mäxchen schreit, man wolle ihn töten. Er wird erst am Morgen mit gebrochenem Fuß ins Hospital gebracht. Er schwört, er wolle lieber barfuß durch die Hölle gehen als noch ein einziges Mal unser Quartier betreten.

Diesen Spitzel sind wir los. Aber um welchen Preis?

Natürlich weiß am nächsten Morgen doch unsere ganze Baracke, wo Kiki sich befindet. Aber sonst erfährt es niemand. Kikis Zustand wechselt stark. Er trinkt nur die Milchsuppe.

Nach fünf Tagen kommt Berthel endlich aus dem Cachot. Er hat einen Klebeverband um den Kopf, sein rechtes Auge ist blau und grün, auch hat er zwei Vorderzähne verloren. Wir bereiten ihm einen festlichen Empfang. Unsere Köche haben „Nockerln“ und Eierkuchen gebacken.

Erst spätabends verraten wir ihm, wo Kiki liegt.

Wie der Berthel den Verschlag betritt, heult Kiki vor Freude, er springt auf, er leckt Berthels Hände und Gesicht, er lacht jetzt richtig, indem er die Lippen hochzieht und die oberen Zähne sehen läßt. Aber der Freudensprung ist teuer bezahlt.

Kiki beginnt Blut zu spucken.

Als am nächsten Mittag Berthel eine Dose Büchsenmilch in der Kantine kaufen will, steht Peppa hinter ihrer großen Schwester Mimi. Sie schaut aufmerksam auf Berthels zerschlagenes Gesicht; natürlich weiß sie, weshalb Berthel verhaftet worden war; und der Berthel entsinnt sich genau, wie das junge Mädel mit einem wilden „Hijo de puta!“ gegen den Sergeantchef sprang und ihm die Signalpfeife aus der Hand riß. Er hatte sich gewundert, daß sie Spanisch verstand; aber auch diesseits der Pyrenäen ist katalanische und spanische Urbevölkerung. Er schaut auf Peppa, und Peppa schaut ernst auf ihn; plötzlich kneift sie das eine Auge zu wie bei einem alten Kameraden.

Nachdenklich geht Berthel mit seiner Dose Büchsenmilch über den staubigen, schwarzgrauen Hof des Lagers zu seiner Baracke. Da faßt ihn eine Hand an der Schulter. „Du hast deine Dose Milch vergessen!“ sagt Peppa; und wie der Berthel zögert, meint sie leise: „Sie ist von mir für dich! Salut!“

Sie rennt zur Kantine zurück.

Kikis Befinden hat sich seit dem Freudensprung zu Berthels Ehren erheblich verschlechtert. Er nimmt nichts mehr zu sich. Man müßte frische Milch haben. Man müßte ihn hinausschaffen zu einem Veterinär. Der Bluterguß beginnt zu vereitern!

Berthel erhält von der Baracke die Erlaubnis, Peppa zu Rate zu ziehen. Da Peppa sowieso Waren an die Küche liefert, ist das nicht schwierig. Peppa bringt jetzt täglich mit der Margarine und den Nudelpaketen einen halben Liter frische Milch. Sie hockt vor Kiki und hebt ihm das Schälchen hin, während Berthel ihm den Kopf hält. Kiki schlappert gehorsam ein paar Schlücke. Doch schon ist er zu müde. Er trinkt auch mehr seinen beiden jungen Freunden zuliebe. Die beiden sitzen oft eine ganze Stunde lang in dem Schuppen an Kikis Lager. Erst sprechen sie nur zu Kiki, dann über Kiki, dann über das Lager, die Sergeanten; Peppa spricht über die größere Schwester Mimi, die auf Wunsch der Mutter abends zu den Offizieren gehen muß, damit die Mutter die Kantine behält; auch daß die Sergeanten sie – die Peppa – einmal nachmittags in der Wachstube hochnehmen wollten; aber daß sie dem Sergeantchef ins Gesicht geschlagen und einen andern in den Daumen gebissen hatte, bis dieses Biest vor Schmerz brüllte.

Der Berthel muß ihr von Spanien erzählen, Peppa hat noch Verwandte jenseits der Pyrenäen. Es ist ihr Volk, dessen Sprache sie spricht, für das der junge Berthel gekämpft hat, dessen Sprache er auch versteht. Weshalb er eigentlich für Spanien kämpfte? Und der Berthel muß erzählen, wie er – vor drei Jahren – nachts heimlich aus dem Haus seiner Mutter schleichen wollte – sein Vater war im ersten Weltkrieg verschollen, und die Mutter hatte nur noch ihn, ihren Sohn; aber die Mutter hörte es, sie sprang zur Tür, sie warf sich vor ihm nieder, sie umschlang seine Knie, er fiel mit ihr zu Boden, sie flehte ihn an, bei der Mutter Gottes flehte sie ihn an, sie ohrfeigte ihn, sie küßte ihn, doch es gelang ihm, sich loszureißen ..., er mußte über viele Grenzen, er wollte mit dem spanischen Volk für dessen Freiheit kämpfen ..., und dann kam er nach der Niederlage, schon im Januar 1939, in St-Cyprien hinter Stacheldraht und wieder nach einem anderen Lager hinter Stacheldraht und dann hier hinter Stacheldraht.

„Und was schreibt deine Mutter?"

Der Berthel schwieg.

„Hast du ihr nicht geschrieben?"

„Doch."

„Und sie hat dir nicht geantwortet?"

„Vielleicht hat sie meine Briefe nicht bekommen."

Peppa hat seine Hand gefaßt. Wie der Berthel sie anschaut, rinnen dicke Tränen aus ihren großen dunklen Augen. „Pequeño!" sagt sie, obwohl sie selbst kleiner ist als Berthel.

Berthel sucht verlegen sein Taschentuch und wischt ihr damit über das Gesicht.

Kiki ist herangerutscht. Er stößt den Berthel leise mit seiner Schnauze. Vielleicht hält er die Handlung Berthels für zu weitgehend; vielleicht ist er eifersüchtig.

Seitdem treffen sich die beiden jungen Menschen regelmäßig bei Kiki. Es ist übrigens kein Veterinär aufzutreiben; sie befinden sich alle an der Front.

Einmal fragt Peppa den Berthel: „Möchtest du nicht frei sein? Ich könnte dir helfen. Ich kenne einen Posten, er läßt dich nachts durch, wenn ich gut zu ihm bin."

Der Berthel erklärt ihr, daß er nicht allein sich befreien

wolle, daß er allein darüber nicht zu entscheiden habe und daß er lieber dem Gardisten die Nase einschlüge als dulde, daß Peppa „gut zu ihm sei".

„Die Nase schlägst du ihm ein, Pequeño?" lacht Peppa; und dann küßt sie den Berthel auf den Mund, immer wieder, weil ihr das guttut und weil Berthel stillehält, während Kiki leise dazu heult, diesmal scheint es vor Vergnügen. Aber Kiki setzt gleich wieder ab, denn sogar dies bißchen Heulen tut ihm weh; und doch hat er einst bei dem Signal des Hornisten „Au drapeau!" mühelos in den höchsten Tönen gesungen.

„Übrigens", fragt Peppa den Berthel, „weshalb darfst du nicht frei sein, auch wenn du selbst möchtest?"

Und der Berthel erklärt seiner kleinen Freundin, was Kameradschaft ist, was Solidarität ist, was Disziplin und freiwilliger Gehorsam ist.

Peppa soll nachschaun, ob in der Stadt nicht doch ein Veterinär zu finden sei, der für Kiki eine Schwitzmedizin oder etwas gegen den Brusteiter verschreiben könne. Da sie nun einmal in die Stadt muß, geben wir ihr Briefe mit. Man hätte die Briefe einfach so zum Herausschmuggeln geben können, wie das oft geschah. Aber der Berthel hält es für richtig, der Peppa klar zu sagen, daß Kriegszustand herrscht, daß sie etwas riskiert. Peppa antwortet, sie würde noch mehr riskieren, wenn es nötig wäre. Auf die Briefe erhalten wir schon nach zwei Tagen Antwort, und wieder direkt durch Peppa.

Peppa ist ein mutiges, kluges und zuverlässiges Mädel. Sie ist unsere Freundin.

Sie wird es noch mehr, wie Kiki stirbt.

Wir stehen – acht Mann – nachts in dem engen Kohlenverschlag. Berthel hält Kiki in seinem Schoß. Er feuchtet ihm die Schnauze mit kühlem Tee. Kiki leckt ein bißchen. Er schaut uns der Reihe nach an. Er sucht etwas.

Da sagt Alek zu Berthel: „Gib ihn mir; er will dich sehen!"

Vorsichtig gibt Berthel dem Alek den sterbenden Kiki; er stellt sich vor ihn, er spricht leise zu ihm in seinem Wiener Dialekt: „Wo ist denn unser Kiki? Wo ist denn unser Hundl? Wo ist denn mein bester Freund?"

Und Kiki erkennt den Freund, er kann nicht mehr mit

dem Schwanz wedeln, aber er zieht ganz deutlich die Oberlippe ein wenig hinauf, daß die weißen oberen Zähne blinken. Kiki lacht zum letztenmal. Dann schließt er seine klugen, schönen hellbraunen Augen.

„Kiki, das verspreche ich dir, dein Tod kommt mit auf die große Abrechnungsliste!“ sagt der Alek.

Die ganze Nacht nimmt die Baracke Abschied von Kiki. Immer fünf bis zehn Mann schleichen über den nächtigen Hof. Viele denken wie Alek. Die ganze Nacht liegt die Baracke wach und spricht von Kiki, dem toten Kameraden.

Peppa erfährt Kikis Tod erst am folgenden Mittag. In der Nacht ist sie am Stacheldraht. Wir werfen ihr einen kleinen Sack hinüber. Sie hat Kiki draußen in der Freiheit begraben. Sie hat uns versprochen, eines Tages wird sie uns sein Grab zeigen.

(1941)

Der Kirschbaum

Juli 1941. Das kleine Dorf an der Grenze Weißrußlands ist von den Deutschen völlig zusammengeschossen. Inmitten der schwarzen Brandruinen leuchtet wie ein Wunder nur ein einziger grüner Fleck, ein Haus mit einem Baumgarten, um den ein Bächlein fließt. Vielleicht haben der Garten und der Bach die Flammen von dem Haus des Michail Wassiljewitsch abgehalten.

Dort im Garten sitzt jetzt inmitten seines Stabes ein deutscher Hauptmann, der Führer eines Infanteriebataillons. Tisch und Stühle wurden hinausgetragen; nun tafelt man im Grünen. An Lebensmitteln und Wein ist kein Mangel. Diese Dinge hat man überall in den russischen Städtchen und Dörfern reichlich „organisiert". Man ist schon am Schluß der Mahlzeit, da ruft ein Leutnant zu der Ordonnanz, sie solle von dem Kirschbaum da vorn einen Korb Kirschen pflücken. Die Ordonnanz sucht vergebens eine Leiter. Der alte Michail, der jetzt zum Vorschein kommt, erklärt, die Soldaten hätten zum Abkochen jedes Stückchen Holz weggeschleppt.

„Hol eine Axt, Rußki!" befiehlt der Hauptmann, indem er die Bewegung des Holzfällens macht. „Aber etwas plötzlich!"

Der alte Bauer kommt mit der Axt zurück. Ihm folgt seine Frau mit einem Korb. Der Hauptmann wendet sich jetzt zu dem Alten. „Vorwärts, Rußki, hau den Baum um! Wir brauchen die Kirschen, und wir haben nicht lange Zeit, da hinaufzuklettern." Die Ordonnanz sucht mit lebhaften Gesten und Worten den Befehl dem Bauern verständlich zu machen. Doch der steht unbewegt da; er schaut bloß zu dem mächtigen Baum, der voller grüner Blätter und Tausender dunkelroter Kirschen hängt. Der Hauptmann ist ungeduldig, er steht auf, geht zu dem Alten, faßt dessen Arm und führt mit ihm den ersten Schlag in den prallen, glatten Stamm. Der Baum zittert leise. Zwei Kirschen – „ein Pärchen", das an einem Stiel hängt – fallen herab.

Jetzt muß man die Sache auch zu Ende führen. Doch der

Bauer steht mit der Axt in der Hand und schaut ratlos in die tiefe Wunde des Baumes.

„Los!" fährt ihn der Hauptmann an, „wir sind hier nicht zum Spaß!" Er ist so weit gegangen und kann nicht mehr zurück. Die Offiziere schauen auf ihn, die Ordonnanzen. Der Wein ist ihm zu Kopf gestiegen. Als stünde die Ehre der ganzen deutschen Armee auf dem Spiel, zieht er den Revolver und brüllt gegen den Alten: „Verdammter Rußki, wird's bald, du fauler Hund?!"

Die Bäuerin tritt schnell zu ihrem Mann und flüstert ihm etwas zu. Der Alte nimmt tief atmend die Axt und beginnt in den saftigen Stamm zu hauen. Es geht langsam. Fette Späne fliegen. Bei jedem Schlag geht ein Ton durch den Baum. Ganze Bündel von Kirschen fallen herab. Vielleicht hätten sie als Dessert für die Offiziere genügt. Doch niemand sagt ein Wort. Nur der Baum stöhnt. Der alte Michail haut weiter in ihn hinein. Es geht recht langsam. Jetzt haben die Ordonnanzen noch eine breite Bandsäge gefunden. Sie wollen den Kirschbaum umsägen.

Der Hauptmann, der vor seinem Glas Wein scheinbar teilnahmslos dagesessen, ruft ihnen zu: „Weg da! Das ist nicht eure Arbeit! Gebt die Säge den beiden Rußkis!"

Noch einmal zögert der alte Bauer. Er hat sich umgewendet und schaut seltsam auf den Hauptmann. Aber wieder ist die Bäuerin zu ihm getreten; sie hat die Säge genommen, sie drückt ihm den einen Griff in die Hand. Und nun beginnen die beiden alten Leute ruhig und gleichmäßig die Säge durch den Stamm zu ziehen ..., hin und her und her und hin. Die jungen Offiziere langweilen sich. Sie spielen einen Skat. Der Hauptmann sitzt abseits da, die Arme über der Stuhllehne, die langen Finger auf den Tisch gestemmt, er schaut mit von Wein geröteten, halb zugekniffenen Augen in den vor Sonne flimmernden Garten und auf das mächtige Geäst des Baumes, an dem Tausende rote Glöckchen schaukeln. Einen Moment haben die beiden Alten mit dem Sägen jetzt innegehalten. Der Bauer fährt sich mit dem Ärmel über Stirn und Augen. Auch er blickt hinauf zu der Krone des Baumes, seines Kirschbaumes, den er vor vielen Jahren pflanzte, den er all die Jahre hegte und pflegte, unter dem er und sein Weib an manchem Sommerabend, in mancher warmen Mondnacht saßen. Er schaut auf sein Weib, auch ihr steht der Schweiß auf der Stirn; sie lächelt traurig, dann nickt sie ihm Mut zu und faßt wieder den Griff der Säge.

Der Baum beginnt zu schwanken. Der Hauptmann ist aufgesprungen und zurückgetreten. Auch die andern Offiziere treten – das Kartenspiel im Stich lassend – in respektvolle Entfernung. Die Ordonnanzen haben ein paar Stricke um die Äste des Kirschbaums geschlungen. Sie ziehen mit aller Kraft. Und dann kracht der Baum nieder. Es klingt wie ein aus der Erde gefeuerter Kanonenschuß. Noch einmal dreht sich der mächtige Stamm halb um seine Achse, zerreißt die letzten Fasern und zerbricht am Boden die ächzenden Äste.

Das wäre nun das Ende. Die beiden Alten wollen gehn.

Nein, es ist noch nicht zu Ende. Wenn schon, so macht man ganze Arbeit. Die Bäuerin muß noch die Kirschen pflücken und fein säuberlich im Körbchen an den Offizierstisch bringen. Und einen zweiten Korb soll sie pflücken für die Ordonnanzen und einen dritten für den Doppelposten draußen. Bitte sehr, der Herr Hauptmann versteht sogar Spaß! Er hängt dem alten Bauern und der Bäuerin je zwei Kirschen – zwei „Pärchen" – über das Ohr, er hebt sein Glas und trinkt es in einem Schluck leer. „Prost, Rußki, das ist euer Anteil! Für heute habt ihr Feierabend! Morgen gibt's neue Arbeit! Weggetreten!"

Allerdings konnte am nächsten Morgen der Hauptmann die versprochene Arbeit nicht verteilen. Einmal deshalb, weil man ihn und seinen Adjutanten am nächsten Morgen mit gespaltenem Schädel in seinem Zimmer fand. Dann aber auch deshalb, weil der alte Michail Wassiljewitsch und sein Weib weit und breit nicht mehr anzutreffen waren. Auch die Axt, mit der offenbar die Tat begangen worden war, ließ sich nirgends auftreiben. Das einzige, was die beiden alten Bauersleute am Tatort zurückgelassen hatten, das waren je zwei rote Kirschen; sie hingen als „Pärchen" wie zwei große erstarrte Blutstropfen an dem Ohr des toten Hauptmanns und seines Adjutanten.

Die Deutschen brannten am gleichen Tag auch dies letzte Haus des kleinen Dorfes nieder. –

Der Krieg ging weiter. Nicht bloß die Städte und Dörfer gingen in Flammen auf. Auf flammten der wütende Haß und der Kampfeszorn der gebrandschatzten Bevölkerung zwischen Minsk und Smolensk, von Leningrad bis Odessa. An der riesigen zweitausend Kilometer langen Front knallten Tag und Nacht die Schüsse der Partisanen, fielen zu Hunderten die Fahrer und Sicherungsmannschaften der deutschen Munitionskolonnen und Lebensmitteltransporte. Aber an den Straßenrändern und auf den Waldwegen zwischen Minsk, Borrissow und Smolensk fanden sich unter den Hunderten durch Partisanenkugeln hingestreckten Hitlersoldaten immer wieder einzelne – meist waren es Offiziere – mit einer furchtbaren Kopfwunde, mit gespaltenem Schädel, so als hätten sie einen Axthieb erhalten. Alle diese Toten hatten noch etwas Gemeinsames: an ihrem einen Ohr hingen zwei Kirschen. Bis zum August waren es frische, saftige rote Kirschen, im September waren es vertrocknete, beerenartige Kirschen, im Oktober nur noch winzige, erbsengroße Kirschmumien mit ein bißchen Haut um den Kern. Immer kleiner wurden die Kirschen, die der „Kirschenonkel"-Partisan seinen Opfern umhing.

Gleich groß blieb nur die mächtige klaffende Wunde des mit einem Axthieb gespaltenen Schädels.

(1942)

Der verschenkte Leutnant

Es war im ersten, „kleinen“ Weltkrieg, im Sommer 1915. Eine unserer Pionierkompanien lag im Abschnitt zwischen Reims und Châlons. Damals wurden die Pioniere noch nicht als Infanterie eingesetzt; sie hatten Minenwerfer zu bedienen, Blindgänger zu sprengen und die Infanterie im Bau von Unterständen, Stollen und Stellungen zu unterweisen.

Nun befand sich bei einem vorgeschobenen Infanteriebataillon ein Zugführer und Leutnant K. Dieser Leutnant forderte eine Gruppe Pioniere an, weil vor seiner Stellung, in der Nähe des Truppenübungsplatzes von Châlons, ein „Eisenbahngeschütz“ hin und her fahre und nachts schösse. Der bisherige Einsatz von Infanteriepatrouillen mit Handgranaten hatte bei „gewaltsamen Erkundungen“ bisher zu keinem andern Ergebnis geführt, als daß stets ein paar Mann vor den französischen Linien abgeschossen oder verwundet worden waren. Die deutschen Infanteristen wußten zwar genau, daß ihr Leutnant bloß „Brustschmerzen“ nach dem EK hatte und daß jenes mysteriöse „Eisenbahngeschütz“ wahrscheinlich gar nicht vorhanden oder zum mindesten nicht erreichbar war. Aber Befehl ist Befehl!

Die angeforderte Pioniergruppe sollte also die Infanteristen als Stoßtrupp mit „geballten Ladungen“ aus Ekrasit unterstützen, das „Eisenbahngeschütz“ in die Luft sprengen und Gefangene zurückbringen. Der Unteroffizier der Pioniere besprach sich mit dem Patrouillenführer der Infanterie. Es war klar, das Ganze war bloß ein Himmelfahrtskommando zur höheren Ehre des Leutnants, Hauptmanns und Majors, die aufregende Gefechtsberichte nach oben weitergaben.

Im heißen Sommer 1915 schienen nun in der „Lausechampagne“ alle Brunnen zerstört oder ausgetrocknet, nur ein Brunnen in diesem Abschnitt hatte reichlich Wasser, und der befand sich eben in jenem Dorf St-Souplet in der Richtung des „Eisenbahngeschützes“. Dort zwischen den Linien trafen sich im Morgengrauen die Wasserholer – die deutschen und französischen –, nachdem sie ihre Waffen vorher abgestellt hatten.

Noch in der Nacht schlossen sich der Patrouillenführer der Infanterie und der Pionierunteroffizier den Wasserholern zu einer Erkundung an. Man hielt, während die Sterne am dunkelgrünen Sommerhimmel strahlten, durch die Drahtverhaugassen im Niemandsland scharf auf den zerschossenen Kirchturm des Dorfes. Die Begleitmannschaft der Wasserholer setzte am östlichen Dorfrand die Gewehre zusammen; auch die beiden Unteroffiziere legten die Waffen ab. Dann ging es mit betont lautem Geklapper der Kochgeschirre und Wasserkannen zwischen den bleichen Dorfruinen zum Kirchplatz.

„Halt! – Kameraden? Franzuski?"

Lauschen.

„Qui est là! Camerade allemand? Les armes à terre! Sauerkraut nix gut! Camerade allemand gut!"

Nach diesen Formalitäten kamen unter friedlichem Geklapper der Kochgeschirre von beiden Seiten des Kirchplatzes graue Gestalten aus dem Zwielicht der Sterne, gaben einander die Hände, tauschten Tabak, Zucker, Schokolade und begannen ihre Gefäße am Brunnen zu füllen.

„Was nun?" fragte der Pionierunteroffizier.

„Warte!" Der Kollege von der Infanterie sprach mit einem von den Poilus; der nahm einen andern Franzosen beiseite; dann gingen die deutschen Unteroffiziere mit den beiden Franzosen zusammen etwas abseits in den Chor der zerschossenen Kirche. Sie saßen dort nieder auf den Stufen zur Sakristei und berieten. Punkt eins: Es gab nach Wissen der französischen Soldaten gar kein Eisenbahngeschütz, sondern nur weit hinten in der Festung Châlons einbetonierte schwere Langrohrgeschütze mit Versenklafetten. Punkt zwei: Es war ein heller Wahnsinn, mit Stoßtrupps dorthin einen Durchbruch zu versuchen. Punkt drei: Mußte man wirklich einem solchen wilden Unfug nur einen einzigen Soldaten opfern? Aber – Befehl ist Befehl! Das verstanden auch die Franzosen.

Die vier saßen schweigend in dem Kirchenchor, von dessen Wandpaneel junge heilige Frauen in bunten Gewändern und bärtige Märtyrer aus Gips auf die ratlosen Soldaten herniederschauten.

Plötzlich ertönte eine Stimme, die eines jungen pausbäkkigen französischen Soldaten, der zu den vieren niedergehockt war: „Camarades, könnt ihr mir nicht euren Leutnant schenken, s'il vous plaît?"

„Tu es fou!" will ihn der ältere Poilu beiseite schieben.

„Den Leutnant schenken?" fragt der Pionierunteroffizier.

„Naturellement, bitte!" Er hat aus seiner Brusttasche einen Umschlag gezogen, nimmt einen Brief heraus und ein Photo; dann knipst er eine kleine Taschenlampe an: auf dem Photo erscheint im engen Kreis des Lämpchens das erstaunte Gesicht eines dicken Säuglings mit zwei lustigen Froschaugen, unverkennbar der Nachkomme des pausbäckigen Soldaten. „Ein halbes Jahr ist er schon alt, und ich habe ihn noch nicht gesehen, le petit coco; werde ich ihn überhaupt sehen?"

Schweigen. Über den Soldaten in der Kirchenruine beginnt sich der grüne Himmel rosa zu färben. Draußen klappern schon wieder die mit frischem Wasser gefüllten Kochgeschirre.

„Und der Leutnant?" meint der Pionierunteroffizier.

„Wenn wir einen Leutnant von euch fangen, bekommen wir zwei Wochen Urlaub, und ich kann meinen kleinen Coco sehn – oh là là, was für kluge Augen er hat!" Ganz verliebt betrachtet er den froschäugigen Säugling. „Uns allen ist geholfen; ihr seid den Leutnant los, der euch in den Tod schickt, und auch für ihn ist der Krieg zu Ende! D'accord?"

Was gibt es da lange zu überlegen? In der Kirche, durch deren nicht vorhandenes Dach ein kaum erwachter Morgen lächelt, während draußen die Männer von hüben und drüben die Kochgeschirre mit klarem Wasser füllen und jetzt der junge französische Soldat bis über beide Ohren strahlt vor dem kommenden Glück, sein Söhnchen in den Armen zu halten – nirgends hier nur ein Hauch von Feind, Handgranate, „Eisenbahngeschütz" und Tod.

„D'accord, wir werden euch den Leutnant schenken, wenn er uns noch einmal in den Tod jagen will!"

Die Meldung des Infanteriepatrouillenführers und auch des Pionierunteroffiziers, daß man nicht das geringste Anzeichen eines Eisenbahngeschützes habe ermitteln können, befriedigt den Leutnant in keiner Weise. Im Gegenteil, er drängt noch heftiger darauf, den Auftrag auszuführen. Der Pionier schlägt dem Leutnant vor, selbst die Patrouille zu führen, da in der Nähe des Dorfes einige französische Minenwerfer stünden, die man vielleicht ausheben könne. Aber der Leutnant will zu dem Geschütz.

Gut, er wird selbst den Stoßtrupp führen.

Die Sache wird an Hand der Meßtischkarte vorbereitet wie eine Schlacht. Die Artillerie wird verständigt, in den Morgenstunden ohne Anforderung nicht zu schießen. Die beiden Unteroffiziere gehen die Nacht noch einmal zur Erkundung ins Dorf. Sie berichten von merkwürdigen Geräuschen am westlichen Dorfrand, wie vom Anrollen kleiner Geschütze, zeigen sonst aber eine heroische Kaltblütigkeit und Ruhe.

Nicht so der Leutnant. Er hat aus seinem Zug zwei Sturmgruppen zu je acht Mann herausgelöst, dazu noch die acht Pioniere mit dem Unteroffizier. Am Abend findet im Leutnantsunterstand im Flüsterton die Unterweisung der Gruppenführer statt und die Ausgabe von Handgranaten und Gefechtsmunition. Das Losungswort heißt „Sedan". Die Gruppenführer sollen nur erprobte, zuverlässige Leute auswählen; das liege in aller Interesse.

Dieser Teil des Befehls wird von den Gruppenführern mit besonderer Sorgfalt befolgt.

Nach Mitternacht sammelt sich der Stoßtrupp „Sedan" an einer Ausfallssappe des Grabens, alles „zuverlässige Leute". Der Leutnant ohne Achselstücke, mit Parabellum, umgehängtem Karabiner und Grabenmesser wie ein Indianer auf dem Kriegspfad, schleicht mit den Männern durchs Drahtverhau; sie müssen auf dem Bauche kriechen wie die Schlangen; wenn es nach dem Willen des Leutnants ginge, würden heute wieder einige ins Gras beißen.

Man ist am Dorfrand. Still und freundlich strahlen die Sterne am sommerlichen Himmel. Ab und zu tropfen ein paar Schüsse durch die Nacht. Der Leutnant schickt einen Spähtrupp ins Dorf. Die Männer dösen halbschlummernd, den Kopf auf Arm und Gewehrkolben.

Plötzlich hört man ein Geräusch! Stahl scheppert an

Stahl? Oder Hämmern an Blech? Befehl vom Leutnant: Alles fertigmachen! Auf Parole „Sedan“ konzentrischer Sturm, Richtung Kirche! Vorerst nicht schießen! Nur Handgranaten! Befehl leise weitergeben!

Wieder Totenstille. Das heißt, der Pionierunteroffizier hört nun doch sein Herz schlagen. Wer weiß, ob die frühere französische Kompanie mit dem netten, pausbäckigen jungen Vater nicht zufällig abgelöst wurde? Ob nicht doch die Artillerie dazwischenfunkt und die Front in nächtliche Hysterie gerät? Er flüstert seinen Pionieren zu, die „geballte Ladung“ weit abseits hinter eine Mauer zu legen. Eine Fledermaus fächelt über ihn weg.

Er hat selbst ein kleines Mädchen daheim; wie gern möchte er es sehen ...

Da, trotz allem unerwartet, tönt ein Schrei durch die Nacht, ein Schrei, befehlend, rasend: „Sedan!“ Schon krepiert da vorn eine Handgranate, einige Rufe, eisenbeschlagene Stiefel auf der Dorfstraße ...

Stille, atemlose Stille.

Und jetzt eine fröhliche Stimme von drüben: „Merci, camarades ... beaucoup merci aussi du petit coco!“

Der Bericht des Patrouillenführers der Infanterie war nicht ganz leicht: Übermacht des Gegners ..., der Leutnant zu weit vorgestürmt ..., in der Dunkelheit aus dem Gesicht verloren.

Eine Woche lang brütete die Division, was mit der Patrouille geschehen solle. Schließlich erhielten die Mannschaften bronzene und die Unteroffiziere silberne Medaillen mit gekreuzten Schwertern. Alle hielten natürlich dicht wie ein guter Kassenschrank. Bloß wenn zwei von jener Heldenpatrouille sich einmal trafen, so grüßten sie, einander zulächelnd: „Merci, camarade!“

Im August 1915 kannten noch vierundzwanzig Mann und zwei Unteroffiziere diesen seltsamen Gruß; im September 1916, an der Somme, waren es nur noch elf Mann und ein Unteroffizier, im Juli 1917 aber, am Kemmelberg in Flandern, nur mehr fünf Mann.

(1947)

Märchen und Tiergeschichten

Pit Pikus und die Möwe Leila

Einmal aber geschah etwas Seltsames im Walde „Grünenacht“, in dem auch bei Tage durch die hohen Kiefern und Tannen das Licht wie durch einen dichten grünen Vorhang fiel. Mitten unter die eifrig an den Rinden hämmernden, schwarz gefiederten Spechte stürzte wie vom Himmel herab etwas Blendendweißes, ein weißer Vogel mit weißer Brust, einem rötlichgelben Schnabel und langen, kühn geschwungenen weißen Flügeln. Der weiße Vogel sank erst auf die oberen Äste einer mächtigen Kiefer und fiel dann tiefer und tiefer von Zweig zu Zweig, bis er auf dem Moos des dunklen Waldesgrundes landete.

Es war die junge Möwe *Leila.* Sie hatte draußen auf dem Meer mit ihren Brüdern und Schwestern sich im Sturzflug geübt und war dabei wilder als alle andern geflogen, als eine Windböe sie erfaßte und hoch zu den schwarzen Gewitterwolken emportrug. Dort war sie von dem Sturm hin und her geworfen und – von grellen Blitzen geblendet – landeinwärts geschleudert worden, wo ihr rechter Flügel an den Ast einer hohen Kiefer so heftig anschlug, daß drei ihrer Schwungfedern verletzt wurden.

Und nun liegt die Möwe Leila erschöpft und flügellahm, fern von dem vertrauten Meer, auf dem Moos des dunklen Waldes „Grünenacht“. Leila blickt um sich. Überall stehen, wie riesige schwarze Stäbe eines Käfigs, die Stämme der Bäume. Nirgends ist ein Ausblick auf die weite, freie Fläche des Meeres und den hohen, lichten Himmel, nirgends ein Raum, wo man im vollen Schwung die Flügel gebrauchen kann, in die Höhe zu stoßen, sich in die Tiefe zu werfen oder in weiter Kurve über das Wasser zu gleiten. Eng ist es hier und dunkel. Der Flügel schmerzt und hängt schwer herab.

„Was ist das für ein seltsames Wesen?“ meint der alte Jan Pikus, der mit seiner Frau Paula und seinem Sohn Pit am Stamm der mächtigen Fichte hinabgeklettert war. „Wahrscheinlich – man sieht es an den weißen Federn – ist es ein alter Vogel, der vor Schwäche herabfiel.“

„Unsinn!“ widerspricht die Mutter Paula. „Es ist ein ganz

junges Vogelweibchen; es will schöner sein als wir, es hat sich den Schnabel rosa und die Federn weiß gefärbt; es möchte etwas Besseres sein und hat vom Sturmgott seine Strafe erhalten!"

„Es blutet unter dem rechten Flügel!" sagt Pit Pikus und bringt etwas Moos heran, das er unter die Schwinge schiebt.

Die Möwe Leila dreht ihren Kopf herum und sieht Pit Pikus an; dabei öffnet sie ihren Schnabel, als ob sie etwas äußern wolle.

„Vorsicht, Pit!" schreit die Mutter Pikus auf. „Schau nur ihre wilden blauen Augen, so blau wie draußen der hohe Himmel, und ihren Schnabel, so gekrümmt und scharf wie ein Raubvogelschnabel! Fort von hier, Pit, sie gehört nicht zu uns, mag sie sterben!"

„Ja, sie gehört nicht zu uns!" erklärt auch der Vater Pikus, während die Mutter ihren Sohn wegzieht.

Die drei Spechte klettern den hohen Fichtenstamm wieder hinauf und setzen ihr lärmendes Tagewerk fort, die Käfer aus der Baumrinde herauszuklopfen.

Leila liegt allein auf dem dunklen Waldesgrund. Ihr Flügel schmerzt. Hoch oben am Baum hört sie das Hämmern der Spechte. Und in ihrem Kopf hämmern die Worte: „Sie gehört nicht zu uns!"

Wie? Ist sie nicht ein Vogel wie diese drei, bloß daß ihre Federn weiß sind und die der drei schwarz, daß sie auf dem Meere lebt und jene im Walde? Das allerdings ist ein großer Unterschied! Vielleicht stimmt es wirklich, dies: Sie gehört nicht zu uns! Aber dürfen die schwarzen Vögel ihr deshalb nicht helfen? Muß sie deshalb hier sterben?

Traurig neigt Leila ihren Kopf. Wie sie ihren wunden Flügel anders legen will, spürt sie, daß er schon auf einem kleinen Kissen von weichem Moos liegt. Hat das nicht der kleine schwarze Vogel getan?

Weshalb? Alles ist so unbegreiflich.

Es dunkelt schon, als Leila von einem leichten Stoß gegen ihre Brust aufwacht. Neben ihr sitzt der junge schwarze Vogel, der das Moos unter ihren Flügel geschoben hatte. Er schaut sie mit seinen dunklen Augen aufmerksam an, sein schwarz gefiederter Kopf steigt steil und keck aus dem lan-

gen Hals empor und läuft vorn in einen festen, spitzen Schnabel aus.

„Wie geht es dir? Hast du Hunger?“ fragt der schwarze Vogel. Und da Leila so schnell nicht antwortet, fügt er hinzu: „Ich heiße Pikus, der Specht, Pit Pikus; mein Vater heißt Jan, meine Mutter Paula; aber fürchte dich nicht, ich habe dir zu fressen mitgebracht.“ Und damit greift er unter seinen linken Flügel und holt zwei kleine Käfer hervor. „Dein Abendbrot!“ sagt er. „Falls es dir schmeckt, bringe ich dir mehr; die Alten brauchen es nicht zu wissen.“

Leila betrachtet die dahinkrabbelnden Käfer.

„Friß sie, ehe sie weglaufen!“ mahnt Pit Pikus.

Die Möwe Leila hebt ihren Kopf; sie hat noch nie in ihrem Leben einen Käfer gefressen; sie zögert.

„Wie heißt du?“ fragt der junge Specht.

„Ich heiße Leila, die Möwe.“

„Was ist das – die Möwe?“

„Wir fliegen auf dem Meer und fressen die Fische.“

„Was ist das – die Fische?“

Leila lächelt verwundert. Wie kann ein Vogel das Meer nicht kennen, den Wind, die Wellen, die Fische?

Pit Pikus nimmt schnell die davonkrabbelnden Käfer in seinen Schnabel, knackt sie und wirft die toten Dinger dicht vor Leila. „Nun friß sie! Ich habe sie von meinem Abendbrot für dich aufbewahrt!“

Leila versucht die kleinen harten Käfer zu schlucken; doch sie sind ihr zuwider; sie speit sie wieder aus.

„Sie schmecken dir nicht? Versuch es noch einmal! Man muß fressen; sonst kann man nicht leben!“ belehrt sie Pit Pikus.

Leila schluckt dem Kameraden zuliebe die Käfer hinunter; ihr wird danach ganz übel.

„Fein, nicht wahr! Direkt Konfekt!“ meint Pit Pikus erfreut. „Jetzt hole ich dir noch etwas Moos und trockene Fichtennadeln, und du wirst wunderbar schlafen!“

Pit Pikus hopst umher und baut gewandt unter einer sich hervorwölbenden großen Wurzel der Fichte ein Nest für die Möwe. „Lege dich hinein, aber mit dem Schnabel nach außen; und wenn der Marder Mintin kommt, so gib ihm eins auf die Nase! Gute Nacht!“

„Ich danke dir, Pit Pikus!“ sagt Leila, die sich in das Nest geschleppt hat. „Schlaf gut!“

Pit Pikus klettert schnell die Fichte empor; plötzlich besinnt er sich; er steigt langsam wieder hinab und fragt leise: „Hast du nicht noch Hunger, Leila?“

„Nein, danke.“

„Und hast du auch genug Moos unter dem Flügel?“

„O ja!“ antwortet Leila. „Vielen Dank!“

„Gute Nacht – Leila!“

„Gute Nacht, Pit Pikus!“

Am frühen Morgen ist Pit Pikus zugleich mit den Eltern hoch oben aus dem Nest geschlüpft; er hat einen Holzspan nach unten fallen lassen und klettert selbst schnell hinab: aber der Vater ist ihm gefolgt.

„Es ist fort, das alte weiße Gespenst!“ sagt Vater Pikus, nachdem er sich umgeschaut hat.

„Erstens ist es kein altes Gespenst, Vater, sondern es ist die junge Möwe Leila; und zweitens ist sie noch hier!“ entgegnet Pit Pikus.

„Nichts ist hier, du Grünschnabel!“ verweist ihn der Alte.

Doch Pit Pikus ist schon zur gebogenen Wurzel der Fichte gehopst und begrüßt die Möwe, die ihren Kopf heraussteckt: „Wie hast du geschlafen, Leila? War es warm im Nest? Was macht dein Flügel?“

„Danke, es geht mir schon besser“, antwortet die Möwe.

Der alte Pikus nimmt seinen Sohn zur Seite und fragt ihn streng: „Wer hat ihr das Nest gemacht nach unserer Art?“

„Ich konnte sie doch nicht nach oben in unser kleines Nest einladen“, erwidert Pit Pikus.

„Das wäre ja auch noch schöner!“ fährt der Alte ihn zornig an. „Und woher weißt du ihren Namen?“

„Ich habe sie gefragt; sie ist eine Möwe, die Fische frißt, und heißt Leila.“

„Man fragt fremde Vogelweibchen nicht nach ihrem Namen!“ schilt der alte Pikus. „Das ist gegen die Sitte unsres edlen Geschlechtes! Und dann – sie hat dich belogen, mein Sohn! Höre auf deinen Vater! Ich bin bereits über vierzig Jahre alt und habe in meinem ganzen langen Leben noch nie einen Vogel Fische fressen sehen! Auch ist ihr Gefieder so weiß wie kein richtiges Vogelgefieder im ganzen Wald, sondern ähnlich dem Haar des alten Holzfällers; vielleicht sind es gar keine Federn, sondern Menschenhaare! Ein Vogel mit weißen Federn, der Fische frißt – mein Sohn, hüte dich vor diesem Wesen!"

Als Mutter Pikus diese schreckliche Nachricht von dem fischefressenden Vogel vernimmt und von der Verletzung des Anstandes durch ihren Sohn, der ein fremdes Vogelweibchen nach ihrem Namen gefragt und ihr sogar ein Nest gebaut hat, da gerät Mutter Pikus außer sich. „Sie muß augenblicklich von hier fort, diese Person, in dieser Minute! Und wenn sie nicht geht, so müssen wir Spechte sie töten!"

„Mutter!" fährt Pit Pikus auf.

„Nun?!" fragt der alte Pikus streng.

„Ich werde mich unten vor ihr Nest stellen und sie mit meinem Schnabel verteidigen!" erwidert Pit Pikus. „Nur über meine Leiche ..."

„Himmel, er ist völlig wahnsinnig!" jammert Mutter Pikus. „Dies schreckliche Geschöpf hat ihm den Kopf verdreht! Pitje, mein Einziger, mein Sohn, siehst du denn nicht, was für ein entsetzliches weißes Gefieder sie hat?!"

„Ich finde diese weißen Federn so wunderbar wie des Mondes Licht!"

„Und dieser schreckliche rosa Schnabel!"

„Er ist wie die zarte Morgenröte!"

„O Pitje, mein Pitje, du bist verloren!" klagt die Mutter.

Der alte Jan Pikus aber kneift die Augen zusammen, und den Sohn betrachtend, sagt er: „Mag er gehen! Er ist alt genug, seine Dummheiten allein zu machen! Aber", seine Stimme erhebt sich zu drohender Feierlichkeit, „er betritt mir dann nicht mehr unser Nest und unsern Wald! Mag er mit seinem Mondlichtvogel auf dem Wasser Fische fressen gehen!"

„Das werde ich!" erklärt Pit Pikus trotzig und klettert schnell die alte Fichte hinab.

Aber schon auf diesem kurzen Wege überfällt ihn plötzlich ein furchtbarer Gedanke: Fische fressen? Wenn es auf dem Wasser keine Käfer gibt? Wenn er verhungerte? – Es gibt für einen Pikus nichts Schlimmeres auf der Welt als die Furcht, verhungern zu müssen. Doch schon ist Pit Pikus unten an der Wurzel der Fichte; und wie er das weiße Gefieder und den rosa Schnabel von Leila sieht, ist der furchtbare Gedanke vergessen.

„Du mußt fliehen, Leila! Die Pikusse wollen dich töten!" erklärt Pit der Freundin.

„Ich wußte es", sagt Leila, die vor dem Nest sitzt. „Ich habe meine Flügel schon versucht. Ich werde vorsichtig davonflattern. Lebe wohl, Pit Pikus. Ich danke dir!"

„Ich fliege mit dir, Leila!"

„Das ist unmöglich, Pit, was willst du auf dem Meere?"

„Ich werde dich nur ein Stück Weges begleiten, damit du aus dem dunklen Walde herausfindest."

Die Möwe Leila schaut Pit Pikus mit ihren blauen Augen seltsam an. Dann flattern die beiden zwischen den schwarzen Fichtenstämmen am Boden entlang über die dunkelgrüne Moosfläche; öfter bleibt Pit Pikus zurück und hüpft ein Stück, weil er das lange Fliegen nicht gewohnt ist. Dann setzt sich Leila zu ihm und sagt: „Genug, mein Kleiner! Bleibe in deinem Wald!"

„Nur noch ein kleines Stückchen!" beharrt Pit Pikus. „Du findest dich hier nicht zurecht!"

Am Abend sind sie am Waldesrand angelangt. Durch die Baumstämme sieht man eine endlose blaugraue Fläche; darüber jagen Wolken mit einem goldenen Saum.

„Was ist das?" fragt Pit Pikus.

„Das ist das Meer!" erklärt Leila.

„Wie wunderbar schön!" jauchzt Pit. „Ich werde mit dir auf dem Meere leben!"

Vergebens widerspricht ihm Leila. Ihr Widerspruch ist nicht sehr stark; denn auch ihr fällt es plötzlich schwer, sich von dem schwarzen Kameraden zu trennen.

„Komm dorthin ins Schilf, und warten wir, bis es Tag wird!" sagt sie. „Bei Nacht ist es für dich gefährlich auf dem Meer!"

Sie fliegen über feuchte Wiesen, aus denen in dünnen Säulen der silberne Nebel aufsteigt. Jetzt führt Leila. Im Schilf knickt sie mit ihrem starken Schnabel ein Rohr nach dem andern, biegt die Rohre zusammen und füllt in das Nest weiches Gras. „Hier werden wir die Nacht bleiben!"

sagt sie. „Hier ist es ruhig, nur der Wind singt sein Lied."

Aber wie die Nacht kommt, beginnen die Wellen unheimlich zu rauschen, der Wind saust durch die Schilfrohre, daß sie ächzen und stöhnen wie ein Sterbender; und draußen über dem Meer heult der Sturm, als flögen tausend Rieseneulen zu einem nächtlichen Raubzug aus.

Pit kann nicht schlafen. Die harten Schilfblätter peitschen ihm ins Gesicht, kalte Wasserspritzer fegen ins Nest; das Schlimmste aber – er hat den ganzen Tag nichts gefressen; sein Magen knurrt wie ein böser Hund. Schließlich schlummert er dennoch ein. Plötzlich fährt er empor. Es ist schrecklich kalt und naß. Eine Welle ist über ihn hinweggegangen.

„Mein armer, lieber Pit!" sagt die Möwe Leila. „Wir wollen an Land, in den Wald! Dort ist es ruhiger!"

„Nein, hier ist es wunderbar!" behauptet Pit. „Ich liebe die Wellen!" Dabei schauert es ihn bis in die Knochen.

„Komm näher zu mir, mein Kleiner!" Die Möwe legt ihre großen wasserfesten Schwingen um den Kameraden; so ruhen sie bis zum Morgen.

Wie sie erwachen, steht der Himmel in goldenen Flammen. Das Meer leuchtet wie flüssiges Feuer.

„Oh, wie herrlich und schön!" jubelt Pit begeistert.

„Ja, das ist das Meer!" sagt Leila. „Ich könnte nie woanders leben. Aber jetzt wollen wir etwas schwimmen und baden, ehe wir die Meinen aufsuchen. Halte dich nahe bei mir!"

Im Nu wirft Leila sich steil in die Höhe und schießt dann wie ein Pfeil wieder hinab ins Wasser. Pit Pikus will es ihr gleichtun; aber er macht einfach einen kleinen Purzelbaum; und als die Wellen über ihm zusammenschlagen, da schluckt er Wasser und immer wieder Wasser; er glaubt, sein letztes Stündlein sei gekommen.

„Was machst du bloß, mein kleiner Pit?" fragt ihn die Möwe Leila, die ihn mit ihrem Schnabel am Flügel gepackt und an Land gezogen hat.

„Oh, ich habe zu meinem Vergnügen mir bloß ein Späßchen erlaubt", erwidert Pit Pikus, obwohl er vor lauter Husten und Wasserspeien kaum sprechen kann.

Leila schaut ihn an und fragt: „Badest du denn nicht jeden Morgen, Pit?"

Hätte Pit Pikus nicht solch schwarzes Gefieder gehabt, er wäre bei dieser Gewissensfrage seiner schönen jungen weißen Freundin bestimmt errötet; so aber antwortet er keck: „Natürlich bade ich jeden Morgen! Wie kann ein Vogel leben, ohne zu baden! Reinlichkeit ist doch noch wichtiger als Fressen, nicht wahr?“

„Ist das wirklich so, Pit?“ fragt Leila.

„Natürlich ist das so!“ antwortet Pit Pikus. „Bei uns ist zwar kein Meer, aber ein Bächlein; und wenn es zum Bächlein zu weit ist, dann baden wir morgens die Füße im Tau; und wenn es wenig Tau gibt, dann spucken wir uns gegenseitig auf die Flügelspitzen.“

„Und das nennst du baden, du kleiner Schwindler und Flügelspucker! Paß mal auf, ich werde dir etwas zeigen!“ Und Leila zieht Pit Pikus wieder in das Meer, sie schlägt ihm mit ihren großen Flügeln ganze Wasserwellen über den Kopf, daß er denkt, die Welt gehe unter; dann wälzt sie ihn am Strand im weißen Sand, nimmt ihn wieder ins Wasser und wirft ihm die schaumigen Spritzer wieder über den Kopf. „Siehst du, das ist erst der Anfang vom Baden!“ sagt Leila lachend. „Ist das nicht herrlich?“

„Wunderbar! Direkt Konfekt!“ erwidert Pit Pikus, indem er prustet und spuckt und schleunigst aus dem Meer an den Strand springt.

Das aber war erst der Anfang der Prüfungen von Pit Pikus bei dem Volk der Möwen.

Denn wie Leila ihren Freund Pit Pikus dem Volk der Möwen vorstellt, da erhebt sich über den Wellen ein ohrenbetäubendes Geschrei: „Was für einen schwarzen Teufel hat sie da mitgebracht? – Seine Flügel sind ja wie Kohle, die man noch einmal durch den schmutzigen Schlamm gezogen hat! – Und wie erbärmlich er flattert, wie ein alter Vogel! – Man muß ihn töten!“

Das ganze Möwenvolk fährt wie eine weiße, blitzende Wolke auf Pit Pikus herab und droht, ihn auf die schäumenden Wellen niederzudrücken. Doch da fliegt Leila dicht über dem hilflos flatternden Freund, sie deckt ihn mit ihren starken, großen Schwingen. Und sie schreit dem Möwenvolk zu: „Schande über euch, zu Hunderten auf einen kleinen Vogel zu stoßen, bloß weil er schwarze Federn hat! Als ich verwundet im dunklen Walde lag, hat er mir Moos auf die Wunde gelegt, mich genährt und gerettet! Laßt ihn in Frieden, meine Schwestern, oder ich sterbe mit ihm!"

„Aber was will er hier auf dem Meere, da er nicht fliegen noch schwimmen kann?" fragten Leilas Schwestern.

„Ich werde es ihn lehren!" entgegnete Leila.

Doch das war schneller gesagt als getan. Während das Möwenvolk sich im wasserstäubenden Seewind zwischen Himmel und Meer wiegt, müht Leila sich vergebens ab, ihrem Freund Pit Pikus zu zeigen, wie man auf den schäumenden Wellen schwimmt, wie man vom Wasser gegen den Wind kerzengrad in die Luft steigt und mit dem Winde über die Wellen segelt. Vergebens! Pit Pikus hat so viel Wasser geschluckt, daß er kaum mehr flattern kann. Wie einen Ertrunkenen muß ihn Leila an den Strand ziehen.

Dort liegt er auf dem Trockenen und speit immerzu ganze Bächlein aus seinem Inneren. Er ist so schwach, daß er nicht einmal zum Schilfnest zu hüpfen vermag.

„Warte, ich hole dir zu essen!" sagt Leila; sie schwingt sich in die Luft und verschwindet im weißen Möwenschwarm. Bald kommt sie mit einem zappelnden Fisch im Schnabel zurück; sie wirft ihn vor Pit Pikus auf den Sand und meint: „So, mein Kleiner, laß es dir gut schmecken! Du bist ja ganz schwach vor Hunger!"

Pit Pikus hat Hunger wie ein Adler, der vier Wochen gefastet hat. Er versucht den zappelnden, feuchten Fisch zu fassen, doch der rutscht ihm davon; und als Leila ihn mit einem Hieb ihres mächtigen Schnabels getötet und dem Freund das beste Stück gereicht hat, pickt Pit Pikus gierig zu. Wie er aber den Bissen herunterschlucken will, bleibt ihm eine große Gräte im Schlund stecken; er hustet, daß es sich anhört, als belle ein alter Hund, sein Kopf schwillt an wie ein Ballon; er legt seinen Kopf an Leilas Brust und stöhnt traurig: „Ich sterbe, Leila! Trotz dieser verdammten Gräte, es war wunderschön mit dir, Leila, direkt Konfekt!"

Leila ist selbst zu Tode erschrocken; sie fliegt eiligst zur Zauberin Tschitschischka, einer uralten Möwe, die im Schilf neben einer vom Blitz zersplitterten Weide wohnt. Tschitschischkas linke kleine Zehe ist so lang wie ein Enterhaken;

sie fährt damit Pit Pikus in den Hals und holt im Nu die Gräte heraus. Als Lohn fordert sie eine der kohlschwarzen Federn aus Pit Pikus' Flügel.

Kaum ist Pit Pikus' Hals wieder frei, so verspürt er einen Riesenhunger. Doch mit dem Fisch will er es nicht ein zweites Mal versuchen, und Käfer gibt es nicht am Strand. Er zieht den Kopf zwischen die Flügel und tut so, als ob er schlafe. Doch sein Magen beginnt ganz laut zu knurren: „Ich schlafe nicht, ich schlafe nicht! Fülle mich doch, fülle mich doch!"

Leila fühlt den Hunger des Freundes wie ihren eigenen. Schnell fliegt sie über den Strand, und bald kehrt sie mit ein paar zarten kleinen Schnecken und Krebsen zurück. „Mein lieber Pit, versuche es noch einmal!" bittet sie. Und Pit Pikus frißt ihr zuliebe die ungewohnte Nahrung, obwohl sein Magen ihm fast nach oben kommt.

„Gut?" fragt Leila.

„Direkt Konfekt!" antwortet Pit Pikus.

Mit dem Sturmfliegen aber und dem Schwimmen auf dem Meer will es einfach nicht gelingen. Leilas Schwestern schreien aus den Lüften Pit Pikus beleidigende und höhnische Worte zu, wie „schwarzer Waldteufel" und „geteerter Bleibolzen". Pit Pikus bleibt jetzt im Schilf und betrachtet von dort sehnsüchtig und bewundernd Leilas kühne Flüge.

Am Abend kehrt Leila mit der alten Zauberin Tschitschischka zum Nest zurück. Tschitschischka fordert von Pit Pikus sechs schwarze und von Leila sechs weiße Schwungfedern. Je drei sind der Lohn für ihre geplante Arbeit. Mit diesen drei frischen schwarzen und weißen Federn könne sie ihr Leben verjüngen und ihre frühere Flugkraft wiedererlangen. Die Kiele der andern Federn aber taucht sie in ein Zaubergemisch aus Seeadlerblut, Tintenfischschleim und Meertangsaft und setzt Leilas drei weiße Federn in die Schwinge von Pit Pikus und Pits schwarze Federn in die Schwinge von Leila. „So, du schwarzer Teufel, jetzt versuche es noch einmal!" sagt sie zu Pit Pikus.

Pit schlägt seine Flügel, und schon erhebt er sich steil gegen den Wind in die Lüfte. Es reißt ihn so schnell zum Himmel empor, daß es ihn schwindelt. Bald aber wiegt er sich da droben so leicht und glücklich, als habe der Sturm ihn geboren. Über ihm – hoch am Rande der Wolken – fliegt Leila. „Wie ist es, mein Kleiner?“ ruft sie ihm zu.

„Wunderbar! Herrlich! Direkt Konfekt!“ antwortet Pit Pikus und stürzt sich wie ein Pfeil auf die Wellen.

Auch Leila schießt hinab, um dem verwegenen Freund zu helfen; doch schon ist Pit Pikus wieder zu den Wolken hinaufgestoßen.

„Jetzt sollen meine Brüder und Schwestern dich bewundern! Jetzt kannst du bei uns bleiben!“ sagt Leila zu dem Freund.

„Das werde ich!“ erwidert Pit Pikus.

Sie fliegen zu dem Möwenvolk.

„Was ist das?“ schreien die Möwen. „Der schwarze Teufel fliegt wie wir! Er will uns betrügen, als sei er eine Möwe, als gehöre er zu uns! Er ist ein Teufel, ein Betrüger!“

Und noch wilder als das erstemal stoßen die Möwen auf Pit Pikus hinab, ihn zu töten.

„Seht doch, wie er fliegen kann!“ schreit Leila, die sich zwischen die Möwen und ihren Freund wirft.

„Ah, du bist auch so ein halber Teufel!“ kreischen die Schwestern. „Deine Federn werden schon schwarz vor Schande! Du hast das Möwenvolk geschändet! Auch du gehörst nicht zu uns!“

Nur mit Mühe können Leila und Pit Pikus sich vor dem wütenden Möwenvolk retten, indem sie von dem Meer über die Wiesen zu dem Wald fliegen.

Dort sitzen sie am Waldesrand, atemlos. Ihr Gefieder ist blutbefleckt von den Wunden, welche die Schnabelhiebe des Möwenvolkes ihnen beigebracht haben.

„Was haben wir bloß getan, daß sie uns blutig schlugen und töten wollten?“ fragt Pit Pikus.

„Ja, was haben wir getan?“ flüstert Leila.

Der Nebel rollt vom Meer her wie eine riesige schaumige Welle.

„Wohin fliegen wir morgen? Ich gehöre nicht mehr zum Möwenvolk!“ sagt Leila.

„Und ich gehöre nicht mehr zu den Pikussen!“ sagt Pit.

„Sei nicht traurig, mein kleiner Pit!“ Leila schlägt ihre großen, windfesten, weißen Flügel um Pit Pikus. Ihm ist so weich und warm, als sei er in einem wunderbaren Nest; so schlummert er ein.

Am nächsten Tag klettert Pit auf eine Fichte am Waldrand und trommelt sich einen Vorrat Käfer für die nächsten Tage heraus, während Leila im Schilf am Wiesenrand schlummert.

In der Dunkelheit aber, wenn die Erde zu schlafen beginnt und das Meer in langen Wellen zur Küste rollt, da wiegen sich über der silbergrauen endlosen Fläche zwei Vögel im kühnen und glücklichen Flug; sie stoßen mit hellem Schrei senkrecht hinauf in den Himmel, als wollten sie die Sterne herunterholen; dann schießen sie auf das mattglänzende Meer und ruhen nebeneinander auf dem breiten Rücken der Wellen. Es ist ein weißer Vogel mit drei schwarzen Federn und ein schwarzer Vogel mit drei weißen Federn – die Wellen brausen ihr ewiges Lied, das Schilf am Ufer erzählt es flüsternd weiter, die kleinen Gräser und Blumen hören es im Traum, und die Sterne schauen mit ihren Strahlenaugen lächelnd hinab, als verstünden auch sie dieses Lied der Wellen, auf deren Rücken die beiden Vögel im silbernen Nebel verschwinden.

(1946)

Das alte und das junge Pferd
Ajax und Aki

Ajax war eine Sonderklasse selbst unter Rassepferden. Er war ein irischer Sprunghengst, ein „hunter“, zu Jagdrennen über Gräben und Hecken geschaffen, mit breiter kräftiger Brust, einem schmalen Kopf und – was das Wichtigste ist – abwärts der festen Schenkelmuskulatur mit stählernen schlanken Fesseln an der Vorder- und Hinterhand versehen. Nicht zu vergessen sein seidiges Haar, das in der Sonne wie rötliches Gold glänzte.

Ein Goldfuchs.

Aber all diese Eigenschaften wogen nichts gegen den heißen Trieb, jenen unbändigen Ehrgeiz, stets der Erste zu sein, auf der Rennbahn oder auf freiem Feld. Und dieser feurige Trieb erhielt ihn so jung, daß er noch mit zehn Jahren eine schwere Sprungkonkurrenz gegen sechs- und achtjährige Pferde gewann. Unter diesen jüngeren Pferden befand sich auch sein Sohn Achilleus. Der alte Ajax war sehr stolz auf seinen Sohn. Achilleus – oder „Aki“, wie ihn die Stallknechte mit seinem Kosenamen nannten – zeigte all die hervorragenden Anlagen des berühmten Sprunghengstes. Er scheute vor keiner Hecke oder Barriere zurück; er nahm den mit Wasser gefüllten breiten Graben, ohne eine Sekunde zu zögern. Wenn ihn sein Trainer an die feste Mauer heranritt, sammelte er sich kurz, ohne seinen flüssigen Galopp zu stoppen, aus gutem Gefühl auf der Hinterhand, alle Kraft, Intelligenz und Kühnheit in die massiven Schenkel legend, und dann – wie ein Geschoß losschnellend, die Vorderfüße hoch zur Brust reißend – setzte er langgestreckt über die steinerne Mauer. Man merkte, es machte Aki direkt Freude, zu springen. Man brauchte ihn nicht zu treiben. Er war begabt, ungewöhnlich begabt. Vater Ajax schaute voll Stolz auf seinen Sohn, wenn er auf der Bahn über Hecken, Barrieren, Gräben und die Mauer mehr flog als sprang.

Aki hatte man bis zu seinem vierten Jahr in reinem Training gehalten. Die gute Hälfte des Tages tollte er in der Koppel umher, fraß, spielte mit den anderen jungen Pferden, wälzte sich im taufeuchten Gras, absolvierte seine Übungen in den verschiedensten Gangarten an der langen Leine und wurde ab und zu von einem federleichten Jockey über die Hindernisse geritten. Sein Rückgrat sollte noch nicht zu sehr belastet werden. Auch die bandagierten Fesseln und Fußgelenke mußten sich erst langsam an die schwerere Sprungarbeit gewöhnen. Ein zu starker Druck, ein einziger Fehlsprung konnten das wertvolle junge Tier zuschanden machen. Der Rennstallbesitzer betrachtete Aki als Favoriten der nächsten Jahre. Und auch Vater Ajax beobachtete tagsüber sachkundig die Arbeit seines Sohnes, um ihm abends seine Ratschläge und Ermahnungen zu erteilen, obwohl er sah, daß sein Sprößling alle Aufgaben spielend erledigte, wozu er selbst viel Schweiß und Mühe hatte aufwenden müssen. Aki, der noch durchaus „grün" und unfertig war, schien das Zeug zu haben, seinen Vater eines Tages zu überflügeln. „Aki ist eine Superklasse", sagte der Trainer zum Rennstallbesitzer. „Superklasse", das bedeutete aber noch eine Stufe höher als Sonderklasse.

Vater Ajax hörte es mit Stolz. Es war ja sein Sohn.

Dann kam das erste Rennen, an dem der vierjährige Aki teilnahm. Es war ein kombinierter Hindernislauf über eine offene Rennstrecke mit Hürden, Barrieren, Gräben und der Mauer.

Die Nacht vorher konnte Aki nicht schlafen. Er stand in seiner Box, schnaubte leise, rieb den Kopf an der Seitenwand, und wenn er doch in Halbschlummer fiel, begann er auf der Hinterhand zu steigen, als wolle er über die Mauer setzen, wobei er vorn an die Krippe stieß. Es war der Ehrgeiz des Alten, der auch in ihm kochte.

Vater Ajax, der neben ihm stand, ermahnte ihn: „Ruhe, Aki! Vor dem Rennen braucht man Schlaf! Die Nerven müssen morgen so fest sein wie deine Sehnen! Denke jetzt an die grüne Weide, an die Sonne, meinetwegen auch an deine Freundin Stella! Nur denke nicht an das Rennen; dazu ist morgen noch Zeit genug. Du brauchst nicht gleich Erster zu sein."

„Aber ich will es!" erwiderte Aki. „Was hat es sonst für einen Sinn, zu rennen?"

„Du mußt die Bahn erst kennenlernen, mein Sohn, die Taktik deines Jockeys, die anderen Pferde, den wirklichen Vorrat deiner Kraft. Zehnmal, zwanzigmal muß man diese Erfahrungen erst machen, in aller Ruhe. Was lange währt, wird gut, mein Sohn."

„Das ist Menschenweisheit, aber nicht unser Gesetz", meinte Aki. „Hast nicht auch du in deinem ersten Rennen gesiegt?"

„Es war ein leichtes Rennen gegen schlechte Pferde", log der Alte. Es waren damals durchaus keine schlechten Pferde; aber der junge Ajax war das beste Pferd, weitaus das beste. Er hatte ein Herz wie der Sturmwind. Muskeln und Sehnen wie glühender Stahl und Nerven, so fein und schwingend wie eine Violinensaite. Er war ein Wunderpferd, eine Sonderklasse vom ersten Tag an. Doch wenn er das jetzt Aki sagte, so konnte der mit Recht entgegnen: Bin ich nicht dein Sohn? Weshalb soll auch ich nicht im ersten Lauf siegen?

Zweifellos, auch Aki war eine Sonderklasse, das hatte der Alte schon längst bemerkt. Er hatte seine – des Vaters – großartige Anlagen vielleicht noch gesteigert. Er hatte auch diesen brennenden Ehrgeiz von ihm mitbekommen. Jetzt also sollte der Sohn gegen den Vater laufen. Die Anlagen, die dem Hengst Ajax stets den Sieg sicherten, waren auch die Anlagen, die seinen eigenen Sieg gefährdeten. Allerdings besaß er die Erfahrungen des alten Rennpferdes. Er besaß die geübteren Muskeln, die sicheren Nerven.

Dafür warf Aki das ganze Feuer des Jungen in den Kampf.

Das Rennen ergab bei aller Schärfe und dem unerhörten Endspurt keine Überraschung. Ajax gewann den Hindernislauf mit drei Längen sicher vor Aki, der Zweiter wurde. Auch das war ein großer Erfolg für das junge Tier. Aki war trotz der Zügelung des Jockeys einfach davongeprescht. Er hatte zwar in wunderbarem Stil die Hindernisse genommen, dabei aber seine besten Kräfte verausgabt, so daß Vater Ajax ihn auf der letzten Geraden überholte. Taktik, Nerven und Reserven hatten gesiegt.

Gleichwohl – Aki war ein großartiges Pferd.

Aki grollte eine Stunde lang. Er gab die Schuld seinem Jockey, der ihn in der Schlußgeraden nicht freigegeben, sondern ab und zu die Kandare angewandt hatte. Doch seine glückliche Natur überwand bald den Stachel in seinem Herzen. So beglückwünschte er den Vater, und der Alte freute sich über die großartige Leistung des Sohnes. Der meinte fröhlich: „Warte, Vater, in zwei Jahren bist *du* drei Längen hinter mir!"

Wochen und Monate vergingen. Für Aki flog die Zeit dahin in hartem Training, wo er sein Talent, seine Kraft und seinen Mut üben und erproben konnte. Dazwischen lagen wunderbare Stunden auf der Weide, in der Koppel. Hier kämpfte und tollte er mit den jungen Hengsten vor den Augen der dreijährigen dunklen Stute Stella; er zeigte seine Künste, indem er auf der Hinterhand kerzengrad hochstieg und paradierte und dann plötzlich in riesigen Sprüngen über die liegenden Pferde hinwegsetzte. Vater Ajax mahnte ihn öfters, seine Laufbahn nicht mit solchen Tollheiten aufs Spiel zu setzen. Aki schlug diese Mahnung in den Wind. Er hatte bei allem ein besonderes Glück. Nie ritzte er sich bei diesen wilden Spielen und Schlägereien mit den Jungpferden auch nur die Haut; nie vertrat er sich, nie gab es im härtesten Training eine Schwellung der Fesseln; nie erkältete er sich beim hastigen Trinken wie seine Kameraden.

Bei einem Proberennen seiner Jahresklasse lag er von Anfang an an der Spitze und schoß weit voraus als Erster durchs Ziel. Dann vergaß er sogar seine Freundin, der er bei den Spielen den Vortritt ließ.

Und wieder kam eine ernste Probe. Diesmal ein Jagdrennen über freies Gelände hinter dem Fuchs. Der Stallmeister hatte den Sohn seines Herrn darauf aufmerksam gemacht, daß Aki ein wunderbarer „hunter" sei, ein ausgezeichnetes Jagdpferd, ein Springer und Läufer, nur dürfe man ihm keinesfalls die Sporen geben; auch müsse man ihn im Maul ganz locker lassen und ihm soweit wie möglich den Willen gewähren. Als nun bei dieser Jagd das Feld bald auseinanderstob und der junge Herr hinter seinen Hunden auf eine Waldecke hielt, während Aki mit seinem Vater um die Wette laufen wollte, da riß der junge Herr an der Kandare, und wie

Aki dennoch seine Richtung hielt und der Herr jetzt die Sporen gab, um über eine Hecke zu setzen, stemmte Aki die Vorderbeine plötzlich gegen den Boden und bockte mit krummem Rücken, so daß der Reiter in hohem Bogen auf der Erde landete. Der junge Herr gab dem Pferd einen wütenden Schlag mit dem Reitstock. Aki pfefferte nach hinten aus und lief allein davon. Erst später fing man ihn.

Abends erteilte ihm Vater Ajax einen ernsten Verweis. Auch wurde er die nächsten Wochen vom Stallmeister stundenlang wie ein Anfänger neu zugeritten. Aber das alles konnte Akis Laune nicht trüben. Er wußte genau, seine Stunde würde kommen.

Und wieder verging ein Herbst und ein Winter. Aki hatte jetzt das sechste Jahr erreicht. Ohne Zweifel, er war das stärkste und sprungfesteste Pferd des Gestüts, so wie Stella die schönste und im Bau reinste Stute war. Und als Stellas Zeit kam, hatte man die beiden vereint.

Der Vater Ajax tat so, als billige er auch diese Maßnahme. Doch zum erstenmal wurde er seines Alters gewahr. Das jüngere Geschlecht rückte nach. Unmerklich schob man ihn beiseite.

Nicht beim Rennen! Da war der erfahrene, starke Hengst noch immer der Held des Tages. Bei einem großen Rennen, das er zusammen mit Aki lief, wurde der Sohn wiederum Zweiter, nur daß dieses Mal des Alten Vorsprung nicht drei Pferdelängen betrug, sondern nur die Breite eines Kopfes. Ajax hatte auf der letzten Geraden wie nie seine letzte Kraft zusammenreißen und in die Schenkel pumpen müssen; dabei lag Akis Kopf fast die ganze letzte Strecke neben dem seinen, Nase bei Nase in totem Rennen. Er spürte, wie der Schaum vom Maul des Sohnes auf sein – des Vaters – linkes Auge flockte und ihn sekundenweise ganz blind machte, so daß er die Richtung zu verlieren und zu stolpern fürchtete, da sein rechtes Auge vom beginnenden Star leicht getrübt war. Tat der Sohn dies mit Absicht? Wollte er den Vater auf diese unfaire Weise hemmen? Grimm, Bitterkeit und wilder Ehrgeiz flammten in dem alten Hengst auf. Er versammelte allen Nerv auf den leisen Schenkeldruck seines Jockeys, den er seit Jahren kannte und der auch den jetzt wie durch einen Nebel Dahinjagenden führte und über den breiten Graben brachte. Und wieder schnaubte der Sohn neben ihm, und wieder flockte ihm dessen Schaum ins Auge. Vielleicht, daß der Wind so stand? Vielleicht, daß Aki den Schaum mit Absicht so warf? Wütend streckte sich Ajax nach vorn und sauste um Kopfesbreite als Erster durchs Ziel. Doch jetzt brach er fast zusammen. Seine Flanken zitterten. Etwas in seiner rechten Brust schmerzte. Er konnte nur mühsam atmen. Er schleppt sich gerade noch zur Tribüne, wo man seinem Reiter den Kranz umhing und sein Herr und viele schöne Damen seinen schweißtriefenden Hals klopften. Nur noch bis zum Stall gelangen! Sich zusammennehmen! Er sah noch, wie man Aki bewunderte. Er hörte, wie Akis Reiter sagte: „Das nächste Mal wird Aki Sieger! Ich setze meine Kappe dafür!"

Schon auf dem Weg zum Stall begann plötzlich ein schmerzhaftes Husten. Ajax spürte etwas Süßliches im Maul; er schluckte es hinunter. Doch im Stall spie er es aus. Es war Blut, schaumiges Blut. Man rief den Arzt. Der stellte einen kleinen Lungenriß fest, da das Blutspucken nachgelassen hatte. Ajax wollte auf keinen Fall diese Schwäche zugeben. Doch er mußte ins Lazarett zur Beobachtung und Pflege. Bevor man ihn wegführte, trat Aki zu ihm. Aki war ganz beklommen. Er fragte den Vater, wie er sich fühle. Ob er ihn vielleicht während des Rennens, ohne daß er es merkte, verletzt habe? Ajax lächelte dem Sohn zu: „Verletzt? Wieso denn?" Dann rieb er seinen Kopf an dem seines Sohnes, so daß ihre Nüstern sich berührten. Aki erschrak. So zärtlich war der Vater nie zu ihm gewesen.

„Ich komme bald wieder!" sagte der Vater.

Der Lungenriß verheilte. Doch Ajax sollte in diesem Jahr nicht mehr laufen. Es ging auch das Gerücht, daß man ihn jetzt nur noch als Zuchthengst verwerte. Aber das stand noch nicht fest.

Im Herbstrennen lief Aki als Sechsjähriger ohne den Vater gegen zehn der besten Pferde; er wurde sicherer Sieger. – Aki war nun das beste Pferd. Man beglückwünschte den Rennstallbesitzer, den Stallmeister, den Jockey und auch Ajax, Akis Vater. Schließlich, ohne Ajax war Aki ja undenkbar. – Ajax war stolz und traurig. Natürlich ließ er sich nichts merken.

Aber diese Trauer war da, mehr noch ein bohrender Schmerz, diesmal nicht in der Lunge, sondern im Kopf. Wieso galt Aki als bestes Pferd, da er Aki doch besiegt hatte, ohne selbst besiegt zu sein? Gewiß, er hatte mit dem kleinen Lungenriß einen leichten Unfall gehabt. Doch so was kam immer vor. Und der Riß war tadellos verheilt. Ein erstklassiges Rennpferd tritt nicht so einfach ab.

Auch nicht vor dem Sohn.

Ajax betrachtete jetzt öfter kritisch Aki. Und er entdeckte einige winzige Fehler an ihm. An der Fessel, am Gebäu, an dem leichtfertigen Zurückwerfen des Kopfes und dem selbstgefälligen Schütteln der Mähne, während ein Rennpferd keine überflüssige Bewegung sich leisten sollte. Dabei tänzelten alle Stuten um ihn herum, um ihn aufzuregen; und Aki, dieser Luftikus, stieg dann auf der Hinterhand kerzengrad hoch und schlug mit den Vorderhufen albern in der Luft umher wie ein Zirkuspferd. Einfach lächerlich!

Und die Stallknechte sagten staunend: „Donnerja, auch das kann er! Aki kann alles."

Ajax ging betrübt abseits. Nach ihm sah keiner mehr. Einmal, als er auf der Koppel hinter den Weiden graste, hielt er plötzlich inne, und dann versuchte auch er so kerzengrad zu steigen und zu paradieren. Aber er knickte hinten ein. Er war zu schwer und ungelenk. Sollte er sich wegen solchem Schnickschnack noch das Genick brechen oder zum Gelächter der Junghengste und Stuten werden? Alles hat seine Zeit. Er mußte sich damit vertraut machen, bald zum alten Eisen geworfen zu werden.

Ja, der Sohn war an seine Stelle getreten. Er war sogar besser als er. War er das wirklich? Das wäre erst zu beweisen, da er im letzten Jahr vor Aki als Erster durchs Ziel gegangen war. Und im Jagdrennen auf offenem Feld entschied nicht die Schnelligkeit allein, sondern die Erfahrung.

Hier wäre eine Probe notwendig.

Aber Aki hatte stets ein unwahrscheinliches Glück. Glück ist nicht Tüchtigkeit! Glück kann einen verlassen. Dennoch beneidete Ajax den Sohn um dieses Glück. Ja, Ajax beneidete seinen Sohn. Und das war neu.

Als es ihm zum Bewußtsein kam, schämte er sich; doch er konnte nicht dagegen an. Der Sohn war es schließlich, der ihn im Rennen nach der Trübung seines Auges zu jener übermäßigen Anstrengung gehetzt und ihm so den Lungenriß verursacht hatte. Der Sohn war es, der ihm den Rang als erstes Pferd abgelaufen hatte, so daß man ihn zum alten Eisen warf. Sollte er sich darüber freuen? Nein, er konnte nicht an gegen jenes Gefühl der Kränkung und des Zurückgesetztseins, wenn er sah, wie alles im Gestüt sich jetzt um Aki drehte und wie man ihn, das alte Pferd, kaum mehr beachtete. Wozu war er überhaupt noch da? Zur Zucht? Um weitere solcher undankbaren Söhne zu zeugen?

So ist die Welt. Er hatte dem Gestüt und den Farben seines Herrn zum Ruhm und zu großen Preisen verholfen, und jetzt warf man ihn weg wie ein verbrauchtes Hufeisen.

Ja, „altes Eisen" war er. Das war er.

Am besten wäre es schon, einfach abzutreten, irgendwie geräuschlos zu verschwinden. Es gab da hinter der Koppel ein Gelände, auf dem die fetten goldgelben Sumpfdotterblumen standen. Wenn er dort zufällig hineingeriet, so konnte ihn nichts mehr retten, dann war er von allem befreit – auch von diesem nutzlosen Leben, von diesen bitteren Gedanken, die ihm täglich das Dasein vergällten und deren er sich selbst schämte. Denn im tiefsten Grunde seines Herzens liebte er Aki; er war stolz auf diesen Sohn, und doch tat ihm der Sohn solch bitteres Leid an, gerade durch seine Überlegenheit, durch seine Vortrefflichkeit, durch sein Glück. Denn alles konnte Ajax in sich überwinden, aber nicht den Ehrgeiz, der Erste sein zu wollen; das gehörte zu ihm, dem Rennpferd, wie die Sprungsehne zu seinen Fesseln, wie sein Atem, wie sein Herz.

Und er atmete ja noch, sein Herz schlug heftig an seine Rippen, wenn er die jungen Pferde – voran Aki – zum Training reiten sah. Wenn man ihn, den Alten, auch kaum mehr für das Rennen vormerkte, beim Jagdreiten querfeldein konnte man auf ihn, den erfahrenen Hengst, kaum verzichten. Da würde er noch einmal zeigen, was in ihm war.

Ajax hatte sich nicht getäuscht.

An einem späten Sommertag wurde auch er mit den anderen Jagdpferden zum Frühritt sorgfältig gesattelt. Der Stallmeister trat zu ihm, klopfte ihm wie in seinen besten Zeiten den Hals und meinte: „Na, Alterchen, jetzt heißt's noch einmal, ran an die Hürde! Werden wir's schaffen?" Ajax stieß mit dem Kopf freundschaftlich den Chef gegen die Brust und wieherte leise.

Dann bestieg der Stallmeister selbst den Hengst, um ihn zu erproben. Er ritt mit ihm ins Gelände. Ajax war glücklich. Er brannte darauf, dem Stallmeister zu zeigen, daß noch Pulver in ihm steckte, daß man sich seiner nicht zu schämen hatte, daß seine lange Erfahrung, genau die Härte und Absprungfestigkeit des Wiesen- oder Heide- oder Ackerbodens abzuschätzen, mehr wert war als die Tollheit der Junghengste, einfach davonzupreschen, so, als ob man sich auf dem gleichmäßig gewalzten Boden der Rennbahn befände. In flüssigem Galopp ging er alle Hindernisse an und nahm sie mit alter Gewohnheit. Nichts von einer Unsicherheit oder einem Zögern. Wo die gelben fetten Dotterblumen standen und das Sumpfgelände begann, machte er von selbst einen Bogen. Er brauchte keine Hilfe. Sein linkes Auge sah alles weit voraus. Die Brust zog in starken Zügen den Galoppwind und die Weite des Feldes in sich ein. Keine Atemnot, kein Stich in den Flanken. Die Lunge war heil. Die alte Freude am Jagen war da wie einst.

„Großartig, Alterchen!" lobte ihn nachher der Stallmeister, tätschelte wieder seinen Hals und entwirrte die dunkelgoldene Mähne.

Dann kam der Jagdtag. Der Besitzer des Gestüts bestieg Ajax als das geländesicherste Pferd. Der junge Herr hatte sich dem ersten Erlebnis zum Trotz Aki – das schnellste Pferd – gewählt. Es war ein früher Herbstmorgen. Die Äcker waren gemäht, aber noch nicht umgebrochen. Über den Wiesen lag leichter Nebel. Die Bäume ließen ihr rotes Laub geduldig zur Erde fallen. Ein mattblauer Himmel schien durch den leichten Dunst.

Jetzt, auf einen Hornstoß setzten die vor Erregung zitternden Pferde hinter der Meute her. Es ging sehr bald querfeldein, über Äcker und Wiesen, über Hecken und Gräben und kleine Bachläufe, auf Waldwegen und wieder hinaus ins offene Gelände. Ajax ließ Aki nicht aus den Augen. Das war nicht schwer, da auch der alte Herr sich an seinen Sohn hielt. Aki hatte den Ehrgeiz, den schnellsten Hunden auf den Fersen zu bleiben, ganz gleich ob es durch dichtes Unterholz ging oder über sumpfige Wiesen. Mehrmals lief er sich so in seinem Leichtsinn fest und verlor an Zeit, während Ajax mit dem alten Herrn durch Umgehung der unpassierbaren Stellen ihn überholte. Jetzt trieb der junge Herr sein Pferd an; das war kaum nötig. Denn Aki setzte nun alles dran, Ajax hinter sich zu bringen. Beide Hengste lagen weit an der Spitze. Unzweifelhaft, auch beim Jagdrennen waren die beiden die besten Pferde. So gab es eigentlich wieder ein reines Rennen zwischen den beiden Hengsten, zwischen dem alten und dem jungen, und dieser Kampf schien unerbittlich. Das Tempo war mörderisch. Das Schnaufen des Alten kam stoßweise, wurde kürzer. Jetzt tauchte ein kilometerweiter Acker auf. Aki setzte in gewaltigen Sprüngen darüber hin. Ajax lag im Galopp dicht neben ihm. Wenn bloß der Wald käme! Aber hinter dem Acker leuchtete ein schier endloses grünes Wiesengelände. Der alte Ajax spürte, diesmal hatte seine Stunde geschlagen, diesmal würde der Sohn ihn besiegen, oder es mußte ein Wunder geschehen. Beide jagten Kopf an Kopf dahin, den flüchtigen Hunden nach. Da war eine Hecke, sie flogen darüber hinweg. Und wieder Acker. Ajax spürte, wie ihm die Luft knapper wurde. Aber er konnte sein Tempo nicht herabsetzen. Vielleicht riß die Lunge. Dann war es gut. Vielleicht mußte er zurückbleiben. Auch das war ein Ende.

Altes Eisen! Altes Eisen! hämmerte es in ihm.

Da war das Grüne, die Wiese. Aki legte in riesigen Sprüngen aus, den Hals weit vorgestreckt. Er rannte auf einen gelben Fleck los. Ajax sah es. In seinem Hirn blitzte es auf: Dotterblumen! Sumpfdotterblumen! Er wollte einen Bogen schlagen, der gefährlichen Stelle ausweichen, dann – wenn der unerfahrene Aki in den Sumpf hineinlief, hatte er, der Alte, gewonnen. Der junge Hengst sah noch immer nichts. Es war für Ajax jetzt höchste Zeit abzubiegen. Aber was geschah dann mit Aki, dem Sohn? Wenn der Sumpf tief war und Aki mit seiner ganzen Schwere hineinsprang? Wie konnte er den renntollen Aki warnen?

Unmöglich? Nichts ist unmöglich! Es ist mein Sohn, mein Sohn!

Ein Schrei, wie ihn nur Pferde schreien, dann wirft sich Ajax mit rasender Kraft nach vorn, er überholt Aki, schneidet ihm den Weg ab und springt mit einem riesigen Satz mitten in die gelben Blumen. Der Boden weicht unter ihm weg. Der Reiter schreit auf. Immer tiefer sinkt das schwere Pferd in den Sumpf. In plötzlicher wilder Angst will es hoch; es fühlt, daß es keinen Halt mehr hat, daß seine Beine, seine Fesseln sich biegen, daß die Brust kalt wird von dem dunklen Schlamm.

Jetzt hört der versinkende Ajax ein rufendes Wiehern. Er hebt den Kopf und sieht, daß Aki, der Sohn, mit seinem Reiter zurückgaloppiert, die anderen Pferde heranzuholen. Doch er spürt, daß er schnell tiefer sinkt. Er wendet noch einmal den Kopf und schaut ganz flach über die Gräser und gelben Dotterblumen hinweg, wie Aki, sein Sohn, in fliegendem Sprung über die Hecke setzt, die sie noch vor wenigen Minuten gemeinsam nahmen. Ja, Aki ist ein erstklassiges Pferd, ein glückhaftes Pferd! Stolz auf seinen Sohn ist der alte Ajax; es ist sein Leben, das dort über die Hecken dahinstürmt in dem Sohn, kräftiger und feuriger – in dem Sohn, der gerettet ist.

Und ruhig legt der alte Ajax seinen Kopf, an den sich das Moorwasser wie dunkle Perlen hängt, auf die nachgiebige schwarze Erde.

(1952)

Die Weihnachtsgans Auguste

Der Opernsänger Luitpold Löwenhaupt hatte bereits im November vorsorglich eine fünf Kilo schwere Gans gekauft – eine Weihnachtsgans. Dieser respektable Vogel sollte den Festtisch verschönen. Gewiß, es waren schwere Zeiten. „Aber etwas muß man doch fürs Herze tun!“

Bei diesem Satz, den Löwenhaupt mit seiner tiefen Baßstimme mehrmals vor sich hin sprach, so daß es wie ein Donnerrollen sich anhörte, mit diesem Satz meinte der Sänger im Grunde etwas anderes. Während er mit seinen kräftigen Händen die Gans an sich drückte, verspürte er zugleich den Geruch von Rotkraut und Äpfeln in der Nase. Und immer wieder murmelte sein schwerer Baß den Satz durch den nebligen Novembertag: „Aber etwas muß man doch fürs Herze tun.“

Ein Hausvater, der eigenmächtig etwas für den Haushalt eingekauft hat, verliert, sobald er seiner Wohnung sich nähert, mehr und mehr den Mut. Er ist zu Haus schutzlos den Vorwürfen und dem Hohn seiner Hausgenossen preisgegeben, da er bestimmt unrichtig und zu teuer eingekauft hat. Doch in diesem Falle erntete Vater Löwenhaupt überraschend hohes Lob. Mutter Löwenhaupt fand die Gans fett, gewichtig und preiswert. Das Hausmädchen Theres lobte das schöne weiße Gefieder; sie stellte jedoch die Frage, wo das Tier bis Weihnachten sich aufhalten solle.

Die zwölfjährige Elli, die zehnjährige Gerda und das kleine Peterle – Löwenhaupts Kinder – sahen aber hier überhaupt kein Problem, da es ja noch das Bad und das Kinderzimmer gebe und das Gänschen unbedingt Wasser brauche, sich zu reinigen. Die Eltern entschieden jedoch, daß die neue Hausgenossin im allgemeinen in einer Kiste in dem kleinen warmen Kartoffelkeller ihr Quartier beziehen solle und daß die Kinder sie bei Tag eine Stunde lang draußen im Garten hüten dürften.

So war das Glück allgemein.

Anfangs befolgten die Kinder genau diese Anordnung der

Eltern. Eines Abends aber begann das siebenjährige Peterle in seinem Bettchen zu klagen, daß „Gustje" – man hatte die Gans aus einem nicht erfindbaren Grunde Auguste genannt – bestimmt unten im Keller friere. Seine Schwester Elli, der man im Schlafzimmer die Aufsicht über die beiden jüngeren Geschwister übertragen hatte, suchte das Brüderchen zu beruhigen, daß Auguste ja ein dickes Daunengefieder habe, das sie aufplustern könne wie eine Decke.

„Warum plustert sie es auf?" fragte das Peterle.

„Ich sagte doch, daß es dann wie eine Decke ist."

„Warum braucht Gustje denn eine Decke?"

„Mein Gott, weil sie dann nicht friert, du Dummerjan!"

„Also ist es doch kalt im Keller!" sagte jetzt Gerda.

„Es ist kalt im Keller!" echote Peterle und begann gleich zu heulen. „Gustje friert! Ich will nicht, daß Gustje friert. Ich hole Gustje herauf zu mir!"

Damit war er schon aus dem Bett und tapste zur Tür. Die große Schwester Elli fing ihn ab und suchte ihn wieder ins Bett zu tragen. Aber die jüngere Gerda kam Peterle zu Hilfe. Peterle heulte: „Ich will zu Gustje!" Elli schimpfte. Gerda entriß ihr den kleinen Bruder.

Mitten in dem Tumult erschien die Mutter. Peterle wurde im Elternzimmer in das Bett der Mutter gelegt und den Schwestern sofortige Ruhe anbefohlen.

Diese Nacht ging ohne weiteren Zwischenfall vorüber.

Doch am übernächsten Tag hatten sich Gerda und Peter, der wieder im Kinderzimmer schlief, verständigt. Abwechselnd blieb immer einer der beiden wach und weckte den andern. Als nun die ältere Schwester Elli schlief und im Haus alles stille schien, schlichen die zwei auf den nackten Zehenspitzen in den Keller, holten die Gans Auguste aus ihrer Kiste, in der sie auf Lappen und Sägespänen lag, und trugen sie leise hinauf in ihr Zimmer. Bisher war Auguste recht verschlafen gewesen und hatte bloß etwas geschnattert wie: „Lat mi in Ruh, lat mi in Ruh!"

Aber plötzlich fing sie laut an zu schreien: „Ick will in min Truh, ick will in min Truh!"

Schon gingen überall die Türen auf.

Die Mutter kam hervorgestürzt. Theres, das Hausmädchen, rannte von ihrer Kammer her die Stiegen hinunter.

Auch die zwölfjährige Elli war aufgewacht, aus ihrem Bett gesprungen und schaute durch den Türspalt. Die kleine Gerda aber hatte in ihrem Schreck die Gans losgelassen, und jetzt flatterte und schnatterte Auguste im Treppenhaus umher. Ein Glück, daß der Vater noch nicht zu Hause war! Bei der nun einsetzenden Jagd durch das Treppenhaus und die Korridore verlor Auguste, bis man sie eingefangen hatte, eine Anzahl Federn. Die atemlose Theres schlug sie in eine Decke, woraus sie nunmehr ununterbrochen schimpfte:

„Lat mi in Ruh, lat mi in Ruh!
Ick will in min Truh!“

Und da begann auch noch das Peterle zu heulen: „Ich will Gustje haben! Gustje soll mit mir schlafen!“

Die Mutter, die ihn ins Bett legte, suchte ihm zu erklären, daß die Gans jetzt wieder in ihre Kiste in den Keller müsse.

„Warum muß sie denn in den Keller?“ fragte Peterle.

„Weil eine Gans nicht im Bett schlafen kann.“

„Warum kann denn Gustje nicht im Bett schlafen?“

„Im Bett schlafen nur Menschen; und jetzt sei still und mach die Augen zu!“

Die Mutter war schon an der Tür, da heulte Peterle wieder los: „Warum schlafen nur Menschen im Bett? Gustje friert unten; Gustje soll oben schlafen.“

Als die Mutter sah, wie aufgeregt Peterle war und daß man ihn nicht beruhigen konnte, erlaubte sie, daß man die Kiste aus dem Keller heraufholte und neben Peterles Bett stellte. Und siehe da, während Auguste droben in der Kiste noch vor sich hin schnatterte:

„Lat man gut sin, lat man gut sin,
Hauptsach, dat ick in min Truh bin!“

schliefen auch das Peterle und seine Geschwister ein.

Natürlich konnte man jetzt Auguste nicht wieder in den Keller bringen, zumal die Nächte immer kälter wurden, weil es schon mächtig auf Weihnachten ging. Auch benahm sich die Gans außerordentlich manierlich. Bei Tag ging sie mit Peterle spazieren und hielt sich getreulich an seiner Seite wie ein guter Kamerad, wobei sie ihren Kopf stolz hochtrug und ihren kleinen Freund mit ihrem Geplapper aufs beste unterhielt. Sie erzählte dem Peterle, wie man die verschiedenen schmackhaften oder bitteren Gräser und Kräuter unterscheiden könne, wie ihre Geschwister – die Wildgänse – im Herbst nach Süden in wärmere Länder zögen und wie umgekehrt die Schneegänse sich am wohlsten in Eisgegenden fühlten. Soviel konnte Auguste dem Peterle erzählen; und auf all sein „Warum“ und „Weshalb“ antwortete sie gern und geduldig. Auch die anderen Kinder gewöhnten sich immer mehr an Auguste. Peterle aber liebte seine Gustje so, daß beide schier unzertrennlich wurden. So kam es, daß eines Abends, als Peterle vom Bett aus noch ein paar Fragen an Gustje richtete, diese zu ihrem Freund einfach ins Bett schlüpfte, um sich leiser und ungestörter mit ihm unterhalten zu können. Elli und Gerda gönnten dem Brüderchen die Freude.

Am frühen Morgen aber, als die Kinder noch schliefen, hopste Auguste wieder in ihre Kiste am Boden, steckte ihren Kopf unter die weißen Flügel und tat, als sei nichts geschehen.

Doch das Weihnachtsfest rückte näher und näher. Eines Mittags meinte der Sänger Löwenhaupt plötzlich zu seiner Frau, daß es nun mit Auguste „soweit wäre“. Mutter Löwenhaupt machte ihrem Mann erschrocken ein Zeichen, in Gegenwart der Kinder zu schweigen.

Nach Tisch, als der Sänger Luitpold Löwenhaupt mit seiner Frau allein war, fragte er sie, was das seltsame Gebaren zu bedeuten habe. Und nun erzählte Mutter Löwenhaupt, wie sehr sich die Kinder – vor allem Peterle – an Auguste, die Gans, gewöhnt hatten und daß es ganz unmöglich sei ...

„Was ist unmöglich?“ fragte Vater Löwenhaupt.

Die Mutter schwieg und sah ihn nur an.

„Ach so!“ grollte Vater Löwenhaupt. „Ihr glaubt, ich habe die Gans als Spielzeug für die Kinder gekauft? Ein nettes Spielzeug! Und ich? Was wird aus mir?!“

„Aber Luitpold, verstehe doch!“ suchte die Mutter ihn zu beschwichtigen.

„Natürlich, ich verstehe ja schon!“ zürnte der Vater. „Ich muß wie stets hintenanstehn!“ Und als habe diese furchtbare Feststellung seine sämtlichen Energien entfesselt, donnerte er jetzt los: „Die Gans kommt auf den Weihnachtstisch mit Rotkraut und gedünsteten Äpfeln! Dazu wurde sie gekauft! Und basta!"

Eine Tür knallte zu.

Die Mutter wußte, daß in diesem Stadium mit einem Mann und dazu noch einem Opernsänger nichts anzufangen war. Sie setzte sich in ihr Zimmer über eine Näharbeit und vergoß ein paar Tränen. Dann beriet sie mit ihrer Hausgehilfin Theres, was zu tun sei, da bis Weihnachten nur noch eine Woche war. Sollte man eine andere, schon gerupfte und ausgenommene Gans kaufen? Doch dazu reichte das Haushaltungsgeld nicht. Aber was würde man, wenn die Gans Auguste nicht mehr da wäre, den Kindern sagen? Durfte man sie überhaupt belügen? Und wer im Hause würde es fertigbringen, Auguste ins Jenseits zu senden?

„Soll der Herr es selbst tun!" schlug Theres vor.

Die Mutter fand diesen Rat nicht schlecht, zumal ihr Mann zu der Gans nur geringe persönliche Beziehungen hatte.

Als nun der Sänger Luitpold Löwenhaupt abends aus der Oper heimkam, wo er eine Heldenpartie gesungen hatte, und die Mutter ihm jenen Vorschlag machte, erwiderte er: „Oh, ihr Weibervolk! Wo ist der Vogel?"

Theres sollte leise die Gans herunterholen. Natürlich wachte Auguste auf und schrie sofort aus vollem Hals:

„Ick will min Ruh, min Ruh!
Lat mi in min Truh!"

Peterle und die Schwestern erwachten, es gab einen Höllenspektakel. Die Mutter weinte, Theres ließ die Gans flattern; diese segelte hinunter in den Hausflur. Vater Löwenhaupt, der jetzt zeigen wollte, was ein echter Mann und Hausherr ist, rannte hinter Auguste her, trieb sie in die Ecke, griff mutig zu und holte aus der Küche einen Gegenstand. Während die Mutter die Kinder oben im Schlafzimmer hielt, ging der Vater mit der Gans in die entfernteste, dunkelste Gartenecke, um sein Werk zu vollbringen. Die Gans Auguste aber schrie Zeter und Mordio, indessen die Mutter und Theres lauschten, wann sie endgültig verstummen werde. Aber Auguste verstummte nicht, sondern schimpfte auch im Garten immerzu. Schließlich trat doch Stille ein. Der Mutter liefen die Tränen über die Wangen, und auch Peterle jammerte: „Wo ist meine Gustje? Wo ist Gustje?"

Jetzt knarrte drunten die Haustür. Die Mutter eilte hinunter. Vater Löwenhaupt stand mit schweißbedecktem Gesicht und wirrem Haar da ..., doch ohne Auguste.

„Wo ist sie?" fragte die Mutter.

Draußen im Garten hörte man jetzt wieder ein schnatterndes Schimpfen:

„Ick will min Ruh, ick will min Ruh!
Lat mi in min Truh!"

„Ich habe es nicht vermocht. Oh, dieser Schwanengesang!", erklärte Vater Löwenhaupt.

Man brachte also die unbeschädigte Auguste wieder hinauf zum Peterle, das ganz glücklich seine „Gustje" zu sich nahm und, sie streichelnd, einschlief.

Inzwischen brütete Vater Löwenhaupt, wie er dennoch seinen Willen durchsetzen könne, wenn auch auf möglichst schmerzlose Art. Er dachte und dachte nach, während er sich in bläulichgraue Wolken dichten Zigarrenrauches hüllte. Plötzlich kam ihm die Erleuchtung. Am nächsten Tag mischte er der Gans Auguste in ihren Kartoffelbrei zehn aufgelöste Tabletten Veronal, eine Dosis, die ausreicht, einen erwachsenen Menschen in einen tödlichen Schlaf zu versetzen. Damit mußte sich auch die Mutter einverstanden erklären.

Tatsächlich begann am folgenden Nachmittag die Gans Auguste nach ihrer Mahlzeit seltsam umherzutorkeln, wie eine Traumtänzerin von einem Bein auf das andere zu treten, mit den Flügeln dazu zu fächeln und schließlich nach einigen langsamen Kreiselbewegungen sich mitten auf dem Küchenboden hinzulegen und zu schlafen.

Vergebens versuchten die Kinder sie zu wecken.

Auguste bewegte etwas die Flügel und rührte sich nicht mehr.

„Was tut Gustje?" fragte das Peterle.

„Sie hält ihren Winterschlaf", erklärte ihm Vater Löwenhaupt und wollte sich aus dem Staube machen. Aber Peterle hielt den Vater fest. „Weshalb hält Gustje jetzt den Winterschlaf?"

„Sie muß sich ausruhen für den Frühling." Doch Vater Löwenhaupt war es nicht wohl bei dem Examen. Er konnte seinem Söhnchen Peterle nicht in die Augen sehen. Auch die Mutter und das Hausmädchen Theres gingen den Kindern soviel wie möglich aus dem Wege.

Peterle trug seine bewegungslose Freundin Gustje zu sich hinauf in die kleine Kiste. Als die Kinder nun schliefen, holte Theres die Gans hinunter und begann sie – da Vater Löwenhaupt versicherte, die zehn Veronaltabletten würden einen Schwergewichtsboxer unweigerlich ins Jenseits befördert haben –, Theres begann, wobei ihr die Tränen über die Wangen rollten, die Gans zu rupfen und sie dann in die Speisekammer zu legen. Als Vater Löwenhaupt seiner Frau gute Nacht sagen wollte, stellte sie sich schlafend und antwortete nicht. Bei Nacht wachte er auf, weil er neben sich ein leises Schluchzen vernahm. Auch Theres schlief nicht; sie überlegte, was man den Kindern sagen werde. Zudem wußte sie nicht, hatte sie im Traum Auguste schnattern gehört?

„Lat mi in Ruh, lat mi in Ruh!
Ick will in min Truh!"

So kam der Morgen. Theres war als erste in der Küche. Draußen fiel in dicken Flocken der Schnee.

Was war das? Träumte sie noch?

Aus der Speisekammer drang ein deutliches Geschnatter. Unmöglich! Wie Theres die Tür zur Kammer öffnete, tapste ihr schnatternd und schimpfend die gerupfte Auguste entgegen. Theres stieß einen Schrei aus; ihr zitterten die Knie. Auguste aber schimpfte:

„Ick frier, als ob ick keen Federn nich hätt,
Man trag mich gleich wieder in Peterles Bett!"

Jetzt waren auch die Mutter und Vater Löwenhaupt erschienen. Der Vater bedeckte mit seinen Händen die Augen, als stünde da ein Gespenst.

Die Mutter aber sagte zu ihm: „Was nun?"

„Einen Kognak! Einen starken Kaffee!" stöhnte der Vater und sank auf einen Stuhl.

„Jetzt werde ich die Sache in die Hand nehmen!" erklärte die Mutter energisch. Sie ordnete an, daß Theres den Wäschekorb bringe und eine Wolldecke. Dann umhüllte sie die nackte, frierende Gans mit der Decke, legte sie in den Korb und tat noch zwei Krüge mit heißem Wasser an beide Seiten.

Vater Löwenhaupt, der inzwischen zwei Kognaks hinuntergekippt hatte, erhob sich leise vom Stuhl, um aus der Küche zu verschwinden.

Doch die Mutter hielt ihn fest; sie befahl: „Gehe sofort in die Breite Straße und kaufe fünfhundert Gramm gute weiße Wolle!"

„Wieso Wolle?"

„Geh und frage nicht!"

Vater Löwenhaupt war noch so erschüttert, daß er nicht widersprach, seinen Hut und Überzieher nahm und eiligst das Haus verließ.

Schon nach einer Stunde saßen die Mutter und Theres im Wohnzimmer und begannen für Auguste aus weißer Wolle einen Pullover zu stricken. Am Nachmittag nach Schulschluß halfen ihnen die Töchter Elli und Gerda. Peterle aber durfte seine Gustje auf dem Schoß halten und ihr immer den neu entstehenden Pullover, in dem für die Flügel, den Hals, die Beine und den kleinen Sterz Öffnungen bleiben mußten, anprobieren helfen. Bereits am Abend war das Kunstwerk beendet.

Schnatternd und schimpfend, aber doch nicht mehr frierend, stolzierte nun Auguste in ihrem wunderschönen weißen Wollkleid durchs Zimmer. Peterle sprang um sie herum und freute sich, daß Gustjes Winterschlaf so schnell zu Ende war, daß er wieder mit ihr spielen und sich unterhalten konnte.

Auguste aber schimpfte:

„Winterschlaf ist schnacke-schnick;
Hätt ick min Federn bloß zurück!"

Als Vater Löwenhaupt zum Abendessen kam und Auguste in ihrem schicken Pullover mit Rollkragen um den langen Gänsehals dahertapsen sah, meinte er: „Sie ist schöner als je! So ein Exemplar gibt es auf der ganzen Welt nicht mehr!"

Die Mutter aber erwiderte hierauf nichts, sondern sah ihn bloß an.

Natürlich mußte man für Auguste noch einen zweiten

Pullover stricken, diesmal einen graublauen, zum Wechseln, wenn der weiße gewaschen wurde. Natürlich nahm Auguste als wesentliches Mitglied der Familie groß am Weihnachtsfest teil. Natürlich war Auguste auch das am meisten bewunderte Lebewesen des ganzen Stadtteils, wenn Peterle mit der Weihnachtsgans in ihrem schmucken Sweater spazierenging.

Und als der Frühling kam, war der Auguste bereits wieder ein warmer Federflaum gewachsen. So konnte man den Pullover mit den anderen Wintersachen einmotten. Gustje aber durfte jetzt sogar beim Mittagstisch auf dem Schoß von Peterle sitzen, wo sie ihr kleiner Freund mit Kartoffelstückchen fütterte.

Sie war der Liebling der ganzen Familie. Und Vater Löwenhaupt bemerkte immer wieder stolz: „Na, wer hat euch denn Auguste mitgebracht? Wer?“

Die Mutter sah ihn an und lächelte. Peterle jedoch echote: „Ja, wer hat Gustje uns mitgebracht“; und dabei sprang er gerührt auf und umarmte den Vater. Dann hob er seine Gustje empor und ließ sie dem Vater „einen Kuß“ geben, was bedeutete, daß Auguste den Vater Löwenhaupt schnatternd mit ihrem Schnabel an der Nase zwickte.

Spätabends im Bett aber fragt Peterle seine Gustje, indem er sie fest an sich drückt: „Warum hast du denn vor Weihnachten den Winterschlaf gehalten?“

Und Gustje antwortet schläfrig: „Weil man mir die Federn rupfen wollte.“

„Und warum wollte man dir die Federn rupfen?“

„Weil man mir dann einen Pullover stricken konnte“, Gustje gähnt, halb schon im Schlaf.

„Und warum wollte man dir denn einen Pullover ...“ Aber da geht es auch bei Peterle nicht mehr weiter. Mit seiner Gustje im Arm ist er glücklich eingeschlafen.

(1952)

Lennox

„Es ist ein Kreuz mit Lennox; er kann nicht vergessen", sagen die alten Sergeanten, da der dunkelgraue drahthaarige Airedaleterrier wieder einmal vor der schottischen Pionierkaserne erscheint. „Es ist doch längst Frieden. Wir müssen Lennox zu Mr. Fitzgerald bringen."

„Well, bringen wir ihn; das gibt ein gutes Trinkgeld", meint Sergeant Swallow.

„Zumal er ja doch zu uns zurückkommt", schmunzelt Jacky Tush, der dicke Furier. „Weiß Gott, Lennox kann nicht vergessen."

Damit hatte es nun eine solche Bewandtnis.

Lennox war, wie gesagt, ein kräftiger grauhaariger Airedaleterrier; er war als Polizeihund auf den Mann dressiert, ebenso mutig wie intelligent und gehorsam. Der Holzhändler Fitzgerald hatte ihn als Wachhund seines großen Holzlagers benutzt. Lennox gehörte nun nicht zu jenen Hunden, die nachts bei jedem Geräusch aus Angst oder Wichtigtuerei kläffen. Er verhielt sich vielmehr völlig still bei späten Straßengängern; er schlug auch nicht an, wenn ein Dieb begann, über die Mauer zu steigen; erst wenn der Einbrecher in seinem Bereich war, stellte er ihn genau nach Dressur und verbellte ihn.

Im Krieg hatte Fitzgerald den Hund dem in der Stadt gelegenen Pionierbataillon übergeben. Lennox kam in einen besonderen Lehrgang für Militärhunde. Und stark, mutig und intelligent, wie er war, wurde er als Meldehund zum Überbringen von Nachrichten ausgebildet, ferner als Transporthund zur Beförderung von Munition, Arznei, Wasser und Funkgerät. Bei der Belagerung von Tobruk in Nordafrika hatte man ihn sogar zum Legen von Telefonleitungen verwendet, indem man ihm eine Drahtrolle um den Leib wickelte, die sich beim Hinüberlaufen von einer Stellung zur andern abspulte. Auf seinem Nickelhalsband waren die Worte: Tobruk, Monte Cassino und Arnheim eingraviert. Lennox hatte an manchem Kampf teilgenommen.

Zwei tiefe Narben an seinem rechten Vorderlauf und sein hinkender Gang machten ihn eigentlich zum Invaliden. Aber er hatte sich an die Pioniere des I. Bataillons und an seinen Freund, den Sergeanten Bob Swallow, derart gewöhnt, daß es nicht möglich schien, ihn einfach zu pensionieren.

Es gab übrigens bei den Pionieren noch andere Hunde, mit denen Lennox Bekanntschaft gemacht hatte. Es befand sich dort eine glatthaarige, sehr elegante Hundedame, eine Dobermännin, mit Namen Dina. Sie galt als sehr vornehm, aber auch als sehr tapfer. Sie brachte große Mengen Verbandstoff und Medikamente zugleich mit Meldungen nach vorn. Sie war bei dem Minenlegerkommando; sie mußte vor allem Nachtarbeit leisten.

Der struppige Lennox schien in die glatthaarige, rotbraune Dina direkt verschossen. Natürlich war er viel zu stolz, der schönen Dame seine Zuneigung zu zeigen. Einem Diensthund, der mit ernster operativer Arbeit betraut ist, steht das nicht an. Und Lennox zeichnete sich ja gerade dadurch aus, daß er außer seinem ebenso gefährlichen wie verantwortungsvollen Dienst nichts anderes kannte. Deshalb schätzten ihn die Menschen so. Sie hatten ihm dafür das Nickelhalsband mit den Namen der Orte seiner Ruhmestaten umgelegt.

Allerdings wie es bei jeder Regel eine Ausnahme gibt, ja wie gerade diese Ausnahme der Regel erst ihren Sinn verleiht, so auch bei Lennox. Es ging um Dina. Lennox war dieser rotbraunen, tapferen jungen Dame oft am gemeinsamen Übungswerk begegnet. Sie hatten dort Mutproben, Gehorsamsleistungen und Intelligenzprüfungen abzulegen. Sie mußten ihren Herren durch Drahtverhaue und markierte Minenfelder unter furchtbarem Krachen detonierender Übungsmunition folgen. Sie mußten sich totstellen und an den Mann gehen. All das war für die beiden ein Kinderspiel. Während die anderen Militärhunde erst „feuerfest" gemacht wurden, hatten Lennox und Dina – in Ruhe auf dem Bauch liegend – viel Zeit, sich zu unterhalten und ihre Meinung auszutauschen. Lennox erzählte von seinem Sergeanten Swallow, den er als einen ungemein klugen und gütigen Herrn pries. Er, Lennox, sei jederzeit bereit, diesem seinem

Chef in den Tod zu folgen. Ja, es verlange ihn direkt danach, seinem Gebieter in einer besonders gefahrvollen Situation seine Treue zu beweisen und für ihn zu sterben; das wäre die Krönung seines Lebens.

Dina beobachtete den Freund aus schrägen, halbgeschlossenen Augen. Dann meinte sie leicht spöttisch: „Weshalb möchtest du eigentlich für die Menschen sterben? Ich möchte viel lieber leben, über die freie Heide jagen, und wenn ich dann heiß geschwitzt bin, meine Schnauze so lange ins klare Wasser des Baches tauchen, bis ich ganz voll bin von flüssiger Freude."

Lennox erwiderte nachdenklich: „Freude ist schön. Aber bei solch flüssiger Freude fließt du selbst hinweg, löst du dich auf und spürst nachher auch die Freude nicht mehr. Man muß einen Punkt haben, woran man sich hält. Da ist der kluge und tapfere Mensch für uns der festeste Punkt. Was sind wir ohne den Menschen?"

„Glaubst du wirklich, die Menschen sind so fest?" fragte Dina. „Können sie etwa einen Ochsenknochen zerbeißen, daß es kracht? Siehst du. Können sie so furchtbar knurren, daß der Dieb oder der Feind zittert? Weshalb benutzen sie denn uns, dem Gegner an die Kehle zu springen und als erste durch die Minenfelder zu gehen, wenn sie selbst so stark und mutig sind?"

„Das ist ein Gesetz", erwiderte Lennox.

Dina wollte hierauf etwas sagen; aber da ertönte ein Pfiff aus der Trillerpfeife des Hundelehrers, und alle in Reserve lagernden Hunde sprangen wie von Wespen gestochen auf und stellten sich neben ihre Herren.

Einmal in einer halbdunklen Nacht, da der Mond zwischen den Wolkenbergen sich immer wieder verbarg, trafen sich Lennox und Dina in einem Minenfeld im Vorgelände der Stellung. Lennox' Herz schlug schneller vor Freude. Doch er beherrschte sich, er warnte die Dobermännin nur: „Sei vorsichtig! Hier flogen in der letzten Woche schon zwei Minensuchhunde hoch!"

„Gut", flüsterte Dina, „bleiben wir also liegen und erzählen uns ein wenig."

„Das geht nicht", erklärte ihr Lennox. „Nachher will Sergeant Bob selbst hier vorgehn; und wenn er in die Luft fliegt ..."

„Und wenn *du* in die Luft fliegst?" meinte Dina und legte sich nieder.

Lennox wollte etwas erwidern. Aber er spürte, wenn er sich jetzt mit der Freundin in ein Gespräch einließe oder gar sich hinlegte neben ihrem glatten wohlriechenden Fell, dann kam er so schnell nicht wieder hoch und versäumte seinen Dienst. Er nahm sich zusammen und ging mit dem Minensuchgerät vorsichtig weiter. Er mühte sich tapfer, den Gedanken an die rotbraune Freundin loszuwerden.

Lennox war infolge seiner Intelligenz so dressiert, daß er den leisesten Ausschlag der Gabel seines für ihn konstruierten Suchgeräts sofort spürte und leise verbellte, so daß der in der Sappe wartende Sergeant dann die Mine entschärfen konnte, während die meisten andern Minensuchhunde auf die Minen traten und in Fetzen hochgingen ..., was wegen der Beseitigung der Mine auch als ein Erfolg anzusehen war.

An einem stillen Sommertag suchte Lennox die Freundin im Nebenabschnitt des Grabens auf. Er hatte seine Beobachtungen gemacht. Die Mannschaft erhielt die eisernen Rationen wie vor einem Angriff. Sergeant Swallow gab ihm selbst eine ganze Speckschwarte und meinte: „Na also, Lennox, alter Freund, die Nacht bleibst du bei mir mit dem Funkgerät; da heißt es: Nacken steif!"

Das war so einer der unverständlichen menschlichen Befehle. Denn er mußte ja gerade seinen Nacken recht locker halten, um die Schnauze beweglich nach vorn spielen zu lassen. Aber das berührte Lennox jetzt nicht. Er dachte vielmehr an seine Freundin, die Dobermännin. Es war klar, sie mußte mit der ersten Welle durch das Minenfeld nach vorn. Lennox strolchte durch die Gräben, bis er den herben und doch zarten Duft der Freundin witterte. Er traf sie in einer etwas eingesunkenen, rückwärtigen Ausfallsappe, ausgestreckt auf der sommerlichen Erde zwischen Gras, rötlichem Wiesenschaumkraut und blauer Natterzunge. Er tat so, als habe er sie zufällig bei einer Streife durch das Grabengewirr getroffen. „Oh, du ruhst dich aus?" sagte er.

Dina lächelte. „Wie du siehst. Übrigens habe ich dich erwartet."

Lennox war sehr verlegen. „Natürlich ..., es soll die Nacht etwas geben ..., wenigstens deutet viel darauf hin", holperte er los.

„Richtig; und deshalb willst du mich darauf vorbereiten", half ihm Dina. „Ich danke dir, mein Freund. Du bist stets so liebenswürdig, du hast direkt Kultur; ich empfinde das so angenehm in diesem scheußlichen Krieg. Komm, lege dich ein wenig neben mich!"

Lennox war es, als streichle ihm eine wunderbare Hand über den Rücken; ach, es war noch wohltuender, einfach mit nichts zu vergleichen. Doch selbst nicht um einen echten Markknochen hätte er sich das merken lassen. Vielmehr versuchte er, sich ein strenges Aussehen zu geben; er blieb trotz Dinas Aufforderung stocksteif stehen und meinte: „Ja, der Krieg ist hart; aber darüber steht uns Hunden kein Urteil zu, da die Menschen den Krieg machen und wir den Menschen gehören. Ich möchte dich nur bitten, heute nacht keine Sprünge auszuführen, da dies den Kontakt der Minen auslöst, sondern ganz langsam vorzuschleichen und nach den Schlingen zu wittern, die ja inmitten des Grasduftes noch den Geruch von Menschenhänden an sich haben; du weißt, die Schlingen entsichern den Reißzünder der Minen ..."

„Ach, mein Freund", lachte Dina, „du sprichst ja gerade, als sei ich ein blutiger Anfänger. So besorgt bist du um mich?"

Lennox spürte, daß er in seiner Sorge zu weit gegangen war; deshalb sagte er streng: „Es gehört zu meiner Pflicht, unnütze Verluste vermeiden zu helfen."

„Dank, vielen Dank, du Lieber! Du bist wirklich ein pflichtgetreuer Kollege." Und nun streckte sich Dina in der Sonne wohlig aus, so daß ihr rotbraunes Fell wie poliertes Gold glänzte. „Weißt du, Lennox", fuhr sie fort, „ich habe das Leben hier in den Gräben und bei den schießenden Menschen so satt, daß ich am liebsten auf so eine Mine springen und mit dem ganzen Spuk ein Ende machen möchte."

„Bist du toll?!" platzte Lennox los. „Das ist Wahnsinn! Wenn ein jeder so denken würde!"

Hier lächelte die Dobermännin wieder ihr seltsames Lächeln und sprach: „Erstens bin ich nicht: ein jeder, und zweitens – nun lege dich einmal ruhig neben mich ins Gras; es ist unhöflich, vor seiner Freundin wie ein Klotz dazustehen."

Unhöflich aber wollte der drahthaarige rauhe Lennox bei allem Diensteifer keinesfalls erscheinen, vor allem nicht vor Dina. So streckte er sich lang hin und legte die Schnauze nachdenklich auf seine starken Pfoten. Die Dobermännin rutschte jetzt zu ihm, ganz dicht an seine Seite, bis ihre Köpfe sich berührten. Lennox schloß die Augen und atmete den Duft ihres goldbraunen Fells, den warmen Hauch des Grases, der Blumen und der sommerlichen Erde. Ihm war, als müsse er sterben vor Glück.

So lagen sie still und träumten an dem duftenden Boden. Lennox schien es, als wittere er Dinas Gedanken: Komm, mein Freund, laß und weg von hier über die Wiesen rennen, nachts über die Straßen, weit weg, dorthin, wo es keine krachenden Minen und tobenden Menschen gibt ..., auf die Heide, wo der Mond und die Sonne die einzigen Herren sind und der Wind und die sanften Gerüche der Erde die Diener ..., wo wir jagen und rennen können, ohne uns am Stacheldraht zu reißen oder auf den Pfiff des Menschen zu stehen ..., nein, ruhen so, Seite an Seite ...

„Verflucht, jetzt wäre ich fast auf das Hundebiest getreten!" schimpfte ein Soldat, der neben einem andern mit klapperndem Eßbehälter in den Graben stieg.

Lennox war aufgesprungen. Seine Rückenhaare sträubten sich drohend.

„Vorsicht! Mit dem ist nicht zu spaßen!" meinte der andere Pionier.

„Das ist doch der Meldehund unseres Sergeanten", beruhigte ihn der erste. „Bei Fuß, Lennox!"

Und Lennox folgte den Soldaten.

Bei dem nächtlichen Angriff ging Lennox mit dem Sergeanten Swallow vor; er trug das Telefongerät mit dem Kabel, das sich selbsttätig nach rückwärts abspulte. Es war ein Höllenlärm inmitten der krepierenden Geschosse und detonierenden Minen. Lennox mußte seine ganze Kraft und Aufmerksamkeit anspannen, um mit dem Sergeanten Fühlung zu halten. Nur wenn er den dumpfen Krach einer Erdmine hörte, dachte er eine Sekunde an seine Freundin.

Am Morgen war der Angriff beendet.

Man setzte jetzt Lennox zur Suche der im hohen Grase verlorenen Verwundeten ein. Doch Lennox streifte nicht wie gewohnt im Pendelgang, die Nase am Winde, über das unübersichtliche Gelände; er lief, von seinem Instinkt getrieben, stracks auf die frühere Stellung zurück, dorthin, wo im alten Niemandsland zwischen Granatlöchern und verbrannten Gräsern sich das Minenfeld befunden hatte.

Er war nicht fehlgelaufen.

Neben einem riesigen Minentrichter lag die Dobermännin. Ihre Flanke klaffte; das rotbraune glatte Haar klebte von verkrustetem Blut, das nun selbst wie ein Teil ihres Felles erschien. Ihr Kopf ruhte tief auf der Erde verborgen zwischen den Pfoten, als schäme sie sich, so zerfetzt gestorben zu sein – sie, die das Leben in Freude und Schönheit geliebt hatte.

Lennox trat zu der toten Freundin. Einen Augenblick streckte er die Schnauze in die Höhe, seine Kehle spannte sich, das uralte Klagegeheul der Steppenwölfe auszustoßen. Aber wen wollte er damit rufen? Wen mit seinem Geheul anklagen? Die Sonne, den Mond, die Erdmine, die seine Freundin zerrissen hatte, oder die Menschen? Es war sinnlos.

Zudem ist er kein Steppenwolf mehr, sondern ein gebildeter und ausgebildeter Militärhund, der seine Pflicht zu erfüllen hat. Doch eines ist erlaubt: mit seinen starken Pfoten wühlt er in der aufgewirbelten Trichtererde ein noch tieferes Loch; dann trägt er die tote Dobermännin hinein und scharrt mit seinen Hinterläufen den Trichter zu. Einen Augenblick legt Lennox sich platt auf den Erdhaufen – einen Augenblick, die Schnauze fest am warmen Boden.

Dann eilt er zu seinem Sergeanten zurück.

Es vergingen noch zwei Jahre Krieg. Lennox tat weiter seine Pflicht. Er zeigte auch weiterhin außerordentliche Proben von Mut und Umsicht. Er schien unersetzlich im Bataillon und wurde oft belobigt.

„Lennox ist soviel wert wie zehn Mann!“ hatte Sergeant Swallow einmal gesagt. –

Dann kam der Frieden.

Lennox brauchte keine zehn Mann mehr zu ersetzen. Zudem gehörte er ja dem Holzgroßhändler Fitzgerald, dem er mit behördlichem Dank, einer Ehrenurkunde und dem Nikkelhalsband, auf dem die Schlachten eingraviert waren, nunmehr zurückgegeben wurde. Mr. Fitzgerald war nicht wenig stolz auf Lennox. Schließlich ist es *sein* Hund. Doch zugleich ist Mr. Fitzgerald ein praktischer Mann. Und so hat er Lennox wie einst als Wächter in seinem ummauerten Holzlager eingeschlossen.

Lennox nimmt also seine frühere Tätigkeit als Wachhund wieder auf. Aber er ist nicht mehr der alte. Lennox hat Erinnerungen. Lennox kann nicht vergessen. Oft, wenn er nachts über den einsamen Lagerplatz geht, hebt er die Nase zu dem dunklen Himmel und senkt sie wieder zur Erde, als könne er etwas wittern, einen Geruch von fernen Gräsern und Blumen, von einer fernen verbrannten Bodenkruste, von Schwefeldampf und auch ..., ja, es ist Blutgeruch, aber nicht Menschenblut, sondern das Blut eines Tieres, das Blut – er entsinnt sich genau –, das Blut seiner gefallenen Freundin, der rotbraunen Dina.

Und Lennox ist wie gelähmt. Es kommt ihm plötzlich sinnlos vor, hier totes Holz zu bewachen, da er nicht einmal seine wunderbare lebende Freundin behüten konnte. Er denkt darüber nach. Wie man bloß all den großen Schmerz auch nur einen Tag lang vergessen kann? Ob die Menschen es können? Die können ja soviel. Wahrscheinlich können sie auch das. Lennox findet sich nicht mehr zurecht. Er möchte gern mit jemandem darüber sprechen. Mit den Kötern der Nachbarschaft, die nie diesen plötzlichen furchtbaren Tod erlebten, zu reden ist zwecklos. Die einzigen, die hierüber Bescheid wissen, sind seine alten Freunde, die Sergeanten in der Pionierkaserne.

So erklettert Lennox eines Nachts einen Holzstapel, um mit einem kühnen Sprung über die Mauer zu setzen, den Weg zur Stadt zurückzulegen und am Morgen in der Kaserne zu erscheinen.

„Jesus Christ, was willst du bloß bei uns, mein Alter?“ fragt ihn der Sergeant Bob Swallow lachend.

„Gewohnheit!" belehrt ihn der Küchenfurier Tush. „Lennox kann uns nicht vergessen. Wir sind doch alte Kameraden." Er tätschelt ihn mit seinen dicken Händen und gibt ihm einen Markknochen. Dann sagt er zu dem Hund: „Hör mal zu, Lennox, es ist Frieden. Versteh das! Der Krieg ist aus. Geh wieder schön heim zu Mr. Fitzgerald!"

Auch seine alten Freunde, die Pioniere, verstehen Lennox nicht.

Einmal verlor Mr. Fitzgerald die Geduld. Er ließ Lennox vom Aufseher des Lagers prügeln und an eine lange Kette legen. In Lennox begann neben dem Zweifel jetzt noch ein böser Grimm zu bohren. Eines Nachts riß das starke Tier sich los, sprang über die Mauer, rannte aus der Stadt hinaus und suchte die dunkle Landstraße zu erreichen.

Es war sehr finster. Er wußte nicht, wohin. Aber eine seltsame Witterung kitzelte seine Nase. Die öde staubige Straße schien voll unsichtbaren Lebens.

Plötzlich hörte er aus der Dunkelheit ein drohendes Knurren. Er stockte. Er war auf zwei andere ehemalige Kriegshunde gestoßen, die ebenfalls ihre früheren Herren verlassen hatten und den Weg zu ihren früheren Truppenteilen suchten. Mit ihnen konnte Lennox sprechen.

Der eine der beiden, ein Deutscher Schäferhund, erklärte im Laufe des Gespräches, er habe unterwegs eine Dobermännin getroffen; allerdings sei es Nacht gewesen und er könne die Farbe des Fells nicht genau bezeichnen.

Lennox hielt den Atem an. Ob es ein früherer Pionierhund gewesen sei?

Möglich.

Ja, so etwas habe sie gesagt, meinte der zweite Hund; ihm scheine auch, als habe die Dobermännin den Weg zur Stadt eingeschlagen, von wo er komme.

Lennox verabschiedete sich schnell.

Er rennt zur Stadt zurück. Die Gedanken, die ihn seit Monaten quälen, flammen jetzt auf wie Fackeln. Er hat Dina, seine Freundin, so oft während der letzten Nächte klar vor Augen gesehn, er hat den Duft ihres rotbraunen Fells so deutlich gewittert, daß er zweifelt, ob sie wirklich tot ist. Vielleicht war das Ganze vor Jahren nur ein Traum, und hat er einen ganz andern Hund verscharrt, zumal das Pionierbataillon am gleichen Tag auseinandergerissen wurde? Jetzt aber sahen die beiden Kriegshunde eine rotbraune Dobermännin auf dem Weg zur Stadt, zur Pionierkaserne?

Ja, es ist Dina, seine Freundin!

Als gehe es um Tod und Leben, so rennt Lennox zur Kaserne. Es ist Nacht. Er heult so furchtbar, daß die Leute überall die Fenster aufreißen.

Was ist los?

Auch Sergeant Swallow öffnet das Fenster. Er sieht Lennox. Er läßt ihn ein. Lennox springt an ihm hoch und heult ihm ins Ohr: „Dina ist wieder da! Wo ist sie?"

„Schon gut, schon gut, freust dich so, wieder bei Herrchen zu sein, Lennox?" meint der Sergeant. „Aber es ist Frieden, Lennox, versteh das endlich!"

Doch Lennox springt ihn immer wieder an, daß er schließlich zu Boden fällt. Lennox heult ihm ins Ohr: „Wo ist Dina? Wo ist Dina?"

Die ganze Kaserne kommt durch das furchtbare wütende Geheul in Aufruhr. Die Soldaten glauben, der Hund sei tollwütig. Sie gehen mit Hacken, Äxten und Gewehrkolben gegen ihn los. Der Sergeant Swallow schreit: „Lennox, leg dich! Bei Fuß, Lennox!" Er greift dem Hund wie früher in das dichte Nackenfell, ihn zu halten. Aber Lennox immer heulend: „Wo ist Dina? Wo ist Dina?" erkennt ihn nicht mehr und beißt ihn in die Hand, so daß nun auch der Sergeant zum Gewehr greift, fest überzeugt, der Hund sei tollwütig.

Lennox ist mit einem mächtigen Satz schon durchs Fenster gesprungen und an den erschrockenen Posten vorbei durchs Tor auf die nächtliche Straße gerannt. Mehrere Schüsse, die man hinter ihm herjagt, verfehlen offenbar ihr Ziel, da das Geheul des Hundes noch lange anhält, bis es schließlich in der Ferne verhallt.

In jenem Jahr aber las man in den Zeitungen: „Die demobilisierten Kriegshunde, die während des Krieges zu Tausenden für den Militärdienst zur Verfügung gestellt wurden, sind ihrer alten Herren entwöhnt. Diese Hunde, die Wasser, Munition, Medikamente oder Funkgerät zu isolierten Einheiten schleppten und nach Kriegsende ihren einstigen Besitzern zurückgegeben wurden, verlassen diese immer wieder. Hungrig, beschmutzt, ermüdet traben sie manchmal Hunderte Kilometer die Landstraßen entlang, bis sie endlich das Tor der Kaserne ihres alten Truppenteils finden."

Ja, truppweise wandern die ehemaligen Kriegshunde wie ein Gespensterzug vor allem nachts über die Straßen des Landes. Hinter diesen Rudeln aber treibt sich noch ein einzelner größerer Hund auf den nächtlichen Wegen umher. Man erkennt ihn immer wieder an seinem furchtbaren Geheul.

Die Leute, die aus dem Schlaf hochfahren, sagen: „Der Krieg ist doch längst vorbei. Komisch, daß die Hunde ihn nicht vergessen können."

(1952)

Fabeln

Das Eierschiff

In einem großen Hafen Nordamerikas lag einst ein Schiff, das einige Millionen Eier aus Majorca als Fracht enthielt. Vergebens wartete der Kapitän, daß die Eier entladen und sein Schiff zur Rückfahrt frei würde. Es wurde ihm bedeutet, der Zeitpunkt zum Löschen würde von der Transportgesellschaft Nordstar bekanntgegeben. Nach vier Wochen verbreitete sich in den unteren Komparts des Schiffes ein entsetzlicher Gestank. Da machte sich der Kapitän auf und ging eiligst zu dem Transporteur. Dieser verwies ihn an den Eiergrossisten Jack Campell Pocketfull. Er traf ihn nicht in seinem Kontor, sondern in seinem Landhaus draußen an den Hängen der großen Wasserfälle. „Mister Campell Pocketfull", rief der Kapitän, „warten Sie noch einen Tag, so ist die ganze Fracht zum Teufel!" – „Mögen Sie einen Whisky oder Tee", sprach Pocketfull, ohne die Zähne zu öffnen. „Sie verlieren ein Vermögen!" prustete der Kapitän Endermann. „Eine Million Eier faulen." – „Ich gewinne eine, werter Freund", erwiderte der Grossist. „Wir haben noch fünf Millionen Eier auf Lager. Als nun die neuen zwei Millionen im Hafen einliefen, sanken die Preise der lagernden auf fünf Cent das Stück. Jetzt, da Eiermangel herrscht, haben die Preise gottlob wieder angezogen und stehen auf zwölfeinhalb Cent. In einer Woche werden sie auf zwanzig stehen." – „Aber was wollen Sie mit der verfaulten Ladung; sie ist zum Teufel!" – „Lassen Sie die Brühe bei Nacht über Bord, Kapitän", sprach Campell Pocketfull, „die verfaulten Eier, die aus dem Lorenzstrom eine Mayonnaise machen, haben besser für mich gearbeitet, als wenn ich sie frisch auf den Markt gebracht hätte."

Die nächste Nacht aber stank der ganze Strom von der produktiven Arbeit, die Mensch und Tier wahllos geleistet hatten.

(1922)

Die Ordnungsbienen

Der Bienenstock Lindenreich wurde an einem Sommermorgen, da die meisten Arbeitsbienen schwärmten, von einer Schar Mordwespen überfallen. Zwar sausten alsbald so viele Arbeitsbienen heran, daß es gelang, der Räuber Herr zu werden und sie aus dem Stock zu werfen, aber die klugen Bienen wollten für alle Fälle gesichert sein. So teilten sie die stärksten Bienen ab als Kampfbienen. Diese hatten keine weitere Arbeit zu verrichten, als in der Nähe des Stocks zu wachen, falls wieder einmal Mordwespen nahen sollten. Eine Schar weiterer, noch stärkerer Bienen – sogenannte Spruchbienen – ward bestimmt, über die Kampfbienen Recht zu sprechen, falls sie ihre Waffen mißbrauchten und aus Langerweile untereinander oder mit den Arbeitsbienen Händel bekämen. Um dieser Gefahr und Verrohung aber vorzubeugen, ward ein Trupp duftigster und kräftigster Honigbienen ernannt, sogenannte Wohlgeruchsbienen; diese hatten lediglich die Aufgabe, täglich um den Frieden zu beten und im Falle des Krieges die Waffen der Kampfbienen zu segnen. Um aber den notwendigen Verkehr zwischen den einzelnen Dienststellen aufrechtzuerhalten, die abwesenden Arbeitsbienen zur schnellen Hilfe heranzuziehen, ward eine große Schar sogenannter Nachrichten- oder Postbienen und ebenso viele Ersatzpostbienen und Bereitschaftsersatzpostbienen abgesondert. Die Zahl der Arbeitsbienen war somit um die Hälfte vermindert, und bald klagten alle Kampf-, Gerichts-, Bete- und Postbienen, daß ihre tägliche Honignahrung nicht ausreiche. Da ward, um dem Übel zu steuern, die Zahl der Arbeitsbienen nochmals um die Hälfte vermindert und eine sehr große Zahl sogenannter Steuerbienen geschaffen; diese hatten lediglich die Aufgabe, darüber zu wachen, daß die Hälfte des Honigs auch pünktlich an die Kampf-, Gerichts-, Bete-, Post- und Steuerüberwachungsbienen abgeliefert wurde. Dennoch konnten die sogenannten Ordnungsbienen nicht genug Nahrung herbeischaffen. Da beschloß man, einen Teil der Ordnungsbienen wieder in Arbeitsbienen umzuwandeln. Um dies aber ohne Härte zu ermöglichen, wurde der Rest der Arbeitsbienen zu sogenannten Sparbienen ernannt. Dieser überprüfte drei Tage lang die Verhältnisse, fand jedoch sämtliche Einwände gegen die Ordnungsbienen übertrieben und nicht stichhaltig. Am fünften Tage – da keine Nahrung mehr hereinkam – starb der ganze Bienenstaat.

„Schuld daran", rief die letzte Kampfbiene, „sind die Mordwespen."

(1922)

Der wackere Igel

An einem Frühlingstag lag der Igel Pilopex in einer Talmulde und sonnte sich, als der Biber Castor erregt auf ihn zukam und schon von weitem rief: „Herr Nachbar! Herr Nachbar! Der Fluß schwillt an! Die Fische berichten, im Oberlauf seien die Dämme gebrochen.“ Der Igel hob ein wenig die Nase, leckte sich das Maul und sprach: „Was geht mich das an?“ – „Kommen Sie schnell, Herr Nachbar, retten Sie meine Jungen, helfen Sie uns Abflußgräben schaffen.“ Der Igel schnüffelte wieder und sprach darauf langsam: „Abflußgräben? Ich bin ein wackerer Igel Pilopex. Ich habe meine Stacheln; ich habe mein Kraut- und Mäusefeld; ich rolle mich zusammen, wenn etwas Unerquickliches draußen geschieht.“ – „Hören Sie nicht, Herr Nachbar, wie der Strom braust!“ drängte noch einmal der Biber, eh er davoneilte. „Was geht mich das an!“ brummte der Igel und rollte sich zusammen und streckte seine Stacheln aus. – Auf einmal spürte er etwas Kaltes und Nasses an seiner Haut. Er kugelte sich noch fester und drückte seine Augen energisch gegen seinen Nabel. Aber auch das half nichts. Es wurde immer kälter und nässer; jetzt wollte der Igel entlaufen; da schlug der Strom über ihm zusammen.

(1922)

Die Büffel und das Hunderudel

Einer Herde Büffel ward von einem Rudel wilder Präriehunde viel Schaden zugefügt. Immer wieder wurde auf der welligen Steppe ein einzeln grasendes Tier hinterrücks von dem Hunderudel überfallen und in Stücke gerissen. Die Mehrzahl der Büffel dachte: Ich bin's ja nicht, und graste weiter. Als aber ein Tier nach dem andern fiel, da scharten sich die Büffel zusammen und erhoben ein furchtbares Gebrüll: „So geht's nicht weiter!" Sie fühlten ihre riesige Kraft und grasten weiter. Aber in der nächsten Nacht ward ein schlafendes Tier mitten aus der Herde gerissen. Da stampften sie alle hoch, stellten sich im Kreis und brüllten so gewaltig, daß der Himmel erbebte: „So geht es gewiß nicht weiter!" Als der Donner von allen Enden ihren Ruf zurücktrug, schaute der Leitbüffel sich erhobenen Hauptes um. „Habt ihr es gehört?" Und alle antworteten: „Wir haben es gehört!" und legten sich nieder.

Am folgenden Tage aber sprangen dem vorangrasenden Leitstier jählings sechs wilde Hunde an die Kehle. Sie flohen zwar, als die Herde herandonnerte. Aber diesmal scharte sich die Herde zum drittenmal zusammen, und sie brüllte, daß von einem Ozean bis zum andern alle Büffel heranstürmten. Sie brüllte: „So geht es ganz gewiß nicht weiter!"

Man schritt zur Tat. Die ganze Prärie wurde umstellt, und man trieb die Hunde in die Mitte. „Zu dem Richter!" tönte es von allen Seiten. Man trieb das Hunderudel zu Knochenkrach, dem alten Präriewolf. Dort brachten die Büffel dem Richter ihre Klage vor. Der alte Knochenhund setzte sich auf die Hinterpfoten und sprach bedächtig: „Das also sind die dreißig Präriehunde, die angeblich eure Brüder zerrissen haben!" – „Dies sind sie!" brüllte der Leitbulle. „Gemach", erwiderte Knochenkrach, „wieviel Hunde überfielen dich zuletzt?" – „Es können sechs, sieben, auch acht gewesen sein", brummte der Bulle. „Sechs, sieben, auch acht ..., das ist höchst ungenau“, sagte Knochenkrach. „Willst du mir die einzelnen Hunde nicht bitte genau bezeichnen?“ Da brüllte der alte Donnerhuf emport: „Das ganze Rudel hat uns monatelang umschwärmt, einmal war es der, dann jener, und jetzt soll ich ...“ – „Und jetzt soll ich, der Richter der Prärie, gerade den einen vielleicht bestrafen, der nur zusah, nie aber auch nur eine Kehle berührte? Fordert ihr das von mir?!“ – „Das fordern wir nicht“, brummte Donnerhuf beschämt. „Die Hunde frei, bis ihr klarere Beweise habt, und merkt euch: Recht muß Recht bleiben!“ Da zogen die Büffel von dannen, und sie fanden in ihrem späteren Unglück Trost in den Worten des weisen Knochenkrach: „Recht muß Recht bleiben!“

(1922)

Der Hühnerkönig

Die Hühner eines Hofes hatten sich wieder einmal erheblich vermehrt und bildeten ein großes Volk. Da sprachen sie zueinander: „Wir sind jetzt ein großes Volk, das täglich einhundertzwanzig Eier legt; wir haben jetzt das Recht, uns einen König zu wählen.“ Da traten die drei Hähne Hackesporn, Feuerkamm und Stahlschnabel vor; sie erhoben sich alle drei hoch auf ihre Zehen und sprachen: „Wählet!“ Aber die Hennen wurden da ganz wild, sie gackerten los: „Was, ihr alten Krähhälse, ihr Kummerschränze, wir wollen einen richtigen König, einen, der uns vom Himmel gesandt wird!“ Und sie beschlossen, den Adler zu bitten, ihr König zu sein. Denn, sagten sie sich, dieser König kommt bestimmt von über den Wolken; auch kann er uns zugleich unsere Kriege gegen die Sperber führen.

Der Adler hörte ihr Gesuch gelassen an; dann sprach er: „Eure Bitte ist zwar sehr fürwitzig und dreist, ihr Hühnervolk, aber ich sehe eure Not, so will ich Gnade üben und euer König sein!“ Der Adler kreiste nun in den Wolken. Plötzlich stieß er nieder auf einen Sperber, der über dem Hühnervolk stand. Er hielt den Sperber zwischen den Klauen und kröpfte ihn und weidete ihn aus. So ging es in den nächsten Tagen noch einem Häher und einem Wiesel; und die Hühner riefen bewundernd: „O welch ein König! Saht ihr, wie er unsere Feinde zerschmettert!“ Nach einer Woche zeigte sich kein niederes Raubzeug mehr weit und breit.

Da fuhr eines Tages der Adler mitten in das Hühnervolk hinein und nahm gleich zwei Hennen mit in die Höhe. Am zweiten Tag sauste der König wieder herab und krallte zwei Tiere; die Hühner aber hatten sich im Kreise aufgestellt und riefen: „Unser König, was tust du?“ – „Wer fragt hier?!“ sprach der Adler und sah sich um. „Niemand! Niemand!“ riefen alle zugleich. Am dritten Tag duckten sich die Hühner an eine Wand, aber die drei Hähne standen vorn, als der König wieder wie ein Blitz erschien. Da sprachen die drei Hähne: „Unser König! Vergib uns unsere niedre und ungelenke Frage! Aber warum mordest du uns?“ – „Seht diesen Undank!“ fauchte der Adler, „ich erhalte mich dürftig mit Hühnerfleisch am Leben, um die Häher und Wiesel von euch zu bannen, und ihr stellt solch boshafte und aufrührerische Fragen; ich aber will königlich an euch handeln; ich will euch niederes Volk der Sonne entgegentragen.“ Und er packte die drei Hähne und verschwand in der Höhe.

Da neigten sich alle Hühner und sprachen in großer Ergriffenheit: „Wie konnten wir Verblendeten hadern, während unser König keine Mühe scheut, uns zur Sonne emporzutragen!“ Und murrten seither nicht mehr.

(1922)

Das Land

Es war einmal ein Land, das war rings von Feinden umgeben und litt große Not. „Unser herrliches Land wird nie untergehn", sprachen die Fabrikherren und Kaufleute und gaben die Stoffe an die Gegner, die sie um ein Spottgeld kauften. Das Volk des Landes aber erhielt keine Kleidung. – „Wir wollen sein ein einig Volk von Brüdern. Unser Vaterland über alles!" sprachen die Bauern und verkauften ihr Getreide und Holz ans Ausland, während ihre Landsleute wieder zu Stroh und Rüben griffen. – „Wir rechnen auf das Verständnis und die Treue unserer Leser", sprachen die Zeitungen und schwiegen noch im Sterben, während die Papierfabrikanten das Papier über die Grenze schafften, weil es im Lande nicht mehr bezahlt werden könne.

„Unser Volk ist ein herrliches Volk", sprach der Reichspräsident, und die Volksvertretung faßte einstimmig den Beschluß, daß unser Volk ein herrliches Volk sei und nie untergehen werde.

(1922)

Der Weise
aus dem Abendland

Ein Weiser aus dem Abendland, der viel über das Wesen der Welt nachgedacht hatte und doch zu keinem Ergebnis gekommen war, fand einst ein sehr altes Buch, darin stand diese Geschichte vom „Hemd des Glücklichen“: „Einem reichen Kalifen Indiens, der an tiefem Lebensüberdruß litt, riet ein weiser Mann, er solle sein Hemd mit dem eines völlig Glücklichen wechseln. Lange ließ der Kalif nach einem vollkommen Glücklichen suchen. Aber als er endlich einen solchen entdeckt hatte, da hatte dieser Glückliche kein – Hemd.“

Kaum hatte der Weise aus dem Abendland diese Geschichte gelesen, so leuchtete sein Auge auf, und er rief: „O diese Inder!“ Er zog sogleich sein Hemd aus und lebte hinfürder in noch größerer Weisheit und ohne Hemd.

Auch der König des Landes hatte die Geschichte vom Hemd des Glücklichen vernommen. Er berief sofort seinen Kanzler und fragte ihn: „Gibt es viel Unzufriedene oder Unglückliche in meinem Lande?“ Der Kanzler erwiderte: „Unter der überaus weisen und milden Regierung Ew. Majestät ist das Unglück in unserem Lande geschwunden wie der Schnee vor der Frühlingssonne, dennoch, falls man große Mühe aufwendet, sie zu finden, und wenn man es so nennen will, gibt es vereinzelt nicht ganz Glückliche in unseren Grenzen.“ – „Man rufe sie allesamt in den Schloßhof“, befahl der König.

Da kamen die Elenden und Unzufriedenen aus allen Provinzen; denn sie erwarteten Gaben aus der Hand des Königs. Der König aber stand auf dem Altan seines Schlosses, in der Rechten ein altes Buch. In diesem Buch stand die Geschichte vom „Hemd des Glücklichen“. Und er las der Menge der Unglücklichen und Unzufriedenen die Geschichte mit lauter Stimme vor. – Darauf befahl er, daß alle sich ihres Hemdes entledigen und die Hemden auf die Mitte des Schloßhofes werfen sollten. Dort war ein großes Feuer entzündet, darin wurden die Hemden verbrannt. Hierauf hieß der König die Versammelten wieder gehen und begab sich zur Ruhe.

Auf einmal erwachte der König; er hörte Stimmen und Lärm. Er ließ seinen Kanzler rufen. Der vermeldete mit Beben, das Volk habe sich erhoben und verlange seine verbrannten Hemden zurück. Darob ergrimmte der König gewaltig. Er selbst stellte sich an die Spitze seiner Getreuen und warf in der gleichen Nacht den Aufstand nieder.

Das Buch mit der Geschichte vom „Hemd des Glücklichen“ aber verbrannte er.

(1922)

Der zwingende Grund

Vor vielen, vielen Jahren lebte in einer wohlverwahrten Stadt ein Wohnungsamt. Auf Drängen des Pöbels beschloß es, eine der vielen achtköpfigen Familien in die Wohnung eines sechzigjährigen alten Fräuleins einzuweisen, die aus neun Räumen bestand; hiervon sollten drei dem alten Fräulein verbleiben, sechs hingegen die große Familie erhalten, die bisher einen feuchten Keller innehatte.

Nun gab es aber, damit ja keine Ungerechtigkeiten und Unrechtmäßigkeiten in jenem wohlverwalteten Staate geschahen, ein Mieteinigungsamt, das aus sechs Beisitzern mit einem Juristen als Vorsitzendem bestand. Diesem Mieteinigungsamt hatte das alte Fräulein ein ärztliches Zeugnis beigebracht, nach dem sie infolge des drohenden Einzugs in größten Ärger und größte Aufregung versetzt worden sei, daß eine Herzneurose bevorstünde, daß dieser Ärger allein schon – geschweige denn die Belegung ihrer Wohnung mit fremden Leuten – ihre Gesundheit aufs schwerste schädige. Diesem zwingenden Grund konnte sich das Mieteinigungsamt nicht verschließen, und die vom Wohnungsamt eingewiesene achtköpfige Familie ward vom Mieteinigungsamt wegen schwerer zu erwartender Schädigung der Wohnungseigentümerin abgewiesen.

Damals vor vielen, vielen Jahren herrschte noch Ordnung und Gerechtigkeit.

(1922)

Das Gericht

Das Rabenvolk unter Führung des Schwarms Stahlklaue hatte vor Tagesanbruch das Volk der Spechte in dem Walde Grünenacht überfallen. Die Raben hatten viele Spechte getötet, anderen die Augen ausgehackt, den Rest aus dem Gehölz vertrieben. Bald aber sammelten sich die Vertriebenen wieder; sie bekamen Zuzug von den Spechten und den Vögeln der Nachbarwälder, nach hartem Kampf wurden die Raben zurückgeworfen; ja, in mächtigen Schwärmen drangen die anderen Vögel in den Rabenwald ein. Sie besiegten die Raben und nahmen einige der gewalttätigsten Ruhestörer gefangen, während grade die Hauptführer der Raben – Eisenklaue und Stahlschnabel – vorerst unauffindbar blieben.

Die Vögel beschlossen, ein Gericht über die gefangenen Übeltäter abzuhalten. Als Richter wurden bestimmt die alte, kluge Krähe Knickebein, der ehrwürdige Präsident Marabu, der schon manchen Rechtsstreit entschieden hatte, und der Specht Jan Pikus; als Ankläger aber erschien Ibu, der mächtige Uhu, am geeignetsten. Dann führte man die angeklagten Raben Augenfraß und Herzhacke vor. Man legte ihnen zur Last, eine Anzahl junger Spechte getötet und ihren Opfern die Augen ausgehackt zu haben. Die beiden Raben konnten ihre Tat nicht leugnen. Sie erklärten jedoch, daß sie ihre starken, stählernen Schnäbel von der allweisen Mutter Natur nicht zum Singen oder zum Körnerfressen erhalten hätten und daß sie zweitens auf Befehl ihrer Führer Eisenklaue und Stahlschnabel handeln mußten.

Der Specht Jan Pikus sprach gegen die erste Behauptung, indem er nachwies, daß er persönlich gesehen habe, wie die Raben sich sehr wohl auf den Feldern von Körnern nähren könnten und auch genährt hätten. Augenfraß erwiderte, dies sei wohl eine Zeitlang geschehen, aber dann hätten sie es nicht länger übers Herz gebracht, den Würmern die Körner wegzufressen und die armen Geschöpfe dem Hungertode preiszugeben. Als Jan Pikus erregt einwandte, daß die Würmer ja gar keine Körner fräßen, unterbrach ihn der weise Marabu, daß dies eine durchaus laienhafte Bemerkung sei, da aus den Saatkörnern die feinen Wurzeln und Keimblättchen wüchsen, von denen die Würmer lebten, daß also die Entgegnung des Spechts Jan Pikus weder wissenschaftlich noch auch juristisch stichhaltig sei.

Jan Pikus schwieg nach dieser scharfsinnigen Zurechtweisung des Vorsitzenden.

Jetzt kam ein Zuruf aus der Masse der Vögel, daß man gesehen habe, wie die Raben ja auch die Würmer fraßen. Herzhacke erklärte hierauf, das stimme; aber sie hätten das nur mit dem größten Bedauern getan und grade, um die Würmer zu schonen, sich nach einem anderen Lebensraum im Wald der Spechte umgesehen. Wenn die Spechte ihnen keinen Widerstand geleistet hätten ...

„Weshalb seid ihr denn nachts über uns hergefallen, statt mit uns zu verhandeln?" wagte noch einmal Jan Pikus zu fragen.

Aber hier wies ihn die Krähe Knickebein energisch zurecht: Das Rabenvolk sei das fleißigste Volk der Erde. Es erhebe sich ebenso wie die Krähen stets schon vor Sonnenaufgang zu seiner Arbeit! Das faule Volk der Spechte habe, da es noch schlief, das Ganze mißverstanden und als einen Überfall hinausposaunt, was im Grunde ein Arbeitsanfang war. Hätten die Spechte sich nicht gewehrt und den Wald Grünenacht sofort verlassen, so wäre das Blutvergießen vermieden worden. Im Grunde seien die Spechte die Schuldigen!

Hier erhob sich ein großer Lärm bei den anderen Vögeln.

Der Vorsitzende Marabu klapperte furchtbar mit den Augendeckeln und erklärte, das Feld sofort räumen zu lassen, falls noch ein Zwischenruf ertöne. Der Staatsanwalt Ibu aber stellte seine befederten Ohren hoch und rollte seine riesigen gelben Augen von rechts nach links und von links nach rechts.

Hierauf fauchte er: „Jeder Vogel hat das Recht, so zu leben und zu fressen, wie ihm die Klaue und der Schnabel gewachsen ist. Ich werde mir doch nicht von einem Zeisig oder einer Lerche oder einem Specht vorschreiben lassen, was mein Schnabel oder meine starke Klaue tun und lassen kann! Das wäre ja das Chaos!

Wollt ihr etwa, daß eure Kinder den Befehlen ihrer Väter nicht mehr gehorchen? Das wäre das Chaos! Wollt ihr etwa, daß wir, das hohe Gericht, hier unsern Richterspruch fällen, und ihr pfeift dagegen? Das wäre das Chaos! Wollt ihr etwa, daß die Angeklagten, weil sie die Befehle ihrer Führer Eisenklaue und Stahlschnabel getreu befolgten, deshalb verurteilt werden? Wolltet ihr etwa das Chaos! Nein, das wollt ihr nicht, bei meiner Klaue! Und deshalb sind die Angeklagten als nichtschuldig freizusprechen!"

„Die Logik ist zwingend!" erklärte der Vorsitzende des Gerichts, der ehrwürdige und erfahrene Marabu. „Nur ein Idiot oder ein gänzlich Ungebildeter kann sich dem verschließen!"

„Oder einer, der das Chaos will!" rief der zweite Richter, die Krähe Knickebein. „Oder wünschen Sie etwa das Chaos, Herr Kollege?" wandte sich Knickebein an Jan Pikus.

„Ich wünsche Gerechtigkeit!" erwiderte Jan.

„Auch Sie wünschen also nicht das Chaos!" sagte der Vorsitzende Marabu, und zu der Versammlung der Vögel gewandt: „Die Angeklagten sind einstimmig freigesprochen!"

(1944)

Nachwort

Geschichte in Geschichten

In den Februartagen 1943, unmittelbar nach der Kapitulation der 6. deutschen Stalingradarmee, stieß Friedrich Wolf, der eine sowjetische Schützendivision beim Vormarsch begleitete, auf eine Gruppe von zwanzig ehemaligen Hitlersoldaten. „Diese völlig verschmutzten, in Lumpen gehüllten, ausgezehrten Wesen mit tiefen Augenhöhlen und grauschwarzer Haut glichen mehr lebenden Schatten als lebenden Menschen. In solchen Fällen war ich zuerst einmal Arzt. Nur einige der Schattenwesen konnten sich erheben und baten um Brot.“ Der antifaschistische deutsche Schriftsteller wandte sich für seine Landsleute an die sowjetischen Soldaten, die selbst nur ihre karge Gefechtsverpflegung bei sich trugen und die zudem die furchtbare Zerstörung Stalingrads miterlebt hatten. „In wenigen Minuten waren 8 Brote gesammelt, die wir unter den deutschen Soldaten verteilten. Ich erreichte noch, daß die Gefangenen auf einigen Schlitten mitfahren konnten.“

Friedrich Wolf hat diese selbsterlebte Begebenheit zehn Jahre später – 1953 – mit einigen Veränderungen zu der Erzählung „Siebzehn Brote“ verarbeitet. Dieser besondere Vorgang des Erlebens und Erzählens ist symptomatisch für seine Kurzprosa. Dem Autor geht es weniger um die erfundene Geschichte als vielmehr um die erlebte und berichtete Wirklichkeit. Dieser Versuch, die Realität mit den Mitteln der Sprache zu reproduzieren, bedeutet für ihn Erinnerung wie Neu-Erleben zugleich. Dabei spielt auch „Erfundenes“, Verändertes hinein – im Ansatz, im Rückgriff, als Vorstellungshilfe – und deshalb als Mittel für das Authentische. Um das Erinnerte verständlich äußern zu können, muß der Autor es sichten, den Stoff einer Umordnung unterziehen und ihn in ein überschaubares neues Gestaltungsmuster bringen.

Der Begriff der berichteten Wirklichkeit steht bei Wolf also ausschließlich für die Beschreibung einer Realität, die direkt aus der Erfahrung gewonnen und im Prozeß des Schreibens verändert wurde. Genauigkeit der Beobachtung, Glaubhaftigkeit der Darstellung und zupackende Teilnahme am Geschehen erreichen einen solchen Grad, daß ebendiese Realität mit-geteilt und wieder-gegeben scheint, und zwar in erregender Gegenwärtigkeit und nicht nur durch die Nachricht überliefert. Auch „Der Zitronenfalter", die kurze, gleich auf den Punkt kommende Geschichte der sowjetischen Ärztin, die bei der Behandlung kranker Kriegsgefangener ihr Haar verloren hat und von ihren Patienten „wie eine Heilige verehrt" wird, beruht auf einer solchen wirklichen Begebenheit. 1948 schrieb ein ehemaliger Kriegsgefangener an Friedrich Wolf und fragte auf Grund der Erzählung nach dem Namen „unserer russischen Ärztin in Jelabuga", an die er sich noch genau erinnern könne.

Berichtete Wirklichkeit, Wirklichkeitsbericht bedeutet so die Reproduktion von Tatsachen und Tatsachenmaterial. Der Autor arbeitet vornehmlich mit den Mitteln des Berichts und der Reportage an Stelle der „überkommenen" und „veralteten" Mittel der durchgehend „erfundenen" Handlung und des rundum „gestalteten" Menschen. Er montiert authentisches Material (Pressemeldungen, Aussagen von Zeitgenossen, eigene Erlebnisse und Erfahrungen), kommentiert sie und wendet sich direkt an den Leser; er will offensichtlich aufmerksam machen, aufklären, Bewußtsein bilden und verändern. Dabei stellt sich der berichtende Augenzeuge sofort in Beziehung zu den beschriebenen Vorgängen; der betont subjektive Blickwinkel, meist die Anwesenheit des Ich-Erzählers, ist für die ganze Kurzprosa Wolfs eigentümlich.

Ob es sich um eigene Erinnerungen an Kindheit und Jugend, Erlebnisse aus den zwei furchtbaren Weltkriegen, aus der Emigrationszeit handelt oder um Berichte über die soziale Existenz des einzelnen in der Weimarer Republik, über das Heldentum deutscher Antifaschisten und sowjetischer Menschen im Großen Vaterländischen Krieg, über die beispiellose Solidarität der Häftlinge im französischen Konzentrationslager Le Vernet – immer erzählt Friedrich Wolf Geschichte in Geschichten. Schon sein Leben mutet wie eine gelebte Chronik unseres Jahrhunderts an: Frontarzt im ersten Weltkrieg, Kriegsdienstverweigerer, Angehöriger des revolutionären Arbeiter- und Soldatenrates in Dresden, Stadtarzt im proletarischen Remscheid und militärischer Führer im Ruhrkampf 1920, Mitglied einer kommunistischen Gemeinschaftssiedlung in Worpswede, Landarzt im Schwäbischen, Mitglied der KPD 1928, er kämpft gegen den berüchtigten Abtreibungsparagraphen 218, verhaftet, befreit durch den Massenprotest der Arbeiterklasse, Begründer und Leiter des Agitprop-„Spieltrupps Südwest" in Stuttgart, Emigration sofort nach Hitlers Machtantritt, KZ-Häftling in Frankreich, entgeht der Auslieferung an die Nazis durch die sowjetische Staatsbürgerschaft, Propagandist an der sowjetischen Front, Mitbegründer des Nationalkomitees „Freies Deutschland", leistet politische Aufklärungsarbeit in den Kriegsgefangenenlagern, Aktivist der ersten Stunde im demokratischen Deutschland, erster Botschafter der DDR in Volkspolen und vieles andere mehr. Das war er: Schriftsteller, Arzt, Kommunist, Propagandist, Politiker.

Immer packte Wolf den literarischen Stoff dort, wo – in der historischen Parallele – die Probleme der Gegenwart am deutlichsten erschienen. So fügt sich die Summe seiner im einzelnen skizzenhaften Prosa zur dokumentierten Zeitgeschichte, zur Biographie eines ganzen Zeitalters. Dokumentarische Beweisführung wird ins Erzählerische übertragen; die episodische, anekdotenhafte Handlung dominiert. So vielfältig die Palette individueller Aussagen, so unterschiedlich ist auch der Einsatz literarischer Mittel: Groteske und Satire stehen neben Märchen, Tiergeschichte und Fabel; Feuilleton, Bericht und Skizze neben der Erzählung. Immer aber bleibt der Zeitgenosse präsent, auch wo seine zitierbaren Selbstzeugnisse ironisch gebrochen erscheinen. So in den grotesken Parabeln „Harras", „Der Käfig der Nachtigall", „Der letzte Mops" und „Weltmeister Maichle", die alle – wie auch die Mehrheit der Fabeln – Anfang der zwanziger Jahre entstanden sind. Nur wenige von ihnen hat der Autor damals, meist unter dem Pseudonym Florian Blitzöler, veröffentlicht. Erst viel später sollte er wieder Groteskes aufgreifen. Hatte er sich auch einst schon Märchen für die Familie ausgedacht, so beginnt dagegen unversehens 1944/45, also zu einer Zeit, wo anderen kaum der Sinn nach Märchen stand, mit „Pit Pikus und die Möwe Leila" die Reihe seiner bezaubernden Tiermärchen, die Wolf 1950/51, als er sein Land in Warschau vertrat, fortsetzte.

Gerade weil die Wirklichkeit auch andere Gesichter trägt

als seine Träume, wird die Wolfsche Prosa gebündelt durch die Summe von Menschlichkeit, die sie enthält und dem Leser vermittelt. „Jules" heißt die Geschichte jenes ahnungslos-eigensinnigen jüdischen KZ-Häftlings, aus dem ein so großartiger Kamerad wurde. „Dichtung und Wahrheit (gingen) dabei zu Werke", schreibt Wolf später, aber schon nach Vollendung der Erzählung 1941 äußert er die Erwartung: „Es müßte eigentlich auch andere Menschen ergreifen und ihnen verständlich werden, diese furchtbar schwere und doch so gute Zeit mit diesen wunderbaren Kerlen im Lager." Und der Autor gesellt ihr noch eine Hundegeschichte zu, die er im KZ Le Vernet in den Pyrenäen selbst erlebte: „Ich habe noch eine kleine Lagergeschichte über unsern süßen, von den Garden ermordeten Hund Kiki geschrieben ... Sie ist eine Hundebiographie im Rahmen des Lagers, ein Gegenstück zu ‚Jules'."

Gewissen haben für die im Sinne menschlichen Fortschritts Handelnden heißt für Wolf immer, eine Verpflichtung spüren, gerade dem jugendlichen Leser gegenüber, dem er zeitlebens seine besondere Aufmerksamkeit zugewandt hat. Menschliche Bindungen, Liebe, Treue, Vertrauen, Solidarität, Verantwortung für sich und andere gelten bei diesem Autor etwas. Und die unaufdringliche Selbstverständlichkeit, mit der Menschen sich treu bleiben, sich in Gefahr begeben, füreinander einstehen, die „Kraft der Schwachen" ist heute mehr denn je gefragt. So war er: streitbar, lebensverbunden, weltoffen, parteinehmend – und so lebt Friedrich Wolf auch in seinem Werk fort. 1947 schrieb er an Conrad Felixmüller, der gerade sein Porträt in Holz geschnitten hatte: „Ausgezeichnet, daß Sie diesen Fr. W. nicht vor einem Bücherbrett und nicht im Zimmer gesehen haben, sondern draußen im Kampf, umgeben von den marschierenden und ringenden Gestalten der Geschichte unseres Volkes."

Klaus Hammer

Inhaltsverzeichnis